Mona Jeuk

Nachts
im Park
ist alles anders

ISBN 978-3-941198-06-7
Erstauflage 2013

Autorin: Mona Jeuk, Freiberg a.N.
Lektorat: Marcel Porta, Bietigheim-Bissingen
Umschlaggestaltung und Satz: Melanie Hoffmann, Freiberg a.N.
Printed in Germany by punctgenau, Overrath

www.traumbuch-verlag.de

ist alles anders

von Mona Jeuk

„Es ist nichts Lebendes! Es ist kein Menschenfleisch!"

„Ich konnte keines finden."

„Dann geh und suche weiter! Wie soll das bisschen Braten hier mir meinen Riesenhunger stillen?"

Prolog

Nervös kichernd stopfte Lu sich eine Handvoll Erdnüsse in den Mund, kaute hastig und versuchte, mit dem salzigen Brei sein schlechtes Gewissen hinunter zu schlucken. Beides blieb ihm in der Kehle stecken. Lu hustete, bis ihm Tränen in die Augen traten. Tom schien nichts bemerkt zu haben, zum Glück, sonst hätte er sich vermutlich schlapp gelacht.

„Ist der hässlich!“, japste sein Freund gerade und versprühte Erdnussbrösel über den Teppich.

Auf dem gigantischen Bildschirm, der einzigen Lichtquelle im ansonsten dunklen Wohnzimmer, wurde einem riesigen, die Bösartigkeit in Person verkörpernden Kerl vom muskelbepackten Helden des Films gerade eine Lektion erteilt. Bislang hatte die Handlung hauptsächlich aus derartigen Lektionen bestanden, lediglich die plattzumachenden Gegner wechselten.

„Total unrealistisch!“, versicherte Tom, der eine gewisse Übung darin hatte, heimlich Filme seines Vaters anzusehen. „Sieht doch jeder Hirni, dass der nicht richtig zuschlägt.“

Als Lu eine Stunde zuvor, schon im Schlafanzug, Tom eine Nachricht geschickt hatte, dass er mit seiner kleinen Schwester alleine war – zum ersten Mal ohne die demütigende Anwesenheit einer Babysitterin – war Toms Antwort prompt auf dem Display erschienen: „Meine au weg komm äktschn gucken.“ Oder so ähnlich.

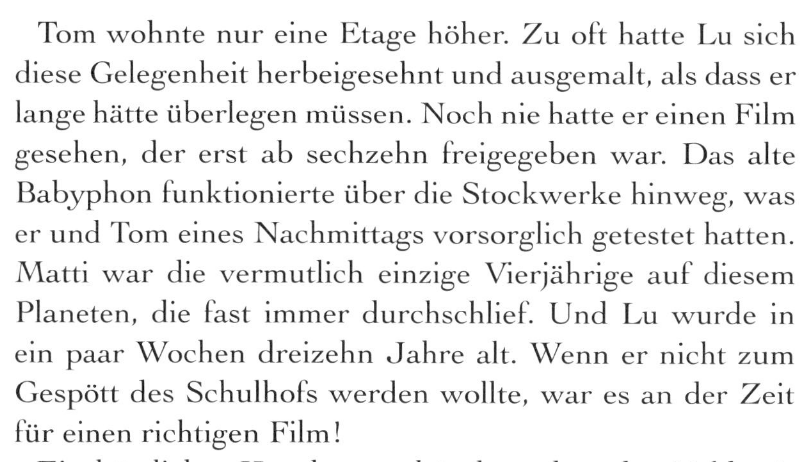

Tom wohnte nur eine Etage höher. Zu oft hatte Lu sich diese Gelegenheit herbeigesehnt und ausgemalt, als dass er lange hätte überlegen müssen. Noch nie hatte er einen Film gesehen, der erst ab sechzehn freigegeben war. Das alte Babyphon funktionierte über die Stockwerke hinweg, was er und Tom eines Nachmittags vorsorglich getestet hatten. Matti war die vermutlich einzige Vierjährige auf diesem Planeten, die fast immer durchschlief. Und Lu wurde in ein paar Wochen dreizehn Jahre alt. Wenn er nicht zum Gespött des Schulhofs werden wollte, war es an der Zeit für einen richtigen Film!

Ein hässliches Knacken verkündete, dass der Held seinem (neuesten) Gegner gerade die Finger gebrochen hatte. Lu, der leidenschaftlich gerne Gitarre spielte, wandte schaudernd den Blick ab und prüfte zum xten Mal, ob das Babyphon auch wirklich an war. Als er wieder zum Fernseher sah, spritzte gerade Blut. Sehr viel Blut. Aus einem Hals heraus.

„Total unecht! Blut ist viel dunkler!", behauptete Tom, nicht mehr ganz so begeistert.

Die Erdnüsse in Lus Mund waren plötzlich staubtrocken und bekamen einen metallischen Beigeschmack. In seinem Hals setzte sich Übelkeit fest. Das hier war nicht sein Fall, das stand schon mal fest. Glücklicherweise war es inzwischen so spät, dass er sich ohne großen Ehrverlust zurückziehen konnte. Nicht mehr allzu lange, dann würden seine Eltern heimkommen.

Tom schien eher erleichtert als enttäuscht, als Lu verkündete, er müsse gehen. Gerade als Tom den Fernseher ausschaltete, quäkte das Babyphon los. Das blecherne Heulen hallte durchs Treppenhaus, während Lu die Stufen hinab hetzte. War Matti von der vorzeitigen Heimkehr seiner

Eltern aufgewacht? Bitte nicht!, dachte Lu, als er die Wohnungstür aufschloss. Sie durften noch nicht zurück sein! Er hatte versprochen, auf Matti aufzupassen. Da Matti zu diesem Zeitpunkt schon tief und fest geschlafen hatte, war es nur ein Pro-Forma-Versprechen gewesen, die Würdigung seines Vaters, dass Lu alt genug war, mit Matti alleine gelassen zu werden. Aber Lu wollte auf keinen Fall die Enttäuschung auf den Gesichtern seiner Eltern sehen.

Sie waren nicht zurück. Matti stand völlig aufgelöst im Flur. Sie hatte auf der Suche nach ihm und ihren Eltern alle Lichter angemacht. Einen verwirrten Augenblick lang dachte Lu, dass es die Verzweiflung war, die aus ihrem Schlafanzug auf den Boden tropfte, dann wurde ihm klar, dass sie ins Bett gepinkelt hatte und davon aufgewacht war.

„Mama!“, schluchzte sie.

„Schon gut“, sagte Lu, dessen Gewissen Kapriolen schlug, weil er sie alleine gelassen hatte. „Ich kümmere mich drum.“

Matti brauchte lange, um sich zu beruhigen. Lu fühlte sich so schuldig, dass er sie trotz ihrer nassen Hose auf den Arm nahm und ins Badezimmer trug. Mit der Geduld eines Büßers schälte er sie aus dem nasskalten Zeug, wusch sie mit warmem Wasser und zog ihr einen frischen Schlafanzug an. Weil ihr eigenes Bett nass war, durfte sie mit in seines, was endlich die letzten Tränen zum Versiegen brachte.

Er erzählte ihr, wie schon so oft, das Märchen vom Wolf und den Sieben Geißlein, das mochte sie am liebsten. Lu hatte eines Tages aus Langeweile begonnen, das Märchen für sie auszuschmücken. Seither musste er sich bei jedem Erzählen etwas Neues einfallen lassen. Einmal hatte er die Tiere breitestes Schwäbisch sprechen lassen. Ein andermal verwandelte der Wolf seine Stimme nicht mit Kreide,

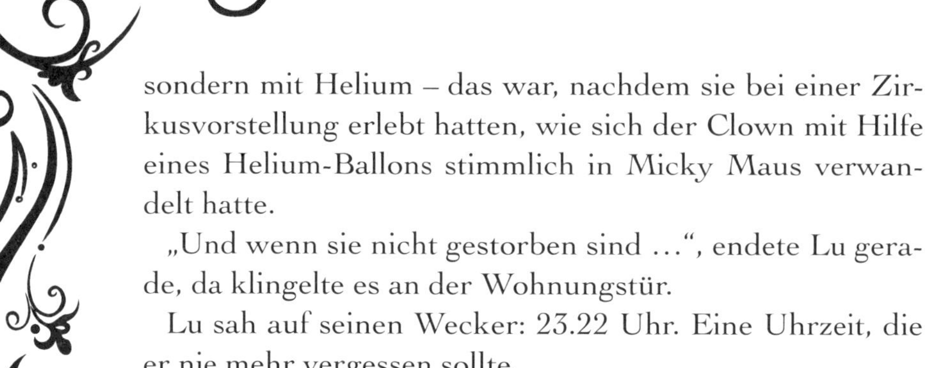

sondern mit Helium – das war, nachdem sie bei einer Zirkusvorstellung erlebt hatten, wie sich der Clown mit Hilfe eines Helium-Ballons stimmlich in Micky Maus verwandelt hatte.

„Und wenn sie nicht gestorben sind …", endete Lu gerade, da klingelte es an der Wohnungstür.

Lu sah auf seinen Wecker: 23.22 Uhr. Eine Uhrzeit, die er nie mehr vergessen sollte.

„… dann leben sie noch heute!", krähte Matti zufrieden, während er aus dem warmen Bett krabbelte. Durch die Sprechanlage meldete sich die Stimme einer Fremden.

„Hallo Ludwig", sagte die Fremde und gab Lu damit das Rätsel auf, woher sie wusste, wie er hieß. Sie nannte zwei Namen, sagte, sie kämen von der Polizei, und bat ihn, sie herein zu lassen.

„Geht nicht, meine Eltern sind nicht da", erklärte Lu und fragte sich fröstelnd, was wohl unwahrscheinlicher war: Dass die Polizei kam, weil er einen verbotenen Film angesehen hatte, statt bei seiner kleinen Schwester zu bleiben, oder dass die Frau irgendeine Kriminelle mit finsteren Absichten war.

„Ich weiß", sagte die Fremde in einem seltsamen Tonfall. Auch diesen würde Lu nie mehr vergessen. „Deshalb sind wir gekommen. Es hat einen Unfall gegeben."

Mit diesem Satz ging erst die Zeit, dann Lus Welt in die Brüche. Was in den folgenden Stunden geschah, zerlegte seine Wahrnehmung in lauter Splitter, die sich, zusammen mit Erinnerungsfetzen, zum Trailer für einen Film zusammensetzten, den er auf gar keinen Fall sehen wollte. Der Trailer begann mit dem Gesicht seines Vaters in Großaufnahme und den Worten: „Und pass gut auf Matti auf!"

Er musste die Polizistinnen hereingelassen haben, denn während die eine vor Matti in die Hocke ging, redete die andere auf ihn ein.

„... irgendwelche Verwandte in der Nähe?"

Lu und Matti hatten nur eine Oma, und die wohnte in Ludwigsburg, wo sie früher auch gelebt hatten.

Matti heulte jetzt wieder, schüttelte den Kopf: Nein! Nein! Nein!

„... heute Nacht zu einem Freund ..."

Eine Blutfontäne auf einem Bildschirm, doch diesmal war es seine Mutter, die dort blutete. Er hätte die Wohnung nicht verlassen dürfen!

„... Mathilde eine gute Freundin? Eine mit netten Eltern?"

Lu starrte die Polizistin an und hörte sich einen Namen sagen. Ja, die Nummer war im Telefon eingespeichert.

„Wenn etwas ist, ruf einfach an!", hatte Lus Mutter gesagt.

Er nahm sein Handy. Die Mailbox verkündete mit der Stimme seines Vaters, er werde zurückrufen. Doch das würde er nie wieder tun.

Dann waren die Eltern von Mattis Freundin plötzlich da. Die Frau hielt die schluchzende Matti in den Armen. Der Mann redete mit der Polizistin. Plötzlich hörte Lu laut und deutlich einen Satz, es schien, als wäre bis dahin die Stummtaste gedrückt gewesen, doch nun war er wieder da, der Ton, und Lu hörte, was die dort redeten: Sie wollten Matti mit zu sich nehmen. Aber er musste doch auf sie aufpassen, er hatte es seinen Eltern versprochen!

Mit einem Brüllen, das er nur als sein eigenes erkannte, weil es ihm in der Kehle brannte, stürzte Lu vor und riss seine kleine Schwester an sich. Er heulte, schlug nach

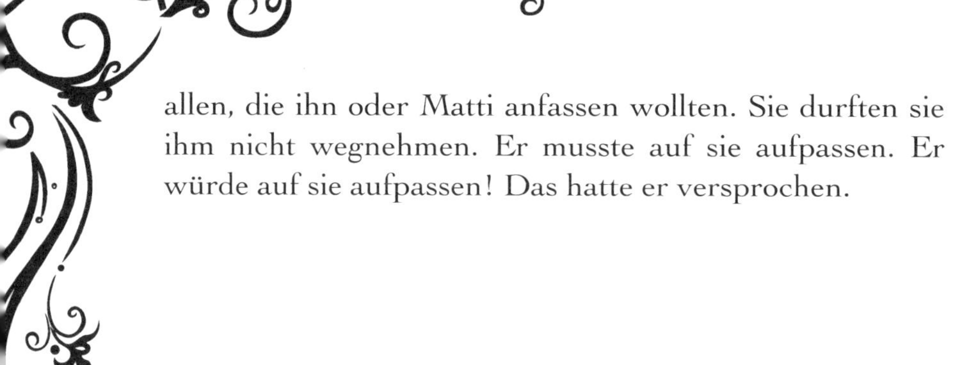

allen, die ihn oder Matti anfassen wollten. Sie durften sie ihm nicht wegnehmen. Er musste auf sie aufpassen. Er würde auf sie aufpassen! Das hatte er versprochen.

Der Junge
und
der Alte

Der Junge

Lu blinzelte im grellen Sonnenlicht und versuchte, sein Magenknurren zu ignorieren. Erbarmungslos knallte die Mittagssonne auf den Balkon, doch er wollte sein Krähennest nicht verlassen, solange noch Hoffnung bestand, dass ihm der Gang zurück in die Stadt erspart blieb. Also hielt er weiter Ausschau.

Dies musste einfach ein guter Tag werden! Na gut, der Vormittag war eine Katastrophe gewesen, aber keine unerwartete! Ab sofort waren Ferien, die würde er sich von einem lächerlichen Stück Papier mit einem Haufen unsinniger Noten darauf nicht verderben lassen. Wen interessierte schon, ob Ludwig Blumwald eine Klasse weiter war oder nicht?

Während er die abblätternde Farbe von der Balkonbrüstung kratzte, überlegte er, was er fürs Mittagessen holen sollte, falls seine Oma nicht innerhalb der nächsten viertel Stunde mit Futter im Gepäck auftauchte. Döner war diesem Anlass nicht angemessen. Vielleicht asiatisch, die niedlichen Boxen, in denen man das Zeug mit nach Hause nehmen konnte, gefielen ihm. Auf jeden Fall würde er etwas holen, das man mit Besteck aß. Soviel musste zur Feier des Tages schon drin sein.

Gelangweilt pulte er in der trockenen Erde zwischen den Balkonblumenleichen. Über die Straße hinweg drangen aus dem Park Kinderstimmen zu ihm herüber. Lu sah auf. Hinter entfernten Baumwipfeln lugte die Turmspitze der Emichsburg hervor. Ein Besuch im Märchengarten des Blühenden Barocks: Das würde Matti mit Sicherheit Spaß machen, und warum nicht? Er hatte keine anderen Pläne für den Nachmittag und er hatte es ihr schon lange versprochen. Lu schmunzelte. Der Märchengarten war einmal sein zweites Zuhause gewesen. Grinsend erinnerte er sich, wie er versucht hatte, andere Kinder von „seiner" Burg wegzuscheuchen. Sechs Jahre war er alt gewesen. Damals hatte die Emichsburg für ihn noch „Ludwigs Burg" geheißen.

Ein Gegenstand, den er nun schon eine Weile zwischen seinen Fingern drehte, zog seine Aufmerksamkeit vom Park ab. Lu hatte keine Ahnung, was er da aus dem Balkonkasten gebuddelt hatte. Aber es ließ sich prima in Einzelteile zerlegen, die er möglichst tief in die trockene Erde zurückbeförderte.

Sein Hunger wurde nagender. Lu wollte schon sein Krähennest verlassen, da bog der Bus in die Marbacher Straße ein und hielt an der Haltestelle schräg gegenüber. Den wollte er noch abwarten. Mit zusammengekniffenen Augen starrte er den Bus an, als könne er ihn so zur Herausgabe der überfälligen Oma zwingen. Ungeduldig kickte er mit dem Fuß gegen die Balkonbrüstung, was immer so schön wummerte (und der bescheuerten Bergemann aus dem Erdgeschoss gar nicht gefiel). Als der Bus wegfuhr, blieb Lus Fuß kurze Zeit in der Luft hängen, aber er konnte gucken wohin er wollte: Nirgends war die unübersehbare Kontur seiner schwergewichtigen Oma zu entdecken. Der Balkon wummerte ein letztes Mal, und Lu trat in die Kühle des durch Vorhänge und Rollläden abgedunkelten Wohnzimmers.

Er hörte, wie im Schlafzimmer jemand eine schwere Schublade aufzog und glaubte schon, er hätte die Heimkehr seiner Oma verpasst. Doch es war nur seine kleine Schwester Matti, die, beide Ärmchen tief in Omas Unterwäsche

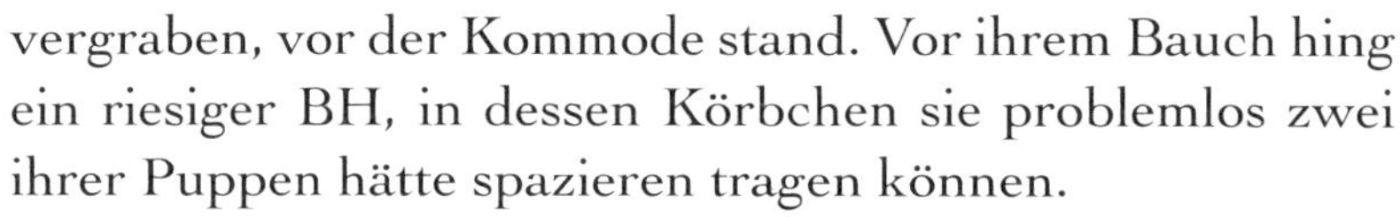

vergraben, vor der Kommode stand. Vor ihrem Bauch hing ein riesiger BH, in dessen Körbchen sie problemlos zwei ihrer Puppen hätte spazieren tragen können.

„Findest du den nicht ein bisschen zu groß?“, fragte Lu.

Statt einer Antwort zog Matti den Büstenhalter von den Schultern und stopfte ihn in die Schublade. „Ich suche Schokolade“, belehrte sie ihn.

Lu wunderte das nicht wirklich; Dinge an absonderlichen Orten zu suchen oder zu finden gehörte zu ihrer beider Alltag. Vermutlich hatte der gigantische BH eben noch zwischen Haferflocken und Nudeln gesteckt. In Hinblick auf die Uhrzeit und Mattis nicht eben grazilen Körperbau hatte er jedoch Einwände: „Du weißt, dass du jetzt nichts Süßes essen sollst. Es gibt gleich Mittagessen.“

„Glaub ich nicht.“

Der Punkt ging an Matti. Sie würden wohl beide hungrig bleiben, es sei denn, Lu schaffte endlich den Abflug. Bevor er Matti fragen konnte, was sie denn gerne essen wollte, zog diese triumphierend einen Milchkarton aus der Unterwäsche.

„Kühli oder Schrank?“

„Eigentlich Kühlschrank“, fing Ludwig an. Doch ehe er hinzufügen konnte, dass dieser spezielle Milchkarton inzwischen wohl eher in den Müll gehörte, war Matti schon in die Küche verschwunden. Kurz darauf hörte er sie jubeln: Sie hatte die Schokolade gefunden.

Als Lu kaum vierzig Minuten später die Wohnungstür aufschloss und in den Flur trat, hätte er eigentlich gewarnt sein müssen. Die Bergemann, an deren Putzarsenal er sich im Treppenhaus hatte vorbeischlängeln müssen, hatte kein Wort gesagt (was ungewöhnlich angenehm war), ihn dabei aber so zufrieden angeglotzt, als hätte das Leben oder der Papst höchstpersönlich ihr nun endgültig und unwiderlegbar recht gegeben. Das hätte Lus Misstrauen wecken müssen, doch er war zu hungrig, um die Zeichen richtig zu deuten.

Natürlich merkte er sofort, dass Oma inzwischen nach Hause gefunden hatte. Ihr megabreitkrempiger Sonnenhut verstopfte die Schlüssel-Schublade, während der Schlüsselbund mit dem extra großen Verleg-mich-nicht-Anhänger an der Garderobe hing. Außerdem hörte er aus dem Wohnzimmer ihre Stimme – im Streit mit der einer fremden Frau!

Sofort war Lu auf der Hut. Auf Zehenspitzen schlich er sich in Richtung Wohnzimmertür und wagte einen Blick durch den Spalt. Seine Oma saß in ihrem Lieblingssessel und sah noch dicker aus als sonst. Davon abgesehen machte sie einen verblüffend guten Eindruck. Sie musste den Vormittag beim Friseur verbracht haben, war auch sorgfältiger als sonst gekleidet. Trotzdem befand sie sich eindeutig in der Defensive. Vor ihr hatte sich ein hochgewachsenes, dürres Raubweib aufgebaut. Lu sah sie nur von hinten und hatte kein Verlangen nach näherer Bekanntschaft mit diesem Schreckgespenst. Die Frau erinnerte ihn entschieden an eine Gottesanbeterin.

„Sie werden zugeben müssen, dass es so nicht weitergehen kann!“, keifte die fremde Frau gerade.

„Keine Ahnung, was Sie meinen!“, knurrte Oma.

„Die Kinder brauchen ein ordentliches Zuhause.“

„Das haben sie.“

„Sie brauchen jemanden, der sich um sie kümmern kann.“

„Was denken Sie, was ich bin? Eine Pappmaschee-Puppe?“

Die fremde Frau zog Papiere aus einer Aktentasche, die sie auf dem Esstisch abgestellt hatte. Auch von vorn

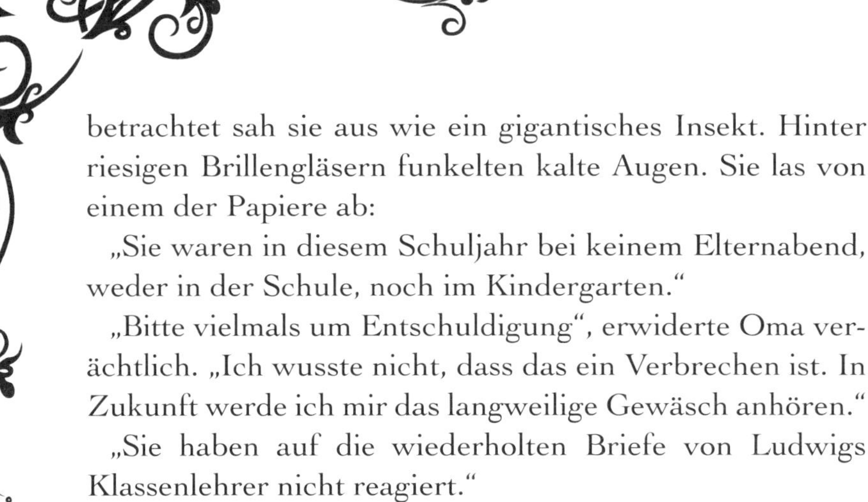

betrachtet sah sie aus wie ein gigantisches Insekt. Hinter riesigen Brillengläsern funkelten kalte Augen. Sie las von einem der Papiere ab:

„Sie waren in diesem Schuljahr bei keinem Elternabend, weder in der Schule, noch im Kindergarten."

„Bitte vielmals um Entschuldigung", erwiderte Oma verächtlich. „Ich wusste nicht, dass das ein Verbrechen ist. In Zukunft werde ich mir das langweilige Gewäsch anhören."

„Sie haben auf die wiederholten Briefe von Ludwigs Klassenlehrer nicht reagiert."

Auf seinem Horchposten im Flur hielt Lu den Atem an. Von den Briefen wusste seine Oma nichts, da sie den Briefkasten schon seit einer Ewigkeit nicht mehr selbst leerte. Er hatte die Umschläge allesamt verschwinden lassen.

„Sind Sie sich überhaupt im Klaren darüber, dass Ludwig das Klassenziel nicht erreicht hat?"

Die Gesetzesanbeterin feixte siegessicher, doch Oma zuckte nur kurz zusammen.

„Die Welt geht nicht unter, nur weil der Junge sitzenbleibt. Lu hat zwei harte Jahre hinter sich. Sie wissen ja wohl, was mit seinen Eltern ..."

In Lus Ohren begann es zu rauschen. Er presste die Stirn gegen die Wand und zwang sich, ruhig zu atmen. Er musste hören, was die da drinnen sagten. Plötzlich zupfte Matti an seinem T-Shirt. Lu legte den Finger an die Lippen und Matti nickte. Sie murrte auch nicht, als er ihr bedeutete, in ihr Zimmer zurückzugehen. Matti vertraute ihm bedingungslos. Manchmal tat es weh, dieses Vertrauen, denn Lu fand nicht, dass er es verdiente.

Kaum war Matti in ihrem Zimmer verschwunden, ging es im Wohnzimmer richtig zur Sache.

„Dann wird es eben Zeit, dass er sich zusammenreißt! Und was soll aus der kleinen Mathilde werden? In wenigen Wochen soll sie eingeschult werden, das Mädchen braucht jetzt eine richtige Familie!“

„Dann ist es ja gut, dass sie uns hat. Um Matti brauchen Sie sich keine Sorgen zu machen, sie kann sogar schon lesen, Lu hat es ihr beigebracht.“

„So, wie er einkaufen geht und die Wohnung putzt?“, zischte die Frau. „Ich weiß Bescheid, ich habe meine Informantinnen. Statt den Ersatzpapa zu spielen, sollte er …“

Die Stimmen ertranken im Rauschen, nur mehr Wortfetzen drangen durch. Lus Herz raste. Er kannte das schon, in der Schule war er ein paarmal komplett ausgerastet, hatte rumgeschrien und sich geprügelt. Auch davon wusste Oma glücklicherweise nichts. Jetzt konnte er sich keinen Amoklauf leisten, nicht mit dem Feind im Wohnzimmer. Lu tastete sich vorsichtig zur Wohnungstür und trat keuchend ins Treppenhaus. Die Bergemann warf einen kurzen Blick auf ihn, dann packte sie hastig ihren Putzeimer und floh die Treppe hinab. Lu ließ sie ziehen, um sie nicht im Eimer zu ersäufen oder übers Treppengeländer zu schmeißen … Informantinnen! War ja klar, wer damit gemeint war!

Als sich das Blut aus seinem Kopf zurückzog, hinterließ es ein watteweiches Gefühl in seinem Hirn. Lu musste dringend etwas unternehmen, seine Oma würde sich nicht mehr lange halten können, sie brauchte dringend Flankenschutz. Das war wie in einem Strategiespiel, da kannte Lu sich bestens aus. Erst mal brauchte er Abstand. Was die da drinnen von einer Pflegefamilie gesagt hatte, konnte nicht seine Schwester betreffen. Und das mit dem Seniorenwohnheim hatte nichts mit seiner Oma zu tun. Niemand

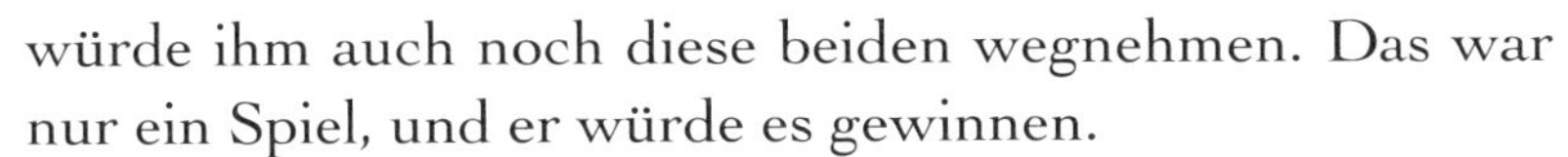

würde ihm auch noch diese beiden wegnehmen. Das war nur ein Spiel, und er würde es gewinnen.

Als erstes musste er dem grässlichen Insekt die Waffen aus der Hand schlagen. Sie wusste also, dass Oma längst auf seine Hilfe angewiesen war. Aber sie kannte wohl kaum das Ausmaß. Niemand kannte es, im Theater spielen waren sie drei ein perfektes Team. Und sie würden es auch diesmal schaffen, die ganz normale Familie zu spielen. Lu wusste, was die Gesetzesanbeterin von einem vierzehnjährigen Jungen erwartete.

Diesmal knallte er die Wohnungstür zu, stampfte in die Küche und raschelte dort mit den Einkaufstüten.

„He, Omi", rief er, schon auf dem Weg ins Wohnzimmer, „hab deine Tüten in die Küche gestellt. Wann gibt's Mittagessen?"

Demonstrativ überrascht glotzte er die Gesetzesanbeterin an. Seine Oma, die bei seinem Eintreten einen recht zerknitterten Eindruck gemacht hatte, straffte sich. Sie wusste, dass Lu Theater spielte und ihren Einsatz erwartete. Sie hatten schließlich Übung darin, die Leute an der Nase herumzuführen.

„Du wirst dich noch etwas gedulden müssen", erklärte sie streng. „Sei so lieb und pack die Einkaufstaschen aus und tu die Milch gleich in den Kühlschrank."

Lu stöhnte überzeugend, zog aber ab.

In der Küche raschelte er wieder mit den Tüten, ehe er sie im Ofen versteckte. Milch hatte er keine gekauft, und die Kartons vom Asia-Snack brauchte die Gesetzesanbeterin nicht zu sehen. Im Wohnzimmer hatte seine Oma inzwischen wieder Oberhand, doch die Angreiferin blieb hartnäckig dabei, Oma verhalte sich unverantwortlich und egoistisch und denke nicht an das Wohl der Kinder. Lu trommelte nervös mit den Fingern gegen den Kühlschrank. Da bemerkte er Matti, die in der Kinderzimmertür stand und ihn aufmerksam ansah, als warte sie nur auf sein Zeichen. Sie hatte ihr schönstes Kleid angezogen und in der Hand hielt sie ein Bild, das sie vor Urzeiten mal im Kindergarten gemalt hatte.

Lu nickte. „Geh kuscheln!", wisperte er.

Matti flitzte los.

„Omi, schau mal, was ich gemalt habe!"

Auf seinem Lauschposten in der Küche malte Lu sich aus, wie Matti stolz das alte Bild hochhob und auch die fremde Frau zwang, es zu loben. Dann kuschelte Matti sich auf den gigantischen Schoß ihrer Oma. Sie war unübertroffen darin, das unschuldige, süße kleine Mädchen zu spielen, das einfach nur bei den Großen dabei sein wollte. Lu glaubte zu spüren, wie Mattis molliger Körper das alte Omaherz wärmte und mit neuem Mut erfüllte. Und tatsächlich: Omas Stimme wurde lauter und bestimmter. Sie verbat sich die Unverschämtheit, mit der ihr unterstellt wurde, sie kümmere sich nicht um das Wohl ihrer Enkel. Es sei doch wohl offensichtlich, dass es den beiden gut gehe. Dass sie ihr im Haushalt halfen, stritt sie nicht ab. Sie halte nichts von der neuen Mode, Kinder in allem zu bedienen, als seien sie zu dumm, einen sinnvollen Beitrag zu leisten. Und Lus Schulversagen begründete sie mit der Pubertät, die ihn, aufgrund seiner traurigen Erfahrungen, eben besonders heftig gepackt habe. Sie werde auf gar keinen Fall zulassen, dass man die Kinder auseinanderriss, auf so einen Einfall könne nur das Jugendamt kommen. Den letzten Satz formulierte Oma etwas drastischer, sie schmückte ihn mit mehreren Flüchen und Kraftwörtern aus, und dann warf sie die Gesetzesanbeterin hinaus.

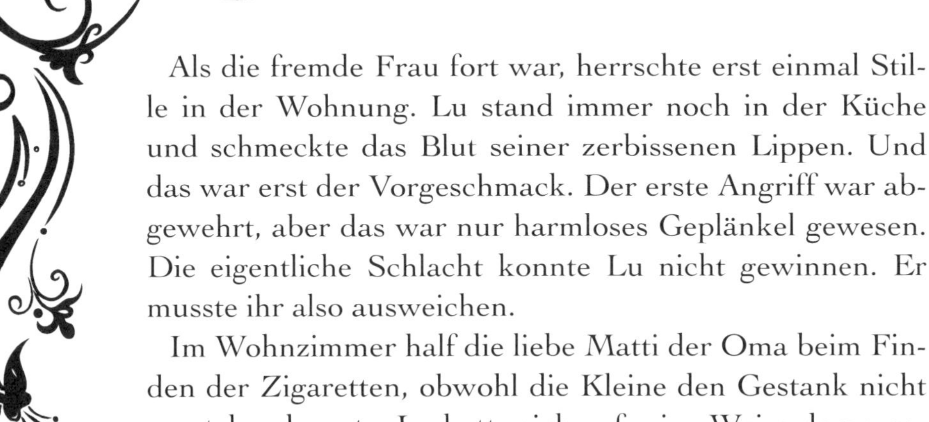

Als die fremde Frau fort war, herrschte erst einmal Stille in der Wohnung. Lu stand immer noch in der Küche und schmeckte das Blut seiner zerbissenen Lippen. Und das war erst der Vorgeschmack. Der erste Angriff war abgewehrt, aber das war nur harmloses Geplänkel gewesen. Die eigentliche Schlacht konnte Lu nicht gewinnen. Er musste ihr also ausweichen.

Im Wohnzimmer half die liebe Matti der Oma beim Finden der Zigaretten, obwohl die Kleine den Gestank nicht ausstehen konnte. Lu hatte sich auf seine Weise daran gewöhnt. Er hätte jetzt selbst gerne eine geraucht. Langsam folgte er den beiden auf den Balkon, wo Matti Oma Feuer gab. Lu trat an die Brüstung und tat so, als hätte er die Tränen auf Omas Wangen nicht bemerkt. Mit festem Blick fixierte er die Turmspitze der Emichsburg und leistete stillschweigend einen feierlichen Schwur.

„Ich hab da einen Plan", sagte er.

Der Alte

Die Schubkarre stieß an ein Hindernis und drohte umzuschlagen. Die Last geriet ins Wanken, doch Metin konnte Ärgeres verhindern. Mit leisem Schimpfen setzte er die Karre ab und sah sich um. Der Park war schon so lange Jahre sein Zuhause, dass er ihn ganz und gar zu kennen glaubte. Doch dies war eine Nacht, so tintenschwarz wie sie in einer Stadt je sein konnte. Die alten Augen wollten oder konnten diese Tinte nicht durchdringen. Er war abgekommen vom vertrauten Weg und hatte mit der Karre einen Pilz getroffen. Die Märchenpilze wuchsen groß und steinern überall entlang der Wege. Am Tag, wenn Kinder in den Garten strömten, erzählten sie mit leiser Stimme ihre Märchen, doch in den langen Nächten schwiegen sie.

Mit einem Brummen reckte Metin seine alten Knochen. Da plötzlich: Über seinem Kopf erklang ein heller Triller, gefolgt von einer perlenden Kaskade klarer Töne. Es war das Vogelhochzeitslied der Nachtigall, das ihn vergessen ließ, wenn auch für wenige Sekunden, den bösen Frondienst, der ihm seinen alten Rücken beugte. Das Lied verwandelte den Park in jenes Märchenreich, das er in guten Zeiten war. Mit einem Himmel, von dem Metin hätte Sterne pflücken können, und mit Bäumen, die ihre guten Seelen nicht verbargen. Es war dies einer jener mystischen Momente, die Metin so sehr liebte, in denen er sich eins wusste mit seinem Gott und mit dem Universum.

Doch dieses Glück, es platzte und ließ kein Fitzelchen zurück.

„Wo bleibt mein Essen?“, schallte es mit lauter, rauer Stimme.

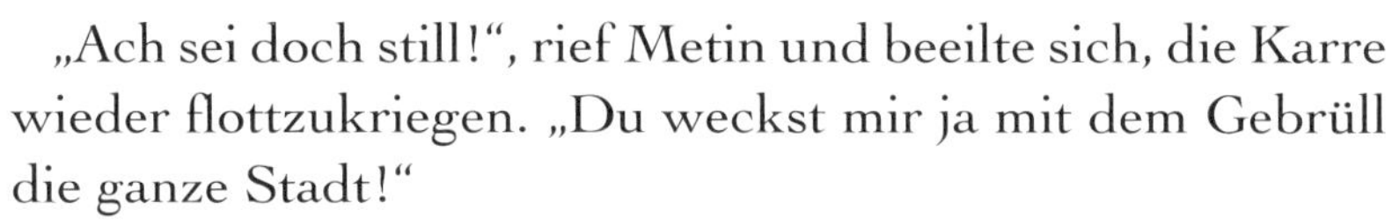

„Ach sei doch still!", rief Metin und beeilte sich, die Karre wieder flottzukriegen. „Du weckst mir ja mit dem Gebrüll die ganze Stadt!"

Er kam zu einem Platz mit einer kleinen Burg, in deren fensterlose Mauer ein Türchen eingelassen war.

„Mehr!", brüllte der dort drinnen. „Ich habe Hunger!"

Metin schloss das Türchen auf und kippte eilends seine Fuhre in den Hof der Burg.

„Da hast du's, es ist angerichtet! Und lass das dumme Brüllen sein, sonst ist's das letzte Mal und auch dein letztes Mahl. Ich warne dich: Ich lasse dich in deiner Spielzeugburg verhungern!" Mit diesen Worten packte er die Karre, zog sie nach draußen und verschloss die Tür.

Der andere fiel mit scheußlichem Geschmatze über die Fuhre her, die dritte war es schon in dieser Nacht. Wie jedes Mal schrie er mit vollen Backen: „Es ist nichts Lebendes dabei! Es ist kein Menschenfleisch!"

Draußen an der Mauer lehnte Metin und fischte eine Pistazie aus einem kleinen Beutel. „Der Holzkopf wird es nie verstehen", erklärte er der kleinen Nuss. Und laut rief er, zum dritten Mal in dieser Nacht: „Ich konnte keines finden!"

Dann hockte er sich vor die Mauer und griff nach seiner Saz. Stets nach der dritten Fuhre nahm er sein Instrument zur Hand und sang die alten Lieder seines Volkes. Auch eigene Lieder sang Metin dann, sie handelten von Knechtschaft und von Unterdrückung, von Schuld und auch von Sühne. Der in der Burg konnte nicht wissen, wovon der Kurde Metin Batu sang, doch seine Saz und Metins immer noch kraftvolle Stimme sangen den Sattgefressenen bald in den Schlaf.

In dieser Nacht, der Hochzeitsnacht der Nachtigall, fiel ihm das Singen schwer. Verstreut über den kleinen Platz sah er Korbflaschen und auch Knochen liegen, zu denen sich in hohem Bogen weitere gesellten. Er würde sie vergraben, später und an anderer Stelle hier im Park. Er dachte an das viele Blut, das er, wie jede Nacht, vergießen musste, und seufzte schwer. Seit vielen Jahren war er nun der Hüter dieses Parks. In jungen Jahren hatte Metin Schuld auf sich geladen, die trug er willig ab. Metin Batu war sein Name, und er bedeutete der Standhafte, der Treue. Doch er war siebzig Jahre alt und hatte keinen, der ihm die schwere Last von seinen Schultern nehmen konnte. Was sollte werden, wenn er nicht mehr war?

Stunden später, es dämmerte bereits, betrat er sein Zuhause. Bittersüß hing der Geruch vergossenen Blutes und aufgebrochener Erde an seiner Haut und seinen Kleidern und verklebte seine Sinne. Nur wenige Stunden Schlaf blieben ihm, bevor der Park seine Tore öffnete. Mit hängenden Schultern und schleppenden Schrittes erklomm er die schmale Stiege zum Dachgeschoss des Häuschens, in dem er schon seit vielen Jahren lebte. Oben erwartete ihn eine Überraschung.

Auf dem Boden lagen, noch aufgerollt, zwei Schlafsäcke und ein Federbett, zwei Isomatten und eine Luftmatratze. Daneben waren Bücher aufgetürmt, Rätselhefte und vieles mehr. Jemand war in der Nacht gekommen und hatte ihm sein Heim streitig gemacht. Müde bückte Metin sich und griff nach einer alten Kladde. Es war das Tagebuch eines Mädchens, dessen Jugend längst wie die Seiten des Büchleins vergilbt sein musste. Die ungestüme Handschrift rührte an Metins Herz.

Draußen lärmte ein Schwarm Sperlinge und mahnte ihn, wie wenig Zeit ihm blieb. Sachte legte er das Tagebuch an seinen Platz zurück. Er duckte sich in eine Ecke und zog

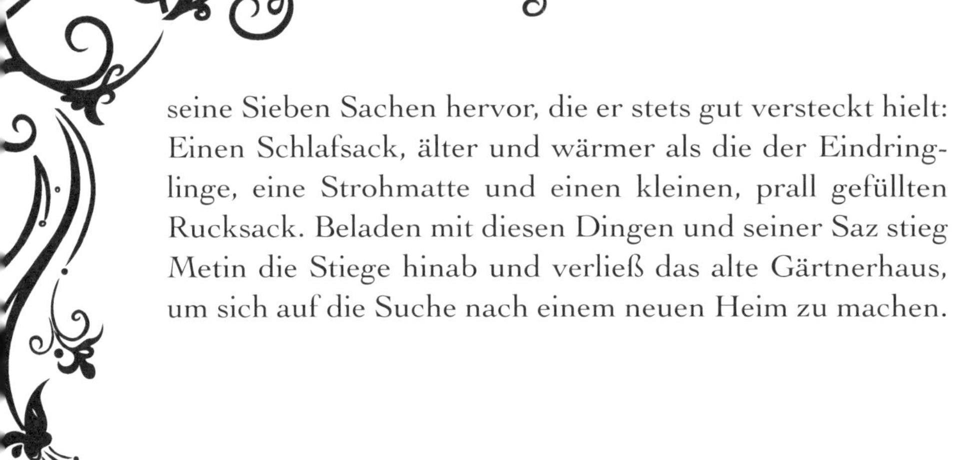

seine Sieben Sachen hervor, die er stets gut versteckt hielt: Einen Schlafsack, älter und wärmer als die der Eindringlinge, eine Strohmatte und einen kleinen, prall gefüllten Rucksack. Beladen mit diesen Dingen und seiner Saz stieg Metin die Stiege hinab und verließ das alte Gärtnerhaus, um sich auf die Suche nach einem neuen Heim zu machen.

Der Junge

„Das ist jetzt nicht dein Ernst!"

Entgeistert starrte Lu den gewaltigen, schreiend bunten Stoffberg an, der ihm den Weg in die Küche versperrte. Gekrönt wurde diese Farborgie vom bis zur Unkenntlichkeit geschminkten Gesicht seiner Oma. In ihrem rot gefärbten Haar prangten Stoffblumen. Als Lu genauer hinsah, entdeckte er an Armen und Ohren und auf dem mächtigen Busen mehr Schmuck, als an ihrem letzten Weihnachtsbaum gehangen hatte. Der zugegebenermaßen auch nicht Omas Umfang besessen hatte.

„Wir wollten untertauchen, Oma, schon vergessen?"

„Du wirst es mir nicht glauben, aber das habe ich mir ausnahmsweise mal gemerkt."

„Untertauchen: Das ist das Gegenteil von auffallen!"

„Ich bitte dich, es ist drei Uhr in der Früh. Wem sollten wir da auffallen?"

„Wann gehen wir endlich los?", mischte Matti sich ein. „Ich will jetzt los!"

Lu starrte abwechselnd seine Flower-Power-Oma an und die aufgekratzte Sechsjährige, die an seinem Arm zerrte. Vermutlich wären die beiden nicht halb so enthusiastisch gewesen, hätten sie, wie er, die letzten Stunden und die vorangegangene Nacht damit verbracht, Schlafsäcke und Vorräte durch die Dunkelheit und über Mauern zu schleppen.

Seit Mittwochnachmittag, seit die grässliche Frau vom Jugendamt die Wohnung verlassen hatte, war Lu unermüdlich mit der Umsetzung seines Planes beschäftigt gewesen. In der ersten Nacht war er in den frühen Morgenstunden vor seinem PC eingeschlafen, nachdem er alles, was es über die tückische Krankheit seiner Oma zu wissen

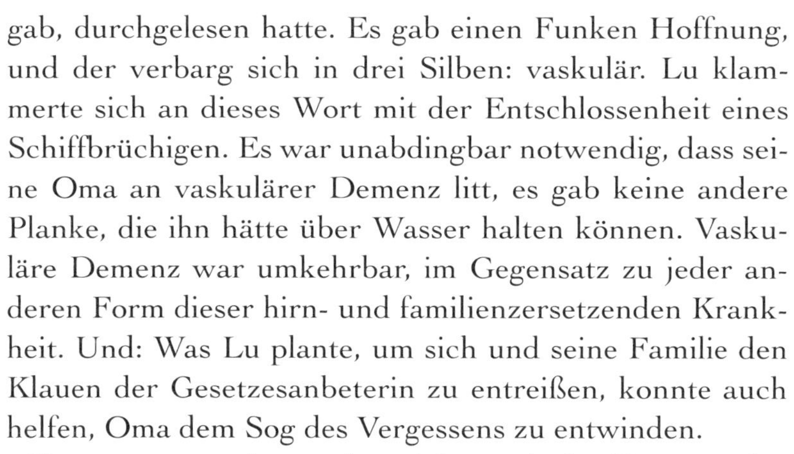

gab, durchgelesen hatte. Es gab einen Funken Hoffnung, und der verbarg sich in drei Silben: vaskulär. Lu klammerte sich an dieses Wort mit der Entschlossenheit eines Schiffbrüchigen. Es war unabdingbar notwendig, dass seine Oma an vaskulärer Demenz litt, es gab keine andere Planke, die ihn hätte über Wasser halten können. Vaskuläre Demenz war umkehrbar, im Gegensatz zu jeder anderen Form dieser hirn- und familienzersetzenden Krankheit. Und: Was Lu plante, um sich und seine Familie den Klauen der Gesetzesanbeterin zu entreißen, konnte auch helfen, Oma dem Sog des Vergessens zu entwinden.

Vorausgesetzt, sie wurden nicht entdeckt. Das war der springende Punkt. Wie sollte jemand diese Rocky-Horror-Picture-Oma übersehen können, die sich da so aufgedreht vor ihm präsentierte?

„Du wirst es in dem Fummel gar nicht erst in den Park reinschaffen!", stöhnte er. „Wie willst du denn damit über die Mauer klettern?"

Seine Oma hob kokett ihr blumenübersätes Kleid und enthüllte die quietschgelbe Trainingshose, die sie darunter trug. Bei deren prallem Anblick musste Lu sich eingestehen, dass Rose-Marie Blumwald und das Wort unauffällig nur dann in einem Satz vorkommen konnten, wenn irgendwo dazwischen eine fette Verneinung stand.

Wertvolle Zeit verstrich. Lu war kurz vor dem Komplettabsturz, er hatte Hunger und rasende Kopfschmerzen, trotzdem nahm er einen letzten Anlauf.

„Wenn du in diesem Kleid durch den Märchengarten stolzierst, wissen die Angestellten dort spätestens nach drei Tagen, dass wir Dauergäste sind."

„Du hast Recht. Tagsüber werde ich mich langweilig anziehen. Aber nur tagsüber. Ich habe mich immer schön gemacht, wenn ich nachts in den Park eingestiegen bin, und daran wird sich jetzt nichts ändern!"

Lu starrte seine Oma an.

„Immer. Wenn du nachts in den Park eingestiegen bist."

„Schön, dass du das kapiert hast."

Lu wandte sich ab und wankte mit leerem Hirn und Bauch in die Küche. Eine Stunde noch, dann hatte er es geschafft. Dann konnte er schlafen. Eine läppische Stunde, die würde er auch noch durchstehen. Aber erst wollte er sich mit einer Schale Müsli stärken. Aus dem Milchkarton, eben frisch geöffnet, schwappten dicke, stinkende weiße Brocken in die Getreideflocken und erinnerten Lu daran, dass er vergessen hatte, Mattis Schoko-Rallye-Fundstück zu entsorgen. Entnervt griff er nach dem großen Messer, um sich eine Scheibe Brot abzuschneiden. Doch gerade als er die Klinge angesetzt hatte, riss Matti an seinem Ärmel.

„Ich will jetzt gehen, jetzt sofort! Wir haben doch schon gegessen!"

„Verdammt, Matti!"

Lu starrte auf das glänzend rote Blut, das aus der Kuppe seines linken Daumens quoll. Noch bevor der Schmerz einsetzte, heulte Matti los. Oma tauchte in der Küche auf und starrte verwirrt auf das Messer und das Blut. Dann sah sie mit fragendem Blick die heulende Matti an.

Lu versuchte erfolglos, die Blutung mit Küchentüchern zu stillen. Er rannte mit tropfendem Daumen ins Badezimmer, um Verbandszeug zu suchen. Hinter ihm forderte Oma seine kleine Schwester auf, ins Bett zu gehen, es sei immerhin mitten in der Nacht, und warum sie denn nicht längst schlafe, worauf sich Mattis Geheul zum Gebrüll steigerte. Halb betäubt legte Lu sich einen unförmigen Verband an.

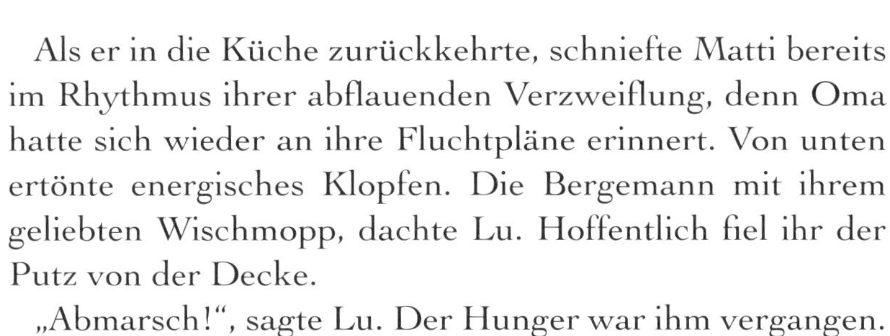

Als er in die Küche zurückkehrte, schniefte Matti bereits im Rhythmus ihrer abflauenden Verzweiflung, denn Oma hatte sich wieder an ihre Fluchtpläne erinnert. Von unten ertönte energisches Klopfen. Die Bergemann mit ihrem geliebten Wischmopp, dachte Lu. Hoffentlich fiel ihr der Putz von der Decke.

„Abmarsch!", sagte Lu. Der Hunger war ihm vergangen.

„Aber du musst doch etwas essen, Kind!", widersprach seine Oma. „Und ich auch, auf diesen Schreck. Überhaupt, ich weiß nicht, ob mir die Diät, die du dir da ausgedacht hast, wirklich gut tut", mümmelte sie, bereits mit vollem Mund. „Ich fühle mich schon den ganzen Tag unterzuckert!"

„Du isst immer noch sehr viel", entgegnete Lu müde, „nur eben keine Süßigkeiten. Diät ist was anderes."

„Sei nicht so frech, Ludwig Blumwald. Mein Stoffwechsel lebt nun mal von Torte und Zigaretten."

„Jetzt nicht mehr. Warum misst du nicht einfach nach, wenn du dir so große Sorgen wegen des Blutzuckers machst."

„Das Messgerät ist weg", erklärte Matti. Außer einem gelegentlichen Schluckauf war von ihrem Heulkrampf nichts übriggeblieben.

Lu verschluckte sich an einem Stück Brotrinde. Plötzlich wusste er, was das Ding im Blumenkasten gewesen war. Ob man es wohl wieder zusammensetzen konnte? Er erinnerte sich an ein hässliches, splitterndes Geräusch. Nein, dachte Lu, da war nichts zu wollen.

„Wenn ich nur nicht ständig alles vergessen oder verlegen würde!", knurrte seine Oma. Sie war aufgestanden und hatte nach dem Messer gegriffen, an dessen Schneide das Blut bereits trocknete. „Stellt euch vor, ich müsste wegen meines Diabetes regelmäßig Insulin spritzen, das wäre ein Spaß!“ Ärgerlich fuchtelte sie mit dem Messer herum. „Da wärt ihr mich schon lange los!“

„Sag doch so was nicht!“ Lu warf einen ängstlichen Blick auf Matti, doch die war weit davon entfernt, erneut loszuplärren. Irgendwann in den letzten drei Sekunden musste sie auf der Küchenbank eingeschlafen sein. Lu betrachtete sie neidisch. Matti schlief den komatösen Schlaf der Sechsjährigen und würde erst wieder erwachen, wenn ihr selbst danach war. Müde stemmte sich Lu von seinem Stuhl hoch, trat zur immer noch schimpfenden Oma und entwand ihr das gefährliche Messer. Über ihre Schulter warf er einen Blick aus dem Fenster. Der Himmel über dem Park schien ihm bereits einen Tick heller geworden zu sein.

„Wir müssen los.“

Als sie sich ins Treppenhaus stahlen, hing Matti wie ein Sack Zement über Lus Schulter. Er war groß für sein Alter und trotz seiner schlaksigen Glieder stark, doch seine Schwester war kein Fliegengewicht.

Sie wagten nicht, Licht zu machen. Vorsichtig tasteten sie sich abwärts, als plötzlich lautes Lachen vor dem Haus explodierte, unmittelbar gefolgt von dem stochernden Geräusch eines Schlüssels, der sein Ziel verpasst. Mit ziemlichem Radau und viel „Pssst!“ kamen die Studenten nach Hause, die die Wohnung gegenüber der Bergemann bewohnten.

„Wie bei Agatha Christie!“, röhrte der eine.

„Quatsch, du solltest nicht so viel trinken!“, kicherte der andere.

„Da war eindeutig ein Messer!“, lallte der erste. „Ein großes Messer!“

Ein Stockwerk darüber, im plötzlich grell erleuchteten Treppenhaus, standen Oma und Lu dicht an die Wand

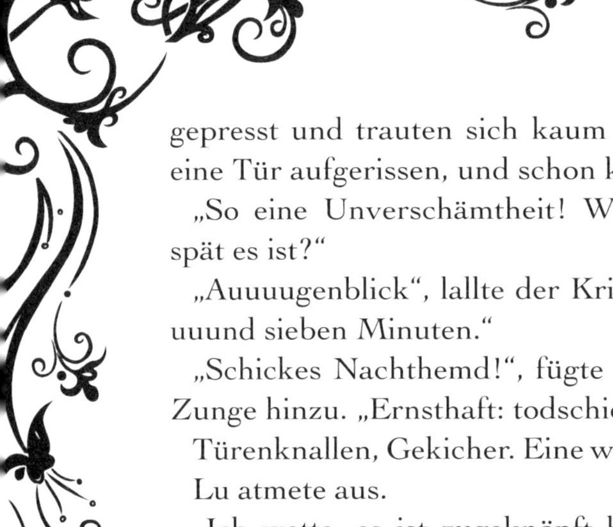

gepresst und trauten sich kaum zu atmen. Unten wurde eine Tür aufgerissen, und schon keifte die Bergemann los:

„So eine Unverschämtheit! Wissen Sie eigentlich, wie spät es ist?"

„Auuuugenblick", lallte der Krimi-Fan, „genau vier Uhr uuund sieben Minuten."

„Schickes Nachthemd!", fügte der andere mit schwerer Zunge hinzu. „Ernsthaft: todschick!"

Türenknallen, Gekicher. Eine weitere Tür fiel ins Schloss.

Lu atmete aus.

„Ich wette, es ist zugeknöpft bis an den Hals und geblümt", kicherte Oma.

Lu starrte sie verständnislos an.

„Das Nachthemd!"

Er verdrehte die Augen und stapfte mit schweren Schritten im diesmal hell erleuchteten Treppenhaus die Stufen hinab. Im Erdgeschoss hätte Lu schwören können, dass die Nachbarin durch ihren Türspion linste, doch es war ihm inzwischen egal. Er wollte dies nur noch hinter sich bringen, bevor er vor Erschöpfung tot umfiel.

Eine gefühlte Ewigkeit später standen sie vor dem Haus, durch dessen Garten Lus ausbaldowerter Weg führte. Matti hing nach wie vor als leblose Bürde über seiner Schulter, die inzwischen fünf Zentimeter niedriger sein musste als die andere. Lu hatte keine Ahnung, wie er eine fette Oma *und* eine in Tiefschlaf versunkene Sechsjährige über die Mauer bekommen sollte. Doch der zweite Teil des Problems löste sich von selbst.

„Falls ein Hund auftaucht, keine Panik!", flüsterte Lu.

„Wo ist ein Hund?", fragte Matti, hellwach.

„Hier wohnt einer", erklärte Lu. „Er ist total süß und verschmust."

Zumindest war er das vormittags gewesen, als Lu *vor* dem Gartentörchen geblieben war. Er verdrängte seine Zweifel und spähte in die Dunkelheit: Da war sie, die Leiter, die sie brauchen würden. Sie stand noch am Kirschbaum. Ein Stück dahinter schimmerte das Stück Mauer, das Lu nach stundenlangem Suchen als ihre einzige Möglichkeit identifiziert hatte, in den Park zu gelangen. Von der anderen Seite war die Mauer nämlich niedriger, der Abstieg musste sogar seiner Oma gelingen. Die starrte in dieselbe Richtung.

„Ich soll auf dieser Leiter über diese Mauer steigen?"

Lu schluckte. Am Vormittag waren ihm die Leiter stabiler und die Mauer niedriger erschienen.

„Warum gehen wir nicht tagsüber in den Park und verstecken uns, wenn sie ihn schließen?", fragte Oma.

„Wo ist jetzt der süße Hund?", quengelte Matti.

Lu schwieg und kam sich schrecklich dumm vor.

„Jetzt weiß ich es", sagte Oma, „weil es auf diese Weise viel mehr Spaß machen wird."

Sie hob ihr Kleid und stopfte den Saum in den Bund ihrer Trainingshose. Dann öffnete sie das Gartentor. Lu nahm Matti bei der Hand, legte ihr einen Finger auf die Lippen und folgte der grotesken Gestalt seiner Großmutter in den nächtlichen Garten. Sie waren eben am Kirschbaum angelangt, Lu hatte gerade die Leiter ergriffen, da ging im Haus das Licht an. Zu Salzsäulen erstarrt standen die drei im Dunkeln und glotzten den Mann an, der an die Terrassentür getreten war und zu ihnen herübersah.

Die Zeit blieb stehen.

Lus Herz auch.

Oma kicherte.

„Er kann uns nicht sehen", wisperte sie. „Er guckt aus einem hell erleuchteten Zimmer in die schwarze Nacht."

„Sicher?“, krächzte Lu.

„Ich denke schon. Sonst würde er sich doch was anziehen, meinst du nicht?“

Lu kicherte nervös.

„Und wo ist der Hund?“, fragte Matti unbeeindruckt.

Da war er. Verschlafen kam er ins Zimmer getapst, begrüßte seinen Herrn und sah dann zu ihnen herüber.

Und wurde ganz aufgeregt.

Der Mann bückte sich und streichelte den Hund, doch der setzte seine Vordertatzen auf die Terrassentür.

Der Mann öffnete die Terrassentür.

Der Hund drängte hinaus, kaum dass der Spalt breit genug war.

Und fegte auf sie zu.

Mit gelähmtem Hirn sah Lu ihn kommen.

„Ist der süß!“, jubelte Matti so laut, dass Lu seine Augen von dem wuselnden, schwanzwedelnden Wollknäuel löste und aufs Haus richtete. Der Mann war nicht mehr zu sehen, was Lu nicht wirklich beruhigen konnte. Wahrscheinlich rief er gerade die Polizei.

Plötzlich erstarrte der kleine Hund und knurrte. Ein riesiger Kater buckelte an der Terrasse. Seine Augen reflektierten blitzend das Licht, das immer noch aus dem Zimmer drang. Im nächsten Augenblick verknäulten sich die beiden Tiere in einem kurzen, erbitterten Kampf, aus dem der Hund als Sieger hervorging. Der Kater verschwand fauchend in der Dunkelheit. Ein einziges zufriedenes Kläffen gönnte sich der Hund, dann stolzierte er zurück ins Haus.

Kurz darauf kam der Mann, schloss die Terrassentür und löschte beim Verlassen des Zimmers das Licht.

Im Garten erklangen zwei Seufzer der Erleichterung und ein „Ist der süß!“.

Die Mauer war niedrig, die Leiter stabil und Matti so schnell oben, dass Lu sie nicht aufhalten konnte: Schon war seine Schwester auf der anderen Seite hinabgesprungen und ihren Blicken entzogen.

„Mutig ist die Kleine!", knurrte Oma, während sie ihre wabbelnde Masse die Leiter hinaufzwang, die Lu für sie hielt, obgleich ihm schnell klar wurde, dass das nur Show war: Er wäre absolut machtlos gewesen, wenn die Leiter unter dem Gewicht seiner Oma gekippt wäre.

„Setz dich oben auf die Mauer", flüsterte Lu. „Ich stell die Leiter dann auf die andere ... – Au!"

Hundertdreißig Kilo Lebendgewicht plätteten den vom Küchenmesser lädierten Daumen und pressten einen Schwall Blut durch den Verband. Um von der Leiter auf die Mauer zu wechseln, hatte Oma ihren schweren Körper über den linken Holm gewälzt, wobei ihr Fuß Lus Hand erwischt hatte. Als die Sterne vor Lus Augen verblassten, stand er allein vor einer fremden Mauer in einem fremden Garten. Von Oma und Matti war nichts zu sehen. Der Schock ließ ihn alle Schmerzen vergessen. Im Nu war er oben auf der Mauer und starrte nach unten. Omas Hippie-Kleid blühte in einem Lavendelbeet. Der Duft der zerquetschten Stauden nahm ihm fast den Atem.

Sie schien sich nichts gebrochen zu haben, klagte auch nicht über Schmerzen, als Lu ihr aufhalf.

„Wo sind wir?", war alles, was sie von sich gab. Schwankend stand sie da und starrte mit aufgerissenen Augen um sich.

„In der äußersten Ecke des Märchengartens", antwortete Lu. „Komm, wir müssen Matti suchen."

Sie befanden sich im östlichsten und zugleich am tiefsten gelegenen Zipfel des Märchengartens, der im Norden von der Marbacher Straße begrenzt wurde. Hier befanden sich

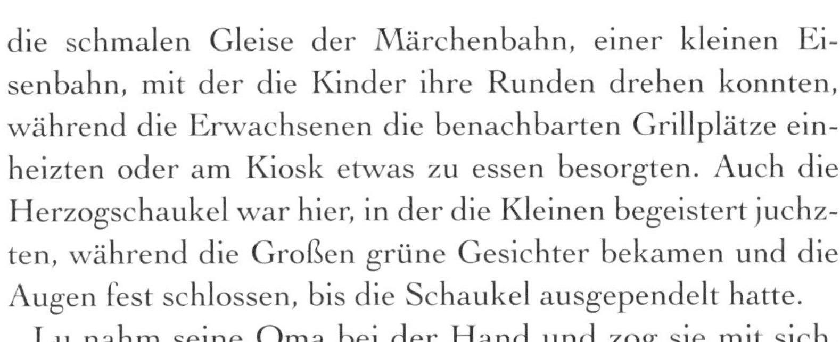

die schmalen Gleise der Märchenbahn, einer kleinen Eisenbahn, mit der die Kinder ihre Runden drehen konnten, während die Erwachsenen die benachbarten Grillplätze einheizten oder am Kiosk etwas zu essen besorgten. Auch die Herzogschaukel war hier, in der die Kleinen begeistert juchzten, während die Großen grüne Gesichter bekamen und die Augen fest schlossen, bis die Schaukel ausgependelt hatte.

Lu nahm seine Oma bei der Hand und zog sie mit sich. Sie fanden Matti beim oberen Gleisabschnitt der Märchenbahn, wo sie mit rhythmischem Tschtschtsch die Schienen entlang trabte.

„Das macht Spaß!", jubelte Matti. „Kommt, wir gehen über die Brücke da, das ist gruselig."

Sie versuchte, Lu zu dem dunklen Holzschlund einer überdachten Brücke zu ziehen, die über die Gleise führte. Aber Oma blieb plötzlich wie angewurzelt stehen und starrte das Gebäude an, in dem die Märchen von Tausendundeiner Nacht gezeigt wurden. Es war eines der neueren Märchenbilder.

„Das ist ganz falsch. Wo sind wir hier?" Sie begann, sich nervös im Kreis zu drehen, murmelte immer aufgeregter und wirrer vor sich hin und starrte dann plötzlich Lu an.

„Oma?" Lu versuchte, sie am Arm zu fassen, doch sie entwand sich ihm, ließ auch nicht zu, dass Matti sich an sie hängte.

„Was wollt ihr von mir?", schrie sie, und Lu hörte die Panik in ihrer Stimme. Dann watschelte seine Oma, so schnell es ihr dicker Körper zuließ, in den dunklen Schlund der Brücke.

Matti wollte ihr nach, sie schrie und weinte, als Lu sie festhielt. Mit rasendem Puls sah er seiner Oma hinterher und versuchte, dem letzten Blick, den sie ihm zugeworfen hatte, eine andere als die offenbare Deutung zu verleihen. Es half nichts. Lu war sich ganz sicher, dass seine Oma ihn nicht erkannt hatte.

Es war seine Schuld. Was er hier tat, war Wahnsinn. Wie hatte Lu glauben können, dass er seine Oma so einfach aus ihrer gewohnten Umgebung reißen konnte? Und überhaupt, länger als ein Jahr hatte er im Park untertauchen wollen, bis zu seinem sechzehnten Geburtstag. Während er mit der völlig aufgelösten Matti seiner verängstigten Oma durch den Märchengarten folgte, machte Lu sich die bittersten Vorwürfe. Er konnte selbst nicht fassen, wie dumm und verantwortungslos er gehandelt hatte. Und wie naiv er gewesen war. Sie würden es niemals zulassen, dass er als Sechzehnjähriger die Verantwortung für seine kleine Schwester und die in der Demenz versinkende Oma übernahm. Natürlich nicht! Und erst recht nicht nach dieser irrsinnigen Aktion.

Oma schnaufte den steilen Weg hinauf, sie hörten sie laut reden, doch Lu verstand ihre Worte nicht, weil er sich nicht näher an sie heran traute. Die schluchzende Matti im Schlepptau folgte er ihr durch den nächtlichen Park. Sie passierten die Märchenbilder vom Sterntaler und vom Rotkäppchen, doch bei Frau Holle, wo der Weg eine scharfe Kurve machte, ging Oma einfach geradeaus, drang ins Gebüsch ein und arbeitete sich die Böschung hoch. Lu holte auf, aus Sorge, die Oma im Gestrüpp zu verlieren. Beim Aschenputtel kamen sie wieder auf den Weg, doch ihre Oma war nirgends zu entdecken. Erst das Geräusch knickender Äste verriet, dass sie den Weg überquert hatte und bereits den Abhang hinab quer durchs Gelände walzte. Sie machte einen ziemlichen Radau. Lu hatte so damit zu tun, Matti

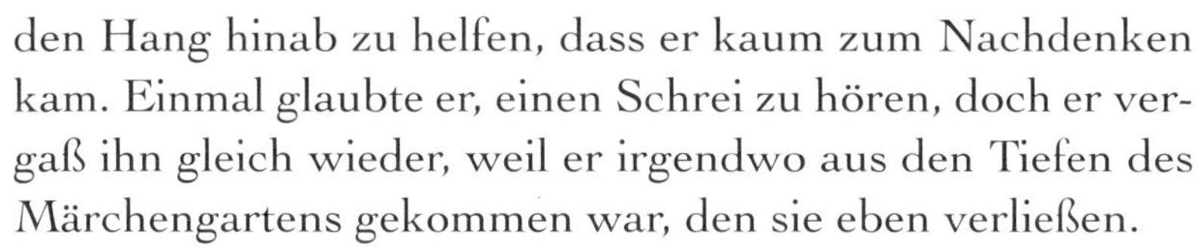

den Hang hinab zu helfen, dass er kaum zum Nachdenken kam. Einmal glaubte er, einen Schrei zu hören, doch er vergaß ihn gleich wieder, weil er irgendwo aus den Tiefen des Märchengartens gekommen war, den sie eben verließen.

Unterhalb des Felsens, auf dem die künstliche Ruine der Emichsburg thronte, kamen sie ins Freie. Oma stand am Ufer des Teichs, der sich an den Fuß des Felsens schmiegte und der selbst tagsüber einen verwunschenen Eindruck machte. Matti hielt Abstand, die letzten Minuten hatten ihr arg zugesetzt, doch Lu näherte sich vorsichtig. Als seine Oma sich zu ihm umwandte, wirkte sie ruhig und froh.

„Komm her, Fritz", sagte sie und lächelte ihn verschämt an. „Hier hat der Schwarze seine Hexe das erste Mal geküsst."

Das war nicht geeignet, Lu zu beruhigen. Wenn das so weiterging, würde er den Notarzt rufen müssen. Was das hieß, war klar: Pflegefamilie für Matti, Pflegeheim für Omi, und Schlimmeres für ihn.

„Glaubt sie jetzt, du wärst Papa?" Matti hatte sich an seinen Arm gehängt und starrte ihn mit schreckerfüllten Augen an.

Lu schwieg. Sein Mund war ausgetrocknet und würde nie wieder aufgehen.

„Worauf warten wir?", fragte Oma plötzlich. „Das Gärtnerhaus ist gleich da drüben."

Damit marschierte sie über die Wiese davon. Lu und Matti stolperten ihr nach.

Bei seinem ersten nächtlichen Erkundungsgang hatte Lu festgestellt, dass bei einem der Fenster des Gärtnerhauses der Schließmechanismus kaputt war. Man konnte es nur zudrücken, nicht aber verriegeln. Das Fenster war leicht über eine Gartenbank, die darunter stand, zu erklimmen. Drinnen stand ein Tisch unter dem Fenster, auf den man krabbeln konnte. Alles in allem sah es so aus, als würde dieses Haus nur auf ihn und seine kleine Familie warten.

Eine schmale Holztreppe führte unter das Dach, unter dessen Schräge sich all das angesammelt hatte, was offensichtlich niemand mehr brauchte. Wenn man das Gerümpel ein wenig auf die Seite schob, passten ihre drei Schlafplätze nebeneinander. Lu hatte sich nachdenklich umgesehen. Da das Haus genutzt wurde, würden sie ihre Sachen tagsüber verstecken müssen. Hinter den Kisten gab es Hohlräume, wo das Dach sich dem Boden näherte und nicht genug Raum für sperrige Dinge ließ. Dort würden sie ihr Hab und Gut verstecken.

Der Optimismus, der Lu vor zwei Tagen veranlasst hatte, den Umzug vorzubereiten, war spurlos verschwunden, als er zusah, wie Oma ihr gewaltiges Hinterteil durch das Fenster zwängte. Was, wenn schon morgen jemand kam, um das Fenster zu reparieren? Was, wenn die Schlafsäcke und die Vorräte bereits entdeckt worden waren? Er hatte das meiste davon offen stehen lassen. So leichtsinnig durfte er auf keinen Fall noch einmal sein.

Von drinnen, gedämpft durch Omas Körper, hörte er Matti jubeln, die ihr neues Zuhause mit der Taschenlampe erkundete. „Ist das gruselig!“, rief sie begeistert.

Der Hintern seiner Oma kicherte. „Gibt es irgendetwas, vor dem dieses Kind Angst hat?“

„Rosenkohl?“, schlug Lu vor. Natürlich wusste er ganz genau, wovor Matti wirklich Angst hatte: Nachts aufzuwachen und festzustellen, dass sie allein in der Wohnung war. Und dass etwas unaussprechlich Schreckliches passiert war.

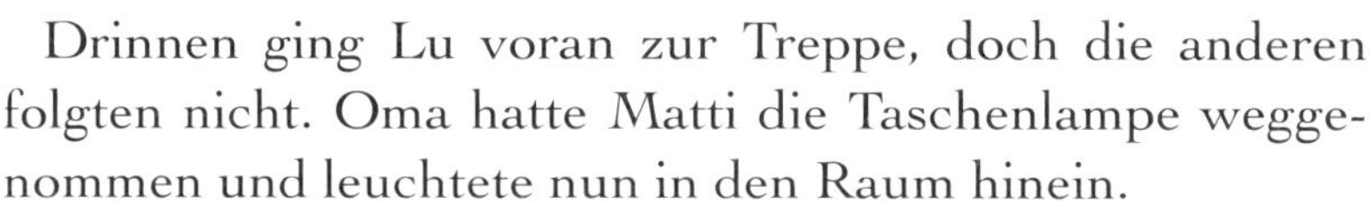

Drinnen ging Lu voran zur Treppe, doch die anderen folgten nicht. Oma hatte Matti die Taschenlampe weggenommen und leuchtete nun in den Raum hinein.

„Das ist meine Lampe!“, protestierte Matti, aber die Oma beachtete sie gar nicht. Besorgt sah Lu, wie sich der Gesichtsausdruck seiner Oma erneut veränderte, zum hundertsten Mal in dieser Nacht, darauf hätte er schwören können.

„Das ist ganz falsch!“, schimpfte sie, wütend und weinerlich zugleich. „Das ist nicht das Gärtnerhaus!“

„Oma, ist gut …“

„Wo sind wir hier? Ich will ins Gärtnerhaus! Bringt mich ins Gärtnerhaus!“

„Oma, beruhige dich doch. Wir sind hier richtig, glaub mir.“

„Ich will nach Hause!“

Oma war schon fast wieder auf dem Tisch. So flink hatte sie sich schon lange nicht mehr bewegt. Lu hatte Mühe, sie aufzuhalten.

„Warte Oma, wir gehen gleich mit dir nach Hause. Aber vorher darf ich dir noch etwas zeigen, okay?“

Er bugsierte die widerstrebende Oma in Richtung Treppe.

„Ist da oben auch alles anders?“, fragte sie misstrauisch.

„Äh, ja, glaub schon“, stotterte Lu. Er wusste selbst nicht, warum er nicht längst aufgegeben hatte. Das Ganze war eine Schnapsidee gewesen, aber nachdem sie nun schon so weit gekommen waren, wollte er auch nach oben.

Matti hatte ihre Lampe wieder und stürmte voraus. Sie polterte einmal über den ganzen Dachboden, dann ließ sie sich von Lu zur Treppe zurückrufen und leuchtete den beiden. Ächzend schob sich Oma die Stufen hinauf.

„Und das ohne eine einzige Zigarette!“, murrte sie, doch Lu glaubte eine Spur Humor darin zu hören. Die rasante

Geschwindigkeit, mit der sie in dieser Nacht ihre Stimmungen wechselte, verursachte ihm leichte Übelkeit.

Der Anblick ihrer Bettdecke und all der anderen vertrauten Dinge schien Oma zu beruhigen. Sie machte keine Probleme mehr, half sogar dabei, die Schlafplätze bereitzumachen. Zehn Minuten später lag Matti in ihrem Schlafsack und schlief den Schlaf der Gerechten, während Lu seiner Oma auf die Matratze half.

„Du wirst sehen", flüsterte er grinsend, „nach einer Woche im Park wirst du wie ausgewechselt sein. Hier machst du sogar Gymnastik, wenn du dich ins Bett legst."

„Ich glaube, allmählich ahne ich, wie du dir das vorstellst. Keine Zigaretten, keine Schokolade, kein Wein. Dafür enge Treppen und absurde Klettertouren. Das halte ich keine Woche durch!"

„Willst du lieber ins Altersheim?"

„Untersteh dich, dieses Wort noch einmal zu erwähnen. Und ich will auch nicht, dass man uns trennt. Aber ich glaube nicht, dass deine Therapie Erfolg haben wird, Dr. Ludwig Blumwald. Wir wissen beide, dass ich Demenz habe. Die lässt sich nicht so einfach aufhalten."

„Gib uns eine Chance. Es gibt Fälle, wo sie sich aufhalten lässt! Was hast du zu verlieren?"

„Euch."

„Deshalb sind wir hier."

„Was willst du tun, wenn es schlimmer wird?"

„Ich gebe nicht auf."

„Lu?"

„Ja?"

„Ich liebe dich, mein Junge."

Der Alte

Das fahle Mondlicht, das den blau getuschten Park verwischte, drang zögernd nur in Metins schmerzendes Gehirn. Die zähe Müdigkeit, gewachsen in zwei Nächten ohne Schlaf und Tagen voller Sorge, verklebte ihm Gedanken und Gefühle. Nur eines wusste er, als er sich von dem Weinberghaus entfernte, in das er hatte weichen müssen: Er brauchte eine Karre, er brauchte sie so notwendig wie Salz und Brot. Wenn er noch einmal eine Nacht die schweren Lasten seinen Armen und dem alten Rücken überließ, so würde er den Morgen nicht erleben.

Die Schubkarre aus Leichtmetall stand unerreichbar im Verhau des Gärtnerhauses. So galt sein erster Gang in dieser Nacht dem Arsenal im Känguruhaus. In diesem Schuppen, in dem einst für kurze Zeit und zum Ergötzen einer königlichen Herrschaft die unbegreiflich fremden Kängurus ein tristes Leben hatten fristen müssen, war nun ein Sammelsurium historischer Gerätschaften verwahrt. Man konnte es besichtigen bei Tage, und Metin liebte den Geruch nach altem Holz. Doch als er nun das schwere Eichenholz und Eisenzeug im Schein der Taschenlampe sah, da ward ihm schwer ums Herz. Dies mochte wohl den Charme der Nostalgie besitzen, doch seinem alten Körper waren Aluminium und Kunststoff lieb.

Er steckte seine Taschenlampe ein und trat, nunmehr im Dunkeln, an eine Schubkarre aus Holz, um deren Rad ein Eisenreif geschmiedet war. Die Holme lagen gut in seinen Händen, auch war die Karre nicht so schwer, wie er befürchtet hatte, doch als er sie bewegte, erschreckte ihn ein heiser-schriller Schrei. Er ließ die Holme fahren, die Karre schlug hart auf dem Boden auf, und in der schwarzen Stille war nur mehr sein schwerer Atem zu vernehmen. Mit einem Brummen schüttelte er Gruselhaut und Schrecken ab. Nun endlich gänzlich wach, besann er sich, dass wohl des Rades Achse lange mehr kein Öl gesehen hatte. Das Gartenarsenal, wenngleich nur noch Museum, war so gestaltet, dass Parkbesucher glauben konnten, gleich träte hier ein Gärtner ein, etwas zu holen oder um zu arbeiten. Es fand sich alles Nötige, darunter auch ein Kännchen Öl und Lappen, um all das schwere Eisenzeug zu pflegen.

Der See lag stiller noch als sonst, gerade so, als wolle er dem alten Metin zeigen, wie unanständig laut er sich bewegte. Kein Öl der Welt konnte dem Eisenreif dazu verhelfen, mit leisem Anstand über Kies und Teer zu rollen. Doch Metin war in großer Eile, die Zeit war nicht bereit, ihm Aufschub zu gewähren. Schon mochte sich in seiner Burg der Böse regen.

Da, plötzlich, Metin hielt erschrocken ein, da war etwas, entsetzt sah Metin vor sich die Bewegung. Er traute seinen Augen nicht: Es war ein dickes altes Weib, das, Metin sah es fassungslos, vom Denkerpavillon her kommend, dem Märchengarten zu strebte. Das durfte nicht geschehen, zu groß war die Gefahr! Rasch stieß er seine Karre ins Gebüsch, das sich mit wunderbarem Duft beklagte, und schlich der Dicken nach.

Sie schien nicht eben ängstlich, wie sie so unerschrocken vorwärts drang. Er wusste nicht, wie er sie aus dem Märchengarten schaffen sollte, wenn er nicht sein Geheimnis offenbaren wollte. Sein Anblick, hager, alt und klein, war kaum geeignet, um sie zu vertreiben. Entsetzt erkannte Metin bald, dass er zu lange schon gezögert hatte: In eben diesem Augenblick betrat das alte Weib den Platz

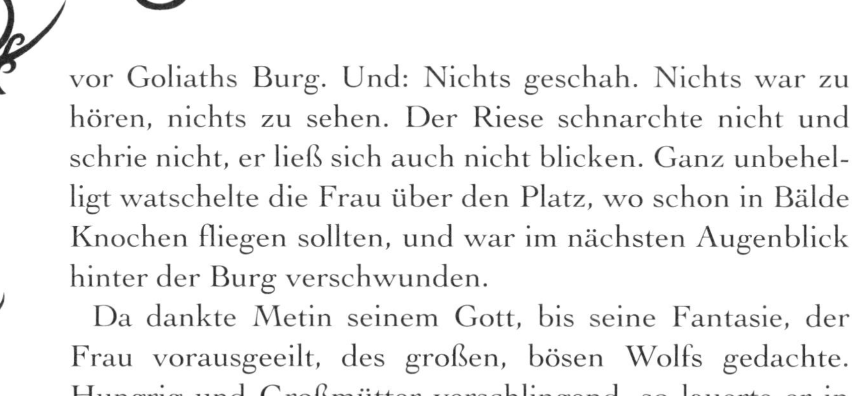

vor Goliaths Burg. Und: Nichts geschah. Nichts war zu hören, nichts zu sehen. Der Riese schnarchte nicht und schrie nicht, er ließ sich auch nicht blicken. Ganz unbehelligt watschelte die Frau über den Platz, wo schon in Bälde Knochen fliegen sollten, und war im nächsten Augenblick hinter der Burg verschwunden.

Da dankte Metin seinem Gott, bis seine Fantasie, der Frau vorausgeeilt, des großen, bösen Wolfs gedachte. Hungrig und Großmütter verschlingend, so lauerte er in der Dunkelheit! Schon wollte Metin weitereilen, da packte wütendes Gebrüll ihn fest beim Nacken.

„Du Wicht! Wo ist mein Essen? Wagst du es, mit leeren Händen vor mich hin zu treten?"

„Sei still, ich bitt dich!", flehte Metin voller Angst. „Die dicke, alte Frau: Sie wird dich hören!"

„Alt?", brummte da der Riese. „Seit Jahren schon betrügst du mich um Menschenfleisch, und nun bringst du ein zähes, altes Weib?"

Mit einem Stöhnen raufte Metin sich die Haare. Hatte die Nacht sich gegen ihn verschworen?

„Nun gut", sagte der Riese. „Ich will Großmut walten lassen. Ein altes Weib ist immerhin ein Mensch. Du sagst, sie lebt und sie ist dick? Das lässt sich gut an. Aber sag: Wo ist sie denn? Ich kann sie nirgends sehen!"

„Mit deinem dummen Brüllen hast du sie verjagt!"

„So? Nun, so werde ich mich leise auf die Lauer legen. Hol sie nur rasch zurück."

Metin besann sich kurz, dann seufzte er.

„Ich will mein Äußerstes versuchen. Doch du hältst still und zeigst dich nicht, bis ich dir's sage."

„So sei es!", sprach der Riese Goliath, und Metin hörte, wie er gierig schmatzte.

Er suchte überall im Park, allein, die Alte war vom Erdboden verschluckt und hinterließ ein riesiges Problem. Der Riese Goliath war wach und wartete auf Menschenfleisch. Voll böser Ahnungen ging Metin seine Karre holen.

„Willst du mich narren?“, donnerte der Riese, als Metin ihm die erste Fuhre auf den Boden kippte. Er eilte sich, erst aus der Burg zu fliehen, bevor er eine Antwort gab.

„Den ganzen Park hab ich durchkämmt. Die Frau ist nicht zu finden, das schwöre ich bei meinem Gott!“

„Lass deine dummen Schwüre sein, die brauch ich nicht. Ist dir das alte Weib entwischt, dann bringe mir ein anderes, ein jüngeres mit frischem Blut!“

„Lass gut sein, Goliath. Ich bin erschöpft. Ich kann mich kaum noch auf den Beinen halten. Iss deinen Braten – oder gehe hungrig schlafen!“

Der Riese schwieg, schwieg lang. Und als er endlich sprach, tat er es leise, mit schaurig böser Stimme, dass Metin spürte, wie sein Haar zu Berge stand.

„Du glaubst, du könntest mich noch ewig so betrügen. Du glaubst, ich sei hier eingesperrt und müsse ohne dich verhungern.“

Eine Wolke schob sich vor den hellen Mond. Als Metin aufsah, merkte er, dass es der Kopf des Riesen war. Er ward gepackt und hochgehoben. Mit Grauen sah er in des Riesen bärtiges Gesicht.

„Höre!“, sprach der Riese Goliath. „Du bringst mir fortan Lebendes. Tust du es nicht, so kann ich nicht mehr schlafen. Auch nicht am hellen Tag, wenn all die süßen Kinder an meine Türe klopfen. Ich höre sie in meinen Träumen und riech ihr zartes Menschenfleisch. Noch können tagsüber Maschinen meinen Leib zum Hanswurst machen, weil er schläft.“

Sanft setzte ihn der Riese ab, sanft klang des Riesen Stimme, als er weiter sprach.

„Geh heim und schlafe, Metin. Für heute sei der Braten hier genug. Doch morgen und in jeder weiteren Nacht hast du mir etwas Lebendes zu bringen. Du willst doch, dass ich schlafen soll? Dann geh und bring mir Lebendes!“

Der Junge

„Ich bin so müde! Ich will nicht mehr suchen!“
„Soll ich dich zurück ins Haus bringen?“
„Bleibst du dann bei mir?“
„Das geht nicht. Ich muss sie finden.“
„Warum denn? Lass sie doch!“
„Du weißt, dass das nicht geht.“

Auch Lu war schrecklich müde. Es musste auf vier Uhr zu gehen. Nichts regte sich im Park, nur draußen, in der anderen Welt, zerfuhren Autos Nacht und Stille in ungleiche Stücke.

Vielleicht hatte Matti recht. Vielleicht war es das Beste, aufzugeben. Lu war kaum noch in der Lage, sich vorwärts zu schleppen. Er hatte schon die letzte Nacht kaum geschlafen, weil er genau das befürchtet hatte: Dass Oma ihm entwischte. Gleich der erste Morgen im Park hatte ihm einen Vorgeschmack darauf gegeben, was ihn von nun an erwartete.

Als er am Morgen nach ihrer Flucht erwachte, war sie auch nicht da gewesen. Neben ihrer Luftmatratze hatte ihr altes Tagebuch gelegen und ihre Taschenlampe, die Batterien leer. Im Nu waren er und Matti auf den Beinen gewesen. Sie hatten sich fürchterliche Sorgen gemacht, so sehr, dass sie kaum gesprochen hatten. Lu hatte sich mit Frösteln daran erinnert, wie sie ihn in der Nacht zuvor angesehen hatte; wie sie ihn nicht erkannt hatte, vor ihm davon gelaufen war.

Es war längst hell gewesen, doch der Park noch nicht geöffnet. Lu hatte Matti angewiesen, in der Nähe des Hauses zu suchen, und war zum Teich unter der Emichsburg gerannt. Immerzu hatte er daran denken müssen, welch

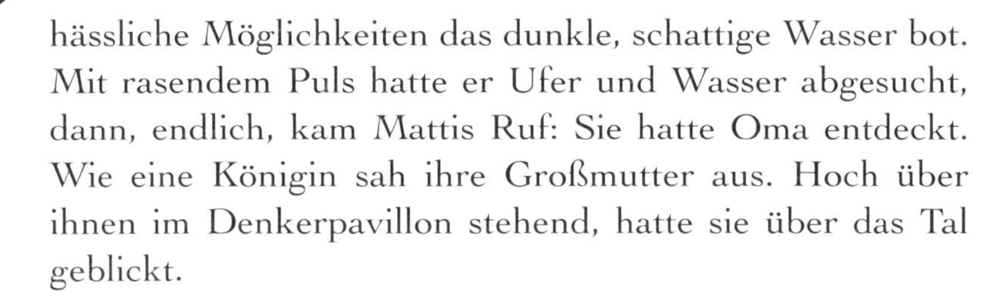

hässliche Möglichkeiten das dunkle, schattige Wasser bot. Mit rasendem Puls hatte er Ufer und Wasser abgesucht, dann, endlich, kam Mattis Ruf: Sie hatte Oma entdeckt. Wie eine Königin sah ihre Großmutter aus. Hoch über ihnen im Denkerpavillon stehend, hatte sie über das Tal geblickt.

Nun waren sie also zum zweiten Mal auf der Suche nach ihr. Diesmal mussten sie im Dunkeln suchen. Bei ihrer ersten Suche war es hell gewesen, sonst hätten sie die Oma nicht entdecken können, dort oben im Pavillon. Lu unterdrückte den Impuls, sich auf eine Bank zu setzen und den Kopf in den Armen zu vergraben. Er musste stark sein, schon Matti zuliebe. Auch wenn er wusste, dass die Chancen, ihre Oma bei Dunkelheit zu finden, verschwindend gering waren.

Ein heiserer Vogelschrei ließ die Geschwister zusammenzucken. Links vor ihnen bewegte ein einbeiniges Wesen seine Flügel, bevor es den Schnabel wieder unter einem davon verbarg. Der Flamingo schimmerte bläulich im Mondlicht, das gedämpft durch das Netz der Voliere drang, die sie von unten her durch den Posilippo-Tunnel betreten hatten. Blau war die Farbe dieser Nacht.

Sie verließen die Voliere am oberen Ausgang und Lu ließ prüfend seinen Blick über das Gebiet rund um den See gleiten, der vor ihnen lag. Es war aussichtslos. Selbst Omas wildgeblümtes Kleid wäre unsichtbar in dieser blau verwaschenen Welt, solange sie sich nicht bewegte.

„Komm", sagte er zu Matti, „vielleicht ist sie ja längst zurück."

Oder sie steht wieder im Denkerpavillon und sagt Kinderreime auf, dachte er. So wie vor zwei Tagen, als sie sie fanden. Sie hatte Matti unbedingt ein Gedicht beibringen wollen. „Du musst es dir merken", hatte sie gesagt, „es ist sehr wichtig!". Matti hatte ihr bereitwillig nachgesprochen, als sie die Treppe zum Gärtnerhaus hinabgestiegen waren. Es war ein langes Gedicht, und es handelte von einem Tyrann, dessen Macht ein Hexenkind brechen sollte. Matti hatte es daraufhin den ganzen Tag wiederholt. Lu erinnerte sich noch an den Refrain:

Hexenkind,
eil geschwind!
Kannst das Schicksal wenden,
denn mit der Erinnerung
muss jedes Wesen enden.

In der Stille der Nacht knirschte der Kies unter ihren Füßen, als sie den See umrundeten. Sie bogen eben auf den Pfad ein, der am Denkerpavillon vorbei zur Treppe führte, da packte Matti ängstlich seinen Arm.

„Was war das?"

Auch Lu hatte den Schrei gehört.

„Sicher wieder einer der Vögel!", versicherte er Matti und tätschelte beruhigend ihre Hand.

Sein Nackenhaar strafte ihn Lügen.

Der Alte

Versteckt im Herz des Heckenlabyrinths saß Metin nun seit einer Stunde schon und starrte seine Hände an. Alt waren sie und voller dunkler Flecken, die selbst im Mondlicht deutlich zu erkennen waren. Ihm schien, als sei er eingenickt und sitze weiter hier, in einem Alb gefangen, und starre seine Hände an, von aller Zuversicht verlassen.

„Ach Froschkönig, sag an, weißt du mir keinen Rat?"

Der dicke Frosch aus Stein saß regungslos an seinem Platz und wachte über der Prinzessin goldene Kugel.

Die ganze Nacht wohl hätte Metin auf der Bank gesessen, hätt nicht der Schrei des Rotkäppchens ihn aufgeschreckt.

„Mein Gott, der Wolf! Wie konnte ich die Bestie nur vergessen?"

Mit einem Satz war Metin auf und drang ins Labyrinth ein. Verzweifelt, wie er war, nahm er den falschen Weg und stand schon bald vor einer grünen Wand. Laut fluchend bahnte er sich seinen eigenen Weg hindurch, schlug einen Bogen, um des Riesen Burg zu meiden, und eilte auf verschlungenen Wegen in den unteren Teil des Märchengartens.

„Da seid Ihr endlich! Wo habt Ihr gesteckt?" Ein Schatten hatte sich ihm zugesellt. „Es war heut schlimmer noch als sonst!"

Metin ward blass. Sein Herz schlug zum Zerspringen.

„Schlimmer als sonst? Was soll das heißen? Sprich!"

„Das Jammern und das Klagen, es war so fürchterlich. Ich glaube gar, es gab auch einen Kampf!"

„Und? Rede schon!"

„Nichts weiter sonst. Der alte Isegrim liegt unter seinem Baum, sein Leib nochmal so dick wie sonst."

Da fühlte Metin sich der Ohnmacht nahe. Benommen starrte er den Jäger an, der, nur ein Schatten seiner selbst, zu nichts zu brauchen war. Im Märchenbild des Parks war nirgendwo ein Platz für ihn gewesen. Nun war er Nacht für Nacht zu Körperlosigkeit und Zuschauen verdammt. Und Nacht für Nacht war Metin es, der seine Rolle übernahm und so der gruseligen Mär das gute Ende wieder gab.

Der Wolf lag längst in tiefem Schlaf und schnarchte schauerlich. So oft schon hatte Metin ihn so vorgefunden, und doch war ihm zumute wie beim allerersten Mal. Die Hände zitterten wie Espenlaub, als er sein Messer zog. Auch ihm erschien der Bauch des Wolfes dicker noch als sonst. Er konnte nicht umhin, an eine alte, dicke Frau zu denken, die durch den Park gewatschelt war wie eine Ente auf dem Weg zum Schlachter.

Schon quoll ihm klebrig-warmes Blut über die Hände.

Nur ihn besudelte das Blut. Das Rotkäppchen stieg makellos aus diesem Alb, wie jede Nacht zuvor.

„Großmutter!“

Metin rief mit rauer Stimme.

Nichts rührte sich.

„Großmutter, komm heraus!“

Der Junge

Ein einsames Auto durchbrach die gespenstische Stille, die sich über den Park gelegt hatte. Lu zögerte. Auf gar keinen Fall wollte er mit Matti in die Richtung gehen, aus der der Schrei gekommen war. Aber er wusste auch, dass sie nun erst recht nicht alleine im Gärtnerhaus bleiben würde.

Wer auch immer da geschrien hatte, dachte er, es war nicht seine Oma gewesen. Entschlossen wiederholte er diesen Gedanken, bis es ihm gelang, daran zu glauben.

Er nahm Matti bei der Hand und zog sie in Richtung Treppe. Nicht mehr lange, dann würde es hell werden. Hell bedeutete nach Mattis Logik Tag, und tagsüber hatte sie kein Problem damit, allein im Haus zu bleiben und zu schlafen. Um sie abzulenken, fragte er, ob sie Omas Gedicht denn schon auswendig könne. Sein Trick klappte, obwohl sie erst den Refrain sicher wusste. Den wiederholte sie nun ein ums andere Mal. Im Takt der Verse hüpfte sie den Weg entlang.

Plötzlich blieb sie stehen und sah Lu misstrauisch an.

„Wenn Omi alles vergessen hat, muss sie dann sterben?"

Lu biss sich auf die Lippen. „Wie kommst du denn darauf?"

„ … denn mit der Erinnerung muss jedes Wesen enden." Sie sagte es im selben hüpfenden Rhythmus auf wie zuvor, nur dass es diesmal sehr traurig klang. „Das bedeutet doch, dass Oma stirbt?"

„Nein, warte. So ist das ganz bestimmt nicht gemeint. Außerdem ist Oma nur etwas vergesslich. Sie erinnert sich noch an sehr vieles, zum Beispiel an dieses Gedicht."

„Aber du hast selbst gesagt, dass das mit dem Vergessen immer schlimmer wird!"

Inzwischen waren sie beim Gärtnerhaus angelangt. Lus kleine Schwester sah mit großen, fragenden Augen zu ihm auf. Auf der Suche nach einer beruhigenden Antwort wanderte sein Blick durch die Nacht und fing einen schneeweißen Vogel ein, der im Dunkeln bedeutungsvoll schimmerte.

„Schau mal!", sagte er, dankbar für die Ablenkung. „Siehst du den weißen Vogel?"

Der Vogel legte den Kopf schief und schien sie zu mustern. Dann erhob er sich von dem Ast, auf dem er gesessen hatte, flog einmal um ihre Köpfe und dann davon in Richtung Emichsburg. Sie folgten ihm mit den Augen. Er führte ihren Blick geradewegs zu …

„Oma!"

Matti rannte los und hängte sich an ihre Großmutter, als hätten die beiden sich Jahre nicht mehr gesehen. So verhinderte sie, dass Lu, seiner ersten Regung gehorchend, dasselbe tat. Verlegen hielt er etwas Abstand und hörte zu, wie Oma seiner kleinen Schwester die unglaublichsten Märchen auftischte, von den Sieben Geißlein, die sie besucht habe und die des nachts zum Leben erwachten, und vom Tischlein-deck-dich, das echte Speisen herbeizaubern könne, mit denen sie und ihre Freunde in ihrer Jugend die tollsten Gelage im Park abgehalten hätten.

Lu wusste nicht, ob er lachen oder heulen sollte. Die kleine Matti aber hing an Omas Arm und Lippen und glaubte ihr jedes einzelne Wort.

Hinz und Kunz

Hauptwachtmeister Hans Häberle trat seinem Kollegen Kurt Eisele auf den Fuß, damit der den Finger aus der Nase nahm.

„Also, noch einmal von vorn“, verlangte er mit, wie er fand, achtungsgebietender Stimme. Gleichzeitig gab er Kurti ein Zeichen, seinen Notizblock zu zücken. „Gestern Abend war der Vogel noch da?“

Der Parkverwalter sah ihn mit ausdruckslosem Gesicht an. Ein untrügliches Zeichen, dass hinter der Fassade an einer dreisten Lüge gearbeitet wurde. Aber nicht mit mir, dachte Hans Häberle, und flüsterte seinem Kollegen, der den Wink nicht verstanden hatte, zu:

„Mitschreiben sollst du!“

Während Kurt Eisele in seinen Taschen suchte, holte Direktor Baum tief Luft.

„Ich habe es Ihnen nun schon dreimal erklärt. Gestern: Vogel da. Heute: Vogel weg. Man sollte meinen, das ist nicht weiter kompliziert!“

„Bei einer Straftat ist es üblich, die Zeugen ihre Version wiederholen zu lassen, wussten Sie das nicht, Herr Direktor Baum?“, erklärte Häberle mit der größten Herablassung, die er aufbringen konnte. „Manch einer hat sich schon durch seine Widersprüche verraten!“, fügte er feixend hinzu.

„Ich gestehe was immer Sie wollen, wenn Sie mich nur endlich wieder an meine Arbeit zurück lassen!“, stöhnte Direktor Baum. „Ah, wunderbar, da ist der richtige Mann für Sie. Metin, hätten Sie wohl einen Augenblick …?“

Der Parkverwalter winkte einen alten Mann herbei, der eine abgedeckte Schubkarre mit sich führte. Dieser stellte seine Karre etwas abseits an den Rand des Wegs, gab erst dem Parkverwalter, danach Häberle und zuletzt Eisele die Hand und zog dann einen Pistazienbeutel aus seiner Brusttasche, von dem er jedem etwas anbot.

„Und wer sind Sie?“, fragte Häberle gereizt.

„Mein Name ist Metin. Metin Batu mit vollem Namen, doch bitte nennen Sie mich Metin.“

„Herr Batu weiß mehr über diesen Park als jeder andere, glauben Sie mir“, versicherte Direktor Baum. „Lassen Sie sich nicht von seinem rüstigen Auftreten irren, Herr Batu feiert in diesem Jahr seinen siebzigsten Geburtstag! Natürlich ist er nur noch ehrenamtlich für uns tätig, es war sein Wunsch bei seinem Renteneintritt. Sie müssen wissen, Herr Batu arbeitet seit seinem sechzehnten Lebensjahr im Blühenden Barock, seit seinem sechzehnten Lebensjahr! Das heißt, er war von Anfang an dabei! Auch über die Diebstähle weiß er Bescheid und er wird Ihnen gerne jede Auskunft geben, die Sie wünschen, nicht wahr, Metin? Und das Beste daran: Er hat wirklich jede Menge Zeit! Wenn Sie mich nun entschuldigen?“

Mit zusammengekniffenen Lippen starrte Häberle dem Parkverwalter nach, der dem unteren Ausgang der Voliere zu strebte und im Tunnel verschwand, dann warf er seinem Kollegen einen vielsagenden Blick zu. Der nickte vielsagend zurück.

„Ha!“, machte Häberle.

Kurti zog fragend die Augenbrauen hoch. Häberle wandte sich seufzend dem neuen Zeugen zu. Kurti war ein guter Kerl, aber das Denken überließ er immer ihm, dem Häberle. Deshalb war er, Häberle, Hauptwachtmeister, während Kurt Eisele noch immer als einfacher Wachtmeister seinen Dienst versah.

Häberle musterte den alten Mann, der Pistazien kauend vor ihm stand. Metin Batu war nicht besonders groß, hatte dichtes, weißes Haar und einen struppigen Schnurrbart, und er wirkte in der Tat sehr rüstig für sein Alter. Bisschen dünn, dachte Häberle und tätschelte seinen eigenen stattlichen Bauch.

„Türke?"

„Deutscher", traute sich der Kerl zu antworten.

Häberle kniff die Augen zusammen.

„Kurdischer Herkunft", fügte Metin hinzu.

„Na also, geht doch. Was weißt du über den Direx?"

„Ich bitte um Vergebung, doch ich verstehe Ihre Frage nicht."

„Du hast mich sehr wohl verstanden. Hat es verdammt eilig gehabt, der feine Herr Direktor."

„Gewiss, er ist ein feiner Herr, der Herr Direktor Baum. Und immer ist er sehr in Eile. Er hat so schrecklich viel zu tun."

„Mitschreiben?", fragte Kurti.

Häberle nickte, damit der Kollege ihn nicht noch einmal unterbrach. Er spürte es in seiner Polizistennase, dass er auf der richtigen Spur war.

„Der verschwundene Vogel war wohl sehr wertvoll, wie?"

Der Alte reagierte bestürzt, das sah vielversprechend aus.

„Wie viel würde man wohl für einen bekommen?"

„Sie meinen Geld? Für einen Flamingo? Wer sollte denn einen haben wollen?"

„Sind doch schöne Viecher. Machen sich sicher gut im Vorgarten."

„Da mögen Sie wohl recht haben, Herr Kommissar. Nur können die Vögel fliegen. Daher das Netz."

Der alte Gärtner zeigte nach oben, wo sich ein grobmaschiges Netz über die gesamte Voliere spannte. Häberle suchte vergeblich nach einem Zeichen von Respektlosigkeit in dem zerknitterten Gesicht.

„Dann schmecken sie wohl gut, wie?"

Hatte Metin Batu da gezuckt? Häberle setzte sogleich nach.

„Ist wohl eine Delikatesse? Vielleicht verboten, so wie diese Froschschenkel, die die Franzmänner dauernd essen?"

„Ich kann es mir nicht denken!", wehrte der Alte ab und schüttelte sich. „Zudem: Der erste, der verschwand, war krank und schwach. Die andren waren die drei ältesten in der Voliere. Wer sollte so etwas essen wollen?"

„Nun aber mal langsam! Bislang war nur die Rede von einem Vogel!"

Selbst Kurti hatte gemerkt, dass sie einen Treffer gelandet hatten. „Woher weißt du das alles?", fragte er und sah aus, als wolle er den Gärtner mit seinem Bleistift aufspießen.

„Hat Herr Direktor Baum es Ihnen nicht gesagt?", erwiderte der Gärtner und errötete. „Vier Vögel in vier Tagen. Will sagen: in vier Nächten. Ich dachte mir, es war vielleicht ein Fuchs."

„Ein Fuchs im Blühenden Barock, inmitten unserer Stadt, zum Brüllen, das!"

Häberle schlug sich missvergnügt auf den Schenkel, doch Kurti widersprach ihm.

„Doch, das ist möglich", sagte der, „ich habe da im Kika einen Film gesehen, da war auch …"

„Halt den Rand!", schnauzte Häberle.

„Verzeihen Sie, Herr Kommissar …"

Hauptwachtmeister Häberle starrte misstrauisch den alten Kurden an.

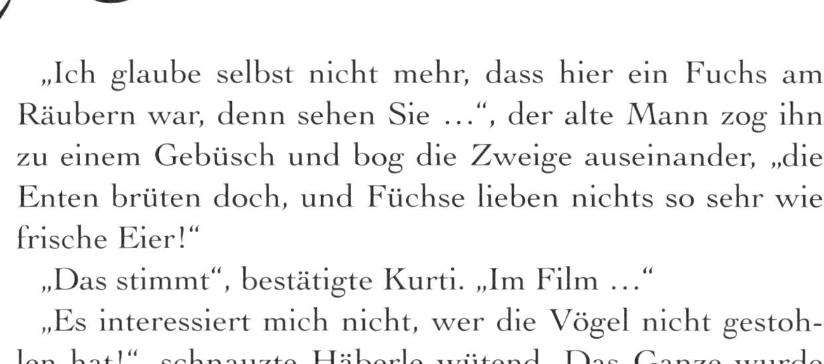

„Ich glaube selbst nicht mehr, dass hier ein Fuchs am Räubern war, denn sehen Sie …“, der alte Mann zog ihn zu einem Gebüsch und bog die Zweige auseinander, „die Enten brüten doch, und Füchse lieben nichts so sehr wie frische Eier!“

„Das stimmt“, bestätigte Kurti. „Im Film …“

„Es interessiert mich nicht, wer die Vögel nicht gestohlen hat!“, schnauzte Häberle wütend. Das Ganze wurde ihm zu dumm. „Ab sofort müssen die Eingänge zur Voliere nachts mit einem Schloss gesichert werden. Wenn dir noch was einfällt, ich meine, etwas Brauchbares, dann hast du hier meine Karte. Kurti, wir gehen.“

Draußen, vor der Voliere, fragte Eisele:

„Du, Hansi, was schreiben wir denn in den Bericht?“

„Schreib irgendwas. Den liest doch eh keiner!“

„Das mit dem Fuchs, das hat mir gefallen.“

„Dann schreib: Der Fuchs hat die Flamingos gestohlen!“

„Au fein. Da weiß ich richtig gut Bescheid. Im Kika …“

„Schnauze, Kurti!“

Der Alte

Zu all den bösen Sorgen, die ihm die Ruhe raubten, war diese neue nun hinzugekommen. Bekümmert folgte Metin mit Blicken den zwei Uniformen, die im Schatten des Tunnels verschwanden. Dann ging er selbst mit seiner Karre, deren Last sein Herz zum Bluten brachte.

Im feuchten Zwielicht des Tunnels wuchsen die Schönen aus dem Regenwald. Eine Handvoll Minisonnen musste ihnen die eine, riesige ersetzen. Ein Bächlein plätscherte zu Metins Füßen, doch er, der diesen Tunnel liebte wie kein anderer, sah, roch und hörte nichts von all der Schönheit. Verzweifelte Gedanken wucherten in seinem Hirn, verneinten Sinn und Hoffnung seines Tuns. Die Schatten waren lang und tief, als er ins Freie trat. Bald schloss der Park. Links lag das Gärtnerhaus, aus dem man ihn vertrieben hatte, dahinter, unsichtbar, sein Ziel.

Der Grübelei und all der Sorgen überdrüssig, beschleunigte er seinen Schritt. Da rammte seine Schubkarre ein Hindernis, das, von der Treppe her, ihm in den Weg gesprungen war. Der Stoß entlockte dem, was unfreiwillig in der Karre schlummerte, einen heiser-unterdrückten Schrei.

Der Jüngling, denn ein solcher war das Hindernis, errötete und sah verwirrt die Abdeckplane an. Dann trat er, sich entschuldigend, beiseite. Er schien enttäuscht, als Metin sich nicht von der Stelle regte. Der Bursche trat von einem auf das andere Bein und mühte sich, die vollbepackten Taschen, die er trug, dem Blick des Alten zu entziehen. Als Metin sich nicht fortbewegte, drehte er sich um und tat, als müsse er die Wegweiser studieren.

Mich wirst du so nicht täuschen, dachte Metin. Zu oft war er dem Burschen dieser Tage schon begegnet. Wohl

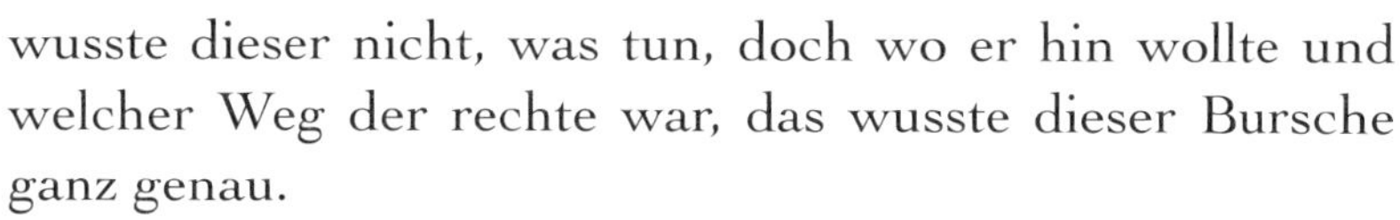

wusste dieser nicht, was tun, doch wo er hin wollte und welcher Weg der rechte war, das wusste dieser Bursche ganz genau.

Um sich Gewissheit zu verschaffen, trat Metin an das hohe Tor in der Umfriedung seines alten Heims und öffnete es weit. Kreuzunglücklich erschien ihm da der Bub, und bald schon trollte er sich fort in Richtung Vogelstimmental.

Du also bist einer von jenen, die mich aus meinem Heim vertrieben haben! Solch schwarze Haare bei so heller Haut und blauen Augen sah Metin nicht zum ersten Mal. Kam die Vergangenheit zurück?

Er schloss das Gartentor von außen, denn nicht das Gärtnerhaus war Metins Ziel. Es lag dahinter, jenseits der Umfriedung: Ein kleines, unscheinbares Häuschen, durch dessen Herz die Stromadern des Parks verliefen. Er trat mit seiner Karre ein und schloss die schwere Eisentür, um naseweise Blicke abzuwehren. Im Dämmerlicht brummsummte eine mächtige Maschine.

Bedächtig bückte Metin sich und nahm die Plane von der Karre fort. Ein Silberreiher lag darin, die langen Beine hatte Metin ihm gebunden. Sehr sanft und vorsichtig hob Metin ihn heraus und bettete ihn auf den kalten Estrich. Des Vogels Augen starrten vorwurfsvoll, ein Flügel zuckte ohne Kraft.

„Verzeih mir, alter Freund. Ich musste dich betäuben. Und Schlimmeres noch führe ich im Schilde. Ich wollt, ich könnte dir und mir das Weitere ersparen!"

Von Gram gebeugt ließ er den unschuldig Verurteilten in seiner Todeszelle, lehnte die Karre draußen an die Wand und machte sich daran, den Ostgarten nach säumigen Besuchern zu durchsuchen. Den wenigen, die er dort fand, entbot er seinen Gruß und teilte mit, dass nun das

Blühende Barock die Tore schloss. Der Bursche mit dem schwarzen Haar war nirgends zu entdecken.

Metin verließ den unteren Teil des Parks über den Gruftweg und kam zu jener Gasse, deren schmales Band den Süden mit dem Rest des Parks verband. Dort boten Budenleute ihre Waren feil. Zu dieser späten Stunde war nur Kostas Süßigkeitenparadies noch in Betrieb. Vor diesem drängten sich mit viel Geschrei wohl an die fünfzig Kinder, die sich für ihre Heimfahrt noch mit Proviant versorgen wollten.

Als er zu einer der drei Frauen trat, die mahnend, schimpfend und vereinzelt auch mit Lob die wilde Schar zusammenhielten, sah Metin plötzlich Kosta aus der Bude stürzen, derb fluchend und mit zornesrotem Angesicht. Er tauchte in das Kindermeer, griff tief hinein und zog ein Mädchen draus hervor. Das brachte er zu eben jener Frau, bei der auch Metin stand.

„Die Mädchen hat geklaut!", so schimpfte Kosta vorwurfsvoll.

„Zu uns gehört die nicht!", beteuerte die Frau.

Ein Blick traf Metin in sein Herz, dort wo er seine Kindheit wohl verwahrte. Die Form der Augen, dieser dunkle Rand, der wie Kajal das Weiß umschloss: Es waren dies die Augen seiner kleinen Schwester, doch Senas Augen waren braun gewesen. Diese waren grün, grün wie Oliven!

„Ach Sena!", seufzte er und schüttelte den Kopf. „Warum nur hast du nicht auf mich gewartet."

Das fremde Mädchen griff nach seinem Herz und seiner Hand, als habe es nichts anderes getan, als hier auf ihn zu warten, und mit dem unschuldigsten Blick, den man sich denken kann, rief sie: „Wo warst du denn so lange? Du sollst mir diese Schokolade kaufen!"

Die Tafel, die sie in den kleinen, dicken Fingern hielt, war schon geknickt von ihrer Faust.

„Ist deine Enkel?", fragte Kosta überrascht. „Ist zu Besuch?"

„Was schuld ich dir, Freund Kosta", fragte Metin und griff in seine Tasche, doch Kosta wehrte ab.

„Für deine Enkel ist Geschenk! Aber nicht wieder einfach nehmen!", trug er der Kleinen auf, dann zwickte er sie in die runden Wangen und ging zurück an seinen Stand, um dort das Taschengeld der vielen Kinder in buntes Naschwerk zu verwandeln.

„Warum hast du das gemacht?"

Metin sah gleich, dass es dem Kinde ernst war mit der Frage, drum sagte er: „Ist es nicht Brauch so unter Nachbarn? Man hilft sich in der Not."

Mit finstrer Miene löste das Kind seine Hand aus der seinen und trat zurück von ihm. „Wir sind gar keine Nachbarn!", warf sie ihm vor. „Ich kenne dich ja nicht!"

„Du tust gar wohl daran, nicht jedermann zu trauen", lobte Metin sie und musterte ihr wildes braunes Haar und ihre braungebrannten dicken Ärmchen.

Sie sah ihn an mit schiefgelegtem Kopf. „Warum redest du so komisch?", begehrte sie zu wissen.

Metin runzelte die Stirn. „Es ist nicht artig und geziemt sich nicht, mich alten Mann so frech zu fragen! Ich gab mir wahrlich redlich Mühe, deine Sprache zu erlernen, und spreche sie, so meine ich, auch leidlich gut!"

„Ach so!", erwiderte das Kind, doch schien es noch nicht überzeugt. „Du bist ein Ausländer. Aber du redest überhaupt nicht so wie die Leute mit Migrationshintergrund!"

„Und da sagst du mir, ich spräche komisch!"

„Naja, du redest ein bisschen so wie die Leute in den Märchenbüchern."

Ein Lächeln drängte sich in Metins Angesicht, und willig ließ er seinem Lachen freien Lauf. Tief bückte er sich zu dem Kind hinab und flüsterte: „Ich bin ein Teil des Märchengartens."

Die roten Kinderlippen formten erst ein großes O, dann flüsterte das Kind zurück: „Du meinst, du kommst aus einem Märchen?"

„Gewiss, sofern du dieses Märchen meinst, in dem wir uns befinden. Doch eigentlich", er richtete sich auf, „bin ich wohl eher eine Art von Gärtner."

„Ein Märchengärtner?", wisperte das Kind, die Augen groß und voller Glück, und Metin war gleich ganz verliebt in dieses Wort. Er nickte, gab ihr einen Klaps und rief: „Nun aber lauf!"

Ihm war so weh ums Herz und doch auch froh, als er sie springen sah. Sie lief den Weg zurück ins Innere des Parks. Ihr wildes Flatterhaar rief ihm Erinnerungen in den Sinn an rotes Haar, an feuerrotes Flatterhaar ... Doch nein, mit rotem Haar und heller Haut, wie hätte sie da seine kleine Sena spielen können? Und doch, wo jetzt das pummelige kleine Kind verschwunden war, dort glaubte Metin eine andere zu sehen, ein junges Mädchen, gertenschlank, mit rotem Haar und diesen grünen Augen, die er bis an sein Lebensende lieben würde. Und wie er da so stand, begann sein Herz fast angenehm zu bluten.

Der Junge

Mit einem trockenen Geräusch zerriss Lus Hose über dem linken Knie. Ein Nagel ragte ohne erkennbaren Sinn und Zweck aus der großen Kiste, die er unter Einsatz seines ganzen Gewichts von ihrem Platz geschoben hatte. Lu schlug leise schimpfend mit der Faust auf das derbe Holz und bereute es sogleich: Ein empörtes Pochen in seinem linken Daumen erinnerte ihn schmerzhaft an die noch nicht verheilte Schnittwunde.

Seit einer Woche bemühte er sich, ihrem heimlichen Hausen im Park Regeln und mit diesen so etwas wie Alltag aufzuzwingen. Mit wechselndem Erfolg. An manchen Tagen berauschte ihn eine verrückte Euphorie; er fühlte sich unbesiegbar, war der Held in seinem eigenen Märchen. Das waren diese perfekten Tage, an denen Oma keinen einzigen beängstigenden Aussetzer hatte, im Gegenteil: Sie blühte vor seinen Augen auf, war lebhaft und witzig und brauchte keinerlei Hilfe. Tage, an denen sie riesigen Spaß hatten und ihr vogelfreies Leben im Park genossen, von morgens bis abends untermalt von Mattis heiserem Kinderlachen.

Lu berichtigte seine Gedanken: Nur einen solch perfekten Tag hatte es gegeben, aber von diesem zehrte er noch immer. Die Erinnerung ließ ihn Kisten bewegen, die mehr wogen, als er selbst. Sie ließ ihn auch die anderen Tage überstehen und allen Schwierigkeiten zum Trotz weitermachen, denn in den zwei Jahren in der Marbacher Straße hatte es keinen einzigen so glücklichen Tag gegeben. Lu beflügelte die Hoffnung, dass weitere folgen würden, wenn er nur hartnäckig genug dafür arbeitete.

Außerdem hatte es nur einen wirklichen Katastrophentag gegeben. Die restlichen acht Tage waren einfach nur schwierig und anstrengend gewesen, und das war kein schlechter Schnitt für zehn Tage in Ludwig Blumwalds Leben. Er vermisste die ungestörten Stunden vor seinem PC; er vermisste auch sein Bett und den Luxus, eine ganze Nacht lang schlafen zu können. Er hatte die alten Geschichten jetzt schon satt, die er sich von Oma erzählen ließ, um ihr Gedächtnis in Schwung zu bringen, ebenso wie die vergilbten Fotoalben, die sie Tag für Tag auf den Parkbänken ansahen, während Matti unbeschwert über den Spielplatz tollte. Doch Lu beklagte sich nicht. Er war den Fängen der Gesetzesanbeterin entwischt, und Oma bewegte sich mit jedem Tag gewandter und selbstsicherer durch den Park.

Lu krabbelte durch einen Tunnel, den er mit viel Sorgfalt in das Gerümpel auf dem Dachboden des Gärtnerhauses gegraben hatte, und der ihn zu einer kleinen Höhle führte. Zufrieden sah er sich um. Er hatte genug Raum geschaffen, um ihm und Matti ein Versteck zu gewähren, sollten sie einmal tagsüber auf dem Dachboden überrascht werden. Für Oma waren Höhle und Tunnel natürlich viel zu klein, aber die kam tagsüber nie ins Gärtnerhaus. Dafür würde er hier den großen Nudeltopf verbergen, den er später aus der Wohnung schmuggeln wollte. Oma und Matti hatten ihn den ganzen Vormittag deswegen bearbeitet, bis er einwilligte. Eine Unmenge Küchenkram sollte er herschaffen, was knifflig werden konnte. Doch er war stolz, dass Oma wieder richtig kochen wollte, und zwei Herdplatten gab es im Gärtnerhaus.

Die waren im Erdgeschoss, wo sich manchmal Gärtner aufhielten und von wo eben jetzt ein leises Rumpeln heraufklang. Während er schweren Schritten lauschte, überlegte Lu fieberhaft, ob er etwas Verräterisches hatte offen

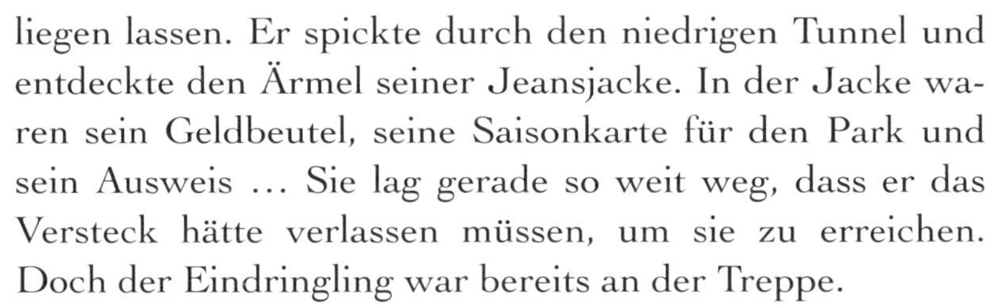

liegen lassen. Er spickte durch den niedrigen Tunnel und entdeckte den Ärmel seiner Jeansjacke. In der Jacke waren sein Geldbeutel, seine Saisonkarte für den Park und sein Ausweis ... Sie lag gerade so weit weg, dass er das Versteck hätte verlassen müssen, um sie zu erreichen. Doch der Eindringling war bereits an der Treppe.

Lu hielt die Luft an. Verzweifelt starrte er auf das Stück Jeansstoff und wünschte sich Jedi-Kräfte, um die Jacke mit bloßen Willenskräften bewegen zu können. Zu spät. Die ächzenden Dielen verkündeten die Ankunft des Unbekannten auf dem Dachboden. Gleich würde seine Jacke entdeckt, dann die Vorräte, dann er. Und dann war alles aus.

Über die knarrenden Dielen kroch ein gigantischer Schatten. Lu holte tief Luft.

Doch bevor er seiner Wut und Erleichterung richtig Luft machen konnte, knallte er mit dem Hinterkopf gegen die Dachschräge. Benommen, eine Hand gegen die wachsende Beule gepresst, krabbelte er aus seinem Versteck.

„Verdammt, Oma! Warum hast du nicht geklopft?"

„Wer außer mir hört sich wohl an wie ein Grizzly-Bär?", antwortete seine Oma nicht ganz grundlos. „Außerdem kann sich kein vernünftiger Mensch diesen Unsinn merken, den du dir da ausgedacht hast."

„Matti schon! Was machst du hier überhaupt? Was, wenn dich wer gesehen hat?" Vor Lus innerem Auge starrte eine Horde Touristen auf das gigantische Hinterteil seiner Oma, das sich gerade durch ein Fenster zwängte.

„Niemand hat mich gesehen. Ich habe aufgepasst, stell dir nur vor! Außerdem bin ich inzwischen fast so schnell im Haus wie du."

Lu betrachtete seine Oma zweifelnd. Gut, sie schnaufte nicht mehr wie eine kaputte Dampflok, sondern nur noch wie ein Grizzly-Bär – falls die überhaupt schnauften. Und sie hatte abgenommen. Wenn er es recht bedachte, hatte sie sogar unheimlich viel abgenommen!

„Wie kann jemand in so kurzer Zeit so viel abnehmen?", fragte er laut.

„Och, das war nicht alles Fett, weißt du? Ich hatte viel Wasser eingelagert. Im Kräutergarten habe ich neben den durchblutungsfördernden Kräutern auch welche gefunden, die entwässern. Zusammen mit der vielen Bewegung und deiner Diät wirken die Wunder. Schau doch mal!"

Fröhlich streckte sie ihm ihren Fuß entgegen, der vor kurzem noch formlos über den Schuh gequollen war. Jetzt schlackerten die ausgetretenen Schuhe so sehr, dass Lu sich wunderte, wie sie darin überhaupt laufen konnte.

Ein Funken Glück kitzelte Lu im Bauch. Zum zweiten Mal innerhalb weniger Tage fühlte er Euphorie in sich aufsteigen. Breit grinsend sah er seiner Oma zu, die aus den Untiefen ihres weiten Kleides die erstaunlichsten Dinge hervorzauberte: Eine kleine, verrostete Sichel, die wohl bis vor kurzem die Wand im Gartenarsenal geziert haben mochte; mehrere sauber gebundene Kräutersträußchen; eine Zucchini und einen kleinen Kürbis; eine zerlesene Tageszeitung. Als sie fertig war, sah sie noch dünner aus. Weniger dick, korrigierte Lu seine Gedanken und grinste noch eine Spur breiter.

Oma warf ihm die Zeitung hin und machte sich auf die Suche nach Nägeln in den Dachbalken, an die sie ihre Kräuter hängen konnte.

„Im Innenteil steht was Lustiges. Da, wo der Flamingo abgebildet ist."

Lu fing an zu blättern.

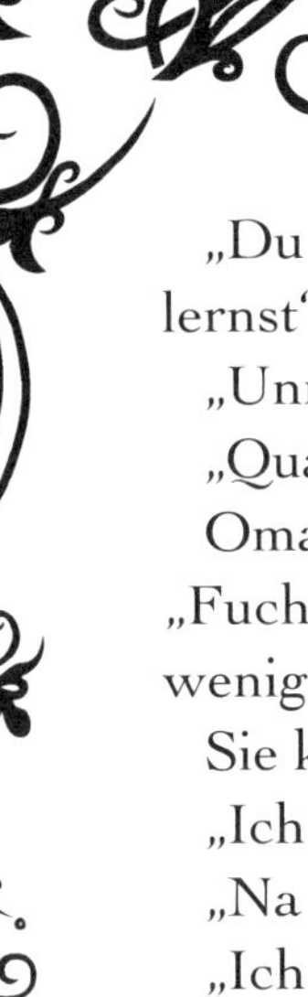

„Du musst mir versprechen, dass du das Klopfsignal lernst", bat er. „Ich hatte echt Panik vorhin."

„Unmöglich."

„Quatsch. Es ist ganz einfach. Es ist die Titelmusik von …"

Oma sah ihn belustigt an. „Gegenvorschlag: Wir nehmen ‚Fuchs du hast die Gans gestohlen', das kann man sich wenigstens merken."

Sie klopfte an einen Balken und sang dazu.

„Ich fass es nicht!"

„Na gut, dann eben …"

„Ich meine nicht dich." Lu hatte den Artikel gefunden. „Wer zum Henker klaut Flamingos?"

„Och, die Polizei hat da eine ganz wunderbare Theorie", kicherte seine Oma.

Im Zeitungsartikel wurde ein Wachtmeister Eisele zitiert. Wer auch immer den Artikel geschrieben hatte, schien keine hohe Meinung von dem Beamten zu haben. Die Polizei bäte um Hinweise, sollte jemand beim Verzehr ungewöhnlich aussehenden Geflügels gesehen worden sein. Flamingo sei nämlich eine ganz geheime Delikatesse, so wurde der Wachtmeister zitiert, der persönlich allerdings eher an einen räuberischen Fuchs glaube.

Lu schnaubte. „Also ich würde Ente vorziehen, hat es hier im Park doch massenhaft. Wie rupft man die Viecher eigentlich?"

„Untersteh dich! Denk nicht einmal daran!"

„Mal ernsthaft, Oma: Mir gefällt es nicht, dass hier nachts Diebe herumschleichen. Ich habe ohnehin das Gefühl, dass wir beobachtet werden. Da ist so ein alter Mann …"

„Ach wo, du siehst schon Gespenster."

Ein Bild drängte sich in Lus Gedanken, das Bild eines alten Mannes, zu alt, um noch als Gärtner im Park zu arbeiten. Der Mann schob aber eine Schubkarre durch den Park, und etwas war seltsam an dieser Schubkarre …

„Vergiss nicht, das Schneidbrett und mein großes Messer mitzubringen", unterbrach Oma seine Gedanken. „Und am liebsten hätte ich auch das Nudelsieb. Wäre das machbar?"

„Klar. Äpfel und Knäckebrot verfolgen mich schon bis in meine Träume."

„Du Ärmster", sagte Oma völlig ungerührt. „Die Diät hast übrigens du festgelegt."

Bald darauf kündigte rhythmisches Klopfen Mattis Heimkehr an. Lu kauerte gerade hinter der großen Kiste und verstaute dort ordentlich Bücher und Vorräte, die bislang willkürlich über den ganzen Dachboden verteilt gewesen waren. Die neue Vorratshöhle war sein ganzer Stolz.

„Oma, da bist du ja!", hörte er die Stimme seiner kleinen Schwester. „Guck mal, was ich hier habe!"

In seinem Versteck, gedämpft durch die Kartons und Kisten, glaubte Lu seine Oma zischeln zu hören. Neugierig krabbelte er ins Freie. Matti und Oma sahen ihn schuldbewusst an.

„Was habt ihr?", fragte Lu misstrauisch.

„Och, nichts!", wehrte Matti ab. „Ich hab Oma nur gesucht. Ich geh wieder nach draußen."

„Matti!"

Lu war mit zwei Schritten bei ihr und packte sie am Arm. Störrisch behielt sie ihre Hände hinter dem Rücken, also drehte Lu seine widerstrebende kleine Schwester kurzerhand um.

Eine riesige Tafel Schokolade kam zum Vorschein, viel zu groß, um sie in Mattis dicken Kinderhänden zu verbergen. Lu stöhnte.

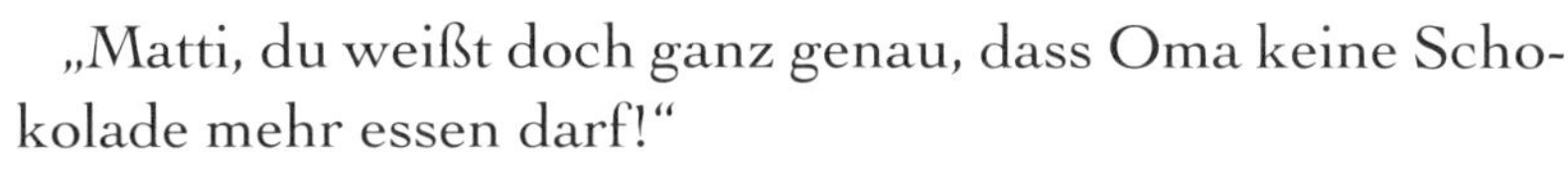

„Matti, du weißt doch ganz genau, dass Oma keine Schokolade mehr essen darf!"

„Na und!", gab Matti trotzig zurück. „Das ist meine Schokolade."

„Deshalb musstest du sie ja auch unbedingt vorzeigen!", schnaubte Lu. „Überhaupt, ich hab dir nur Geld für ein Wassereis gegeben, das kann für diese Monstertafel nie und nimmer gereicht haben!"

Matti zog eine Schnute. „Hab ich geschenkt gekriegt", grummelte sie.

„Moment – du hast sie doch nicht etwa geklaut?"

Matti schwieg einen Tick zu lange, bevor sie entrüstet verneinte.

„Bist du total übergeschnappt?", tobte Lu. „Wenn du erwischt worden wärst, was dann? Die hätten dich nicht laufen lassen, ist dir das klar? Sie hätten nach deinen … deiner Familie gefragt, wo du wohnst … Dann wären wir alle aufgeflogen, und du weißt, was das bedeutet: Sie werden uns trennen und dich zu fremden Leuten stecken!"

Matti plärrte los, und Lu wurde bewusst, wie laut sie waren.

„Ist ja schon gut", murmelte er und nahm Matti in den Arm, „ist ja nichts passiert."

„Ich hab nicht geklaut!", schluchzte Matti kaum verständlich. „Der Märchengärtner hat sie mir geschenkt!"

Lu und Oma starrten sich an. Vogeldiebe und noch sehr viel düsterere Gestalten machten sich in diesem Blick breit. Schnaufend kniete Oma auf den Bretterboden und zog Matti an sich.

„Süße, ich fürchte, ich bin wirklich eine miserable Oma. Es gibt so vieles, was ich dir nicht erklärt habe. Du darfst niemals, hörst du?, niemals von Fremden Geschenke annehmen, wenn Lu und ich nicht dabei sind."

„Das weiß ich schon lange!", flüsterte Matti kleinlaut. „Aber der Märchengärtner ist ja gar kein Fremder."

„Und wie heißt er, dieser Märchengärtner?"

Matti zuckte mit den Schultern.

„Woher kennst du ihn?"

„Er hat mir mal geholfen", sagte Matti und starrte ihre Fußspitzen an.

„Kennen wir den Märchengärtner?", mischte Lu sich ein. „Weißt du wo er wohnt oder arbeitet?"

Da wurde Matti plötzlich sehr lebhaft. „Na, er arbeitet doch hier im Park, vor allem im Märchengarten!"

„Und warum schenkt er dir Schokolade? Hat er dich ausgefragt? Hat er dich eingeladen, mit ihm irgendwohin zu gehen?"

„Er hat gesagt, wenn er eine Enkelin hätte, sähe sie sicher ganz genauso aus wie ich. Und er nennt mich immer Sena."

„Beschreibe ihn!"

„Er hat einen ganz großen Schnurrbart. Und weiße Haare, er ist nämlich schon sehr alt."

„Der Alte mit der Schubkarre!", entfuhr es Lu.

„Ja, genau! Ganz oft hat er eine Schubkarre dabei. Er hat mich schon mal damit um den See gefahren. Aber die meiste Zeit passt er auf den Märchengarten auf. Bestimmt war er selbst mal so eine Puppe im Märchengarten, die lebendig geworden ist."

„Wie kommst du denn darauf?", krächzte Oma.

„Na, weil er doch so komisch redet! So wie in einem Märchen!"

Schreckliche Sekunden lang dachte Lu, seine Oma bekäme einen Herzanfall. Doch dann kehrte die Röte in ihre Wangen zurück.

„Ich will diesen Märchengärtner kennenlernen", sagte sie.

Hinz und Kunz

Hauptwachtmeister Hans Häberle stand übelgelaunt neben dem Aktenschrank und trommelte einen nervösen Fingergalopp auf das amtsgraue Holz.

„Ich habe dir nicht gesagt, dass du der Presse was von vögelklauenden Füchsen erzählen sollst!“, schnauzte er seinen Kollegen Kurt Eisele an.

Kurti tat so, als müsse er sich ganz auf die Reste des Kantinenessens konzentrieren, die ihm angeblich zwischen den Zähnen hingen. Auf dem nach hinten gekippten Stuhl stocherte er nun schon eine geschlagene halbe Stunde mit dem Brieföffner in seinem Gebiss herum, während er sich mit der anderen Hand einen kleinen Taschenspiegel vor die lange Nase hielt. Beim Mittagessen waren es die Fischgräten gewesen, die seine ganze Aufmerksamkeit verlangt hatten, und am Vormittag hatte Kurti unbedingt den Schreibtisch aufräumen müssen – nicht einmal die Kollegen der Spurensicherung hätten darauf noch ein Stäubchen gefunden. Seit sie am Morgen das Büro ihres Vorgesetzten verlassen hatten, schwieg Kurti, schwieg scheinbar gleichmütig, doch dafür eisern. Und Häberle hielt ihn durchaus für imstande, noch Tage, Wochen oder gar Monate zu schweigen, wenn er, Häberle, nicht zu Kreuze kroch.

„Also gut!“, stöhnte er. „Du hast gewonnen. Ich hätte beim Alten zu dir halten müssen. Immerhin hab ich dir gesagt, du kannst das mit den Füchsen in den Bericht schreiben. Bist du nun zufrieden?“

„Jepp!“

Kurt Eisele klappte den Taschenspiegel zu, ließ seinen Stuhl nach vorne fallen und steckte den Brieföffner in den Stifteköcher.

„Schön!“, schimpfte Häberle. „Ich aber nicht! Kein Mensch hätte sich für diesen blöden Fall interessiert, wenn du der Presse gegenüber dicht gehalten hättest!“

Kurti zuckte nur grinsend die Schultern. Hatte er erst einmal seine gute Laune wieder, dann war diese ebenso unerschütterlich wie sein Beleidigtsein.

Die Tür ging auf und Kriminalhauptkommissar Ferdinand Frohgemut und seine Leute vom Morddezernat quollen in die kleine Amtsstube.

„Ah, da sind sie ja, unsere unerschrockenen Fuchsjäger. Schon eine Spur vom Täter in Sicht?“

Der ganze Pulk quittierte Frohgemuts blöden Witz mit schallendem Gelächter, sogar Kurti lachte dümmlich mit.

„Kann ich irgendwas für euch tun?“, presste Häberle zwischen den Zähnen hervor.

„Wasserrohrbruch“, polterte Frohgemut unbekümmert. „Wir sollen die nächsten Tage bei euch unterschlüpfen.“

„Kein Problem“, knurrte Häberle, „die Ausnüchterungszellen sind alle frei!“

Natürlich bekam Frohgemuts Truppe die besten Räume, waren sie doch dem Handtuchmörder dicht auf den Fersen. Häberle und Eisele fanden sich vor die Tür gesetzt und im Flur wieder, ausgestattet mit einem winzigen Tisch, zwei wackligen Stühlen und dem ältesten Laptop des Universums. Was für ein Tag!

„Verzeihung!“

Häberle wirbelte gereizt herum, als ihm jemand auf die Schulter tippte. Vor ihm stand eine große, schlanke Frau mit Brille und etwas altmodischem Kostüm.

„Ich möchte ein Verbrechen zur Anzeige bringen.“

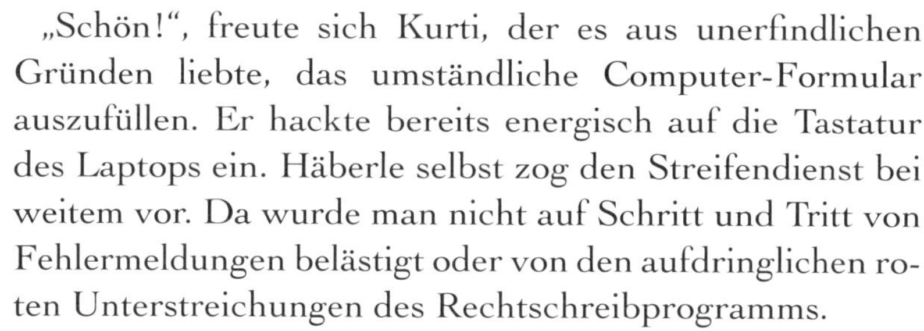

„Schön!“, freute sich Kurti, der es aus unerfindlichen Gründen liebte, das umständliche Computer-Formular auszufüllen. Er hackte bereits energisch auf die Tastatur des Laptops ein. Häberle selbst zog den Streifendienst bei weitem vor. Da wurde man nicht auf Schritt und Tritt von Fehlermeldungen belästigt oder von den aufdringlichen roten Unterstreichungen des Rechtschreibprogramms.

„Ihr Name?“, fragte Kurti.

„Fräulein Ingrid Stahl.“

Häberle musterte neugierig die Dame (denn um eine solche handelte es sich ganz zweifellos), die solch unzeitgemäßen Wert auf ihren ledigen Stand legte. Sie stand kerzengerade und selbstbewusst vor seinem Kollegen und machte ihre persönlichen Angaben mit schnörkelloser Sachlichkeit. Die kommt garantiert nicht wegen verschwundener Vögel, dachte Häberle und witterte einen interessanten Fall, der die Schlappe mit dem Fuchs wettmachen würde.

„Um welche Art von Verbrechen handelt es sich?“, fragte Kurti.

„Mord.“

Mit nur einem Wort setzte die Frau Häberles hoffnungsvollen Gedanken und Kurtis hektischem Tippen ein jähes Ende.

„So ein Mist!“, tat Kurti seine Enttäuschung kund und klappte ärgerlich den Laptop zu.

„Da sind wir nämlich leider nicht zuständig“, erklärte Häberle.

„Soll das heißen, Sie schicken mich weg?“

„Aber nein!“, versicherte Häberle. So entrüstet, mit roten Wangen und blitzenden Brillengläsern, gefiel ihm Fräulein Stahl noch besser. Die ließ sich ganz bestimmt kein X für ein U vormachen. Ihr zuliebe war er sogar bereit, über seinen Schatten zu springen.

„Wir haben Glück, dass wir die Kripo heute im Haus haben. Bitte, kommen Sie doch mit."

Häberle öffnete die Tür zu dem Raum, in dem er selbst kaum eine Stunde zuvor noch Dienst geschoben hatte, und führte Fräulein Stahl direkt ins Nebenzimmer, wo Kriminalhauptkommissar Frohgemut eben einen seiner berüchtigten Frauenwitze zum Besten gab. Es war ein besonders gelungener Witz, und Häberle hatte Mühe, nicht loszuprusten, doch er wurde für seine Zurückhaltung reich belohnt. Mit erhitztem Gesicht und eisiger Stimme zischte die Stahl Frohgemuts Rücken an.

„Wenn ich dann vielleicht einen Mord zur Anzeige bringen dürfte?"

Der Kriminalhauptkommissar verschluckte sich böse an seinem Lachen und drehte sich hustend und mit Tränen in den Augen um. Mit hochrotem Kopf und wenig intelligent angesichts seines Zuständigkeitsbereichs krächzte er: „Einen Mord?"

„Jawohl, einen Mord. Zumindest habe ich Anlass zur Annahme, dass es einen solchen gegeben hat."

„Aha." Frohgemut hatte seine Stimme und – leider – auch seine Selbstsicherheit zurück. „Und was gibt Ihnen Anlass zu dieser Annahme, Frau …?"

„Stahl. Fräulein Ingrid Stahl, Sachbearbeiterin auf dem Jugendamt. Es gibt einen Zeugen."

Wie durch ein Wunder hatten sich alle Mitarbeiter Frohgemuts in Luft aufgelöst, bis auf einen, der unschuldig dreinblickend am PC saß und wie wild zu tippen begonnen hatte. Der Kriminalhauptkommissar gab Häberle einen Wink, ebenfalls zu verschwinden, den dieser geflissentlich übersah.

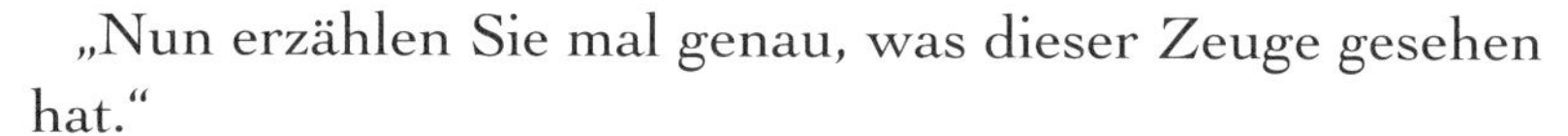

„Nun erzählen Sie mal genau, was dieser Zeuge gesehen hat."

Fräulein Stahls Bericht war von bewundernswerter Kürze und Prägnanz, umso wütender machte Häberle der geringschätzige Ausdruck, mit dem der Kommissar die Frau betrachtete. Begütigend legte Häberle ihr die Hand auf die Schulter, was sie sich, wie er entzückt feststellte, gefallen ließ. Weshalb er ganz vergaß, die Hand wieder fortzunehmen.

„Der hält mich für hysterisch!", zischte sie, als Frohgemut den Raum verließ, um ungestört zu telefonieren. Das gab Häberle die Gelegenheit, den Druck seiner Hand ein klein wenig zu verstärken.

Bald schon kehrte Frohgemut zurück, sichtlich zufrieden. „Tja, ich glaube, Sie brauchen sich keine weiteren Sorgen zu machen, Frau … äh … Stahl", beschied er ihr auf seine herablassende Weise. „Der Fall hat sich glücklicherweise als ein Missverständnis herausgestellt."

„Heißt das …?"

„Das heißt, der Zeuge ist sich sicher, keinen Mord beobachtet zu haben. Sie haben ihn da ganz falsch verstanden. Er hat lediglich gesehen, wie der Junge seiner Oma ein großes Messer aus der Hand genommen hat."

„Ach! Das hat sich vorhin aber noch ganz anders angehört! Hat er auch gesehen, was der Junge mit dem Messer danach gemacht hat?"

„Frau Stahl, wir können nicht in einem Mordfall ermitteln, nur weil ein vernünftiger Teenager seiner senilen Oma ein gefährliches Messer wegnimmt!"

„Der vernünftige Teenager ist verhaltensauffällig", presste Fräulein Stahl zwischen zusammengebissenen Zähnen hervor. „Es war gegen drei Uhr in der Nacht." Sie kam langsam richtig in Fahrt. „Seit jener Nacht ist die Frau wie vom Erdboden verschluckt, ebenso die beiden Enkelkinder. Der Briefkasten quillt über, in der Waschküche vergammelt seit zwei Wochen die Wäsche in der Maschine, und man kann von der Straße aus erkennen, dass die Balkontür offen steht, bei Tag! und! Nacht!!"

„Sie brauchen nicht laut zu werden", erklärte Frohgemut steif, „ich bin nicht schwerhörig. Haben Sie schon mal daran gedacht, dass die drei einfach verreist sein könnten? Es sind schließlich Sommerferien!"

Zu diesem Zeitpunkt hatte Häberle längst seinen Entschluss gefasst. Er würde sich selbst mit dem Fall befassen und so zwei Fliegen mit einer Klappe schlagen. Er würde dieser kämpferischen Dame weiterhin nahe sein und er würde, mit etwas Glück, dem großmäuligen Frohgemut gehörig eins auswischen. Und wie es aussah, war das Glück ihm wohlgesonnen.

„Ich habe hier eine richterliche Anordnung", erklärte Fräulein Stahl eben, „nach der Frau Blumwald innerhalb von drei Tagen ein ärztliches Attest beibringen muss, das ihr die Fähigkeit bescheinigt, weiterhin die Verantwortung für ihre Enkel zu tragen. Andernfalls verliert sie unverzüglich das Sorgerecht." Sie machte eine Pause, doch da der Kommissar nichts erwiderte, fuhr sie fort. „Ein ebensolches Schreiben habe ich vergangene Woche in den überquellenden Briefkasten gesteckt, nachdem vier Versuche, es persönlich zu überbringen, gescheitert sind. Dieses Schreiben muss zugestellt werden, und ich fordere Sie hiermit auf, mir Amtshilfe zu leisten!"

„Selbstverständlich, warum sagen Sie das nicht gleich?", fragte Frohgemut mit samtweicher Stimme. Dann fügte er trocken hinzu: „Das ist dann ja wohl deine Baustelle, Häberle!"

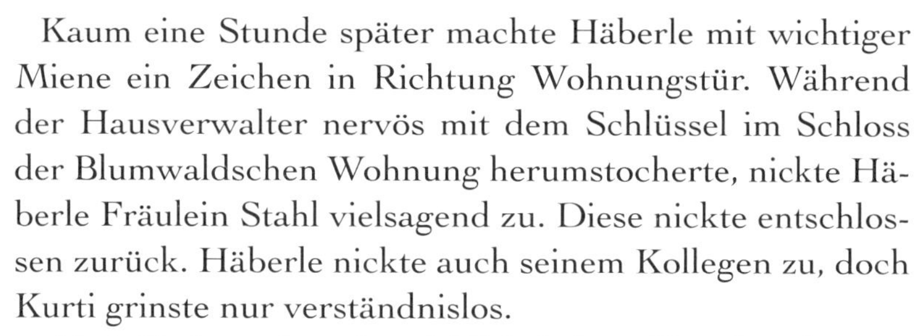

Kaum eine Stunde später machte Häberle mit wichtiger Miene ein Zeichen in Richtung Wohnungstür. Während der Hausverwalter nervös mit dem Schlüssel im Schloss der Blumwaldschen Wohnung herumstocherte, nickte Häberle Fräulein Stahl vielsagend zu. Diese nickte entschlossen zurück. Häberle nickte auch seinem Kollegen zu, doch Kurti grinste nur verständnislos.

„Und Sie brauchen da wirklich keinen Durchsuchungsbeschluss?“, fragte der Verwalter.

„Nicht, wenn Gefahr im Verzug ist!“, beschied ihm Häberle.

„Was für eine Gefahr ist denn im Verzug?“, fragte Kurti neugierig, worauf Häberle ihm einen mörderischen Blick zuwarf.

„Wir brauchen Sie dann nicht mehr!“, erklärte Häberle dem Verwalter, kaum dass die Tür aufsprang. „Sie bleiben bei meinem Kollegen“, wies er Fräulein Stahl an, dann zog und entsicherte er seine Dienstpistole und tat, was er schon immer einmal hatte tun wollen: Die Waffe im Anschlag trat er die nächstbeste Tür ein.

„Verdammt!“, frohlockte er, als er die getrockneten Blutflecke auf dem Küchenboden sah. „Schaut euch das an!“

Alle Vorsichtsmaßnahmen waren vergessen angesichts des ihm sich bietenden Anblicks. Küchenschränke und Schubladen standen offen, ungespültes Geschirr und vergammelte Essensreste waren überall verteilt. Blut gab es nicht viel, doch deuteten verschmierte Flecken auf Boden und Küchenschränken darauf hin, dass jemand notdürftig einen Teil des Blutes weggewischt hatte.

„Du, Hansi?“, meldete Kurti sich zögernd zu Wort. „Meinst du nicht, wir sollten die Polizei rufen?“

„Wir sind die Polizei, du Torfkopf!“, knurrte Häberle gereizt, zog aber sein Diensttelefon. Gar so schnell hatte er seinen Fall nicht abgeben wollen. „Na, das wird Frohgemut gar nicht schmecken", tröstete er sich.

Während er telefonierte, sah er, wie Fräulein Stahl Kurti am Ärmel zupfte und auf eine leere Colaflasche zeigte.

„Nicht anfassen!", rief Häberle, doch im selben Augenblick erkannte er, was sie ihnen hatte zeigen wollen: Die Flasche war außen mit Kondenswasser beschlagen. Sie musste vor kurzem noch im Kühlschrank gestanden haben.

Dann ging alles sehr schnell. Während die drei sich verblüfft ansahen und Frohgemut aus dem Handy heraus brüllte, was zum Henker eigentlich los sei, hörten sie im Flur schnelle Schritte, gefolgt vom Zuschlagen der Wohnungstür. Alle drei stürzten zugleich zur Küchentür. Es gab ein kurzes Gerangel, aus dem Häberle als Sieger hervorging, und im nächsten Augenblick riss er die Wohnungstür auf. Ohrenbetäubendes Scheppern hallte durch das Treppenhaus. Jemand rannte, mehrere Stufen auf einmal nehmend, die Treppe hinab. Häberle zögerte keine Sekunde. „Stehen bleiben, oder ich schieße!", schrie er und spurtete hinterher. Dann steckte plötzlich sein rechter Fuß in einem gigantischen Kochtopf. Durch Häberles Schwung in Fahrt gebracht, rutschte der Topf die Treppe hinab, und Häberle surfte dem nächsten Treppenabsatz entgegen. Kurz bevor er gegen die Wand knallte, hörte Häberle unten die Haustür zufallen.

„Ihm nach!", brüllte er am Boden liegend und bereute es sogleich. Kurtis Stiefelprofil prägte sich erst in sein Gesäß und dann in seine linke Hand. Häberle heulte die vor seinem inneren Auge tanzenden Sterne an.

„Haben Sie sich sehr wehgetan?" Langsam verglomm die Schmerzgalaxie und an ihre Stelle traten zwei strahlend

blaue, brillengefasste Sterne. „Vielleicht wird Sie das hier trösten!“, säuselte Fräulein Ingrid Stahl.

Häberle drehte den schmerzenden Schädel, um in die ihm gewiesene Richtung zu schauen. Kaum fünfzig Zentimeter entfernt lag neben einem Schneidbrett und halb verdeckt von einem Topfdeckel ein großes Küchenmesser. An der Klinge klebte getrocknetes Blut. Sie hatten die Mordwaffe!

Der Junge

Mattis heiseres Kinderlachen war schon oben auf der Treppe zu hören. Lu humpelte mit zusammengebissenen Zähnen Stufe um Stufe hinab, bis er die beiden sehen konnte. Sie spielten Fangen auf dem kleinen Platz vor dem Gärtnerhaus. Oma bewegte sich flink und übermütig, keine Spur mehr von der fetten, apathischen Greisin, die sie vor wenigen Wochen noch gewesen war. Es war zum Verzweifeln. Warum konnten sie nicht einfach so weitermachen? Warum musste immer irgendwer kommen und sich einmischen?

„Lu!"

Matti sprang ihm jubelnd entgegen und hängte sich an seinen Arm. „Heute gibt's Spaghetti, -ghetti, -ghetti!", sang sie und versuchte, an ihm hochzuklettern. Lu schluckte den Schmerz hinunter, der ihm in den verstauchten Knöchel fuhr, und sah seine Oma an. Die schaute zurück.

„Was ist passiert?"

Drei Stunden lang hatte Lu überlegt, was er den beiden erzählen sollte – und was nicht. So lange hatte er sich verborgen gehalten. Erst wenige Minuten bevor die automatischen Drehkreuze, die ausschließlich für Besitzer von Dauer-Eintrittskarten vorgesehen waren, sich für die Nacht verriegelten, war er in den Park zurückgekehrt. Mit leeren Händen.

Eigentlich war Lu in der Überzeugung zurückgekehrt, dass ihr Versteckspiel nun ein Ende hatte. Dass es nicht mehr um die Frage ging, ob sie lange genug durchhalten konnten, sondern nur noch, wann und wie sie aufgeben würden. Doch nachdem er seine Oma beim Fangespielen beobachtet hatte, nachdem Mattis kehliges Lachen direkt

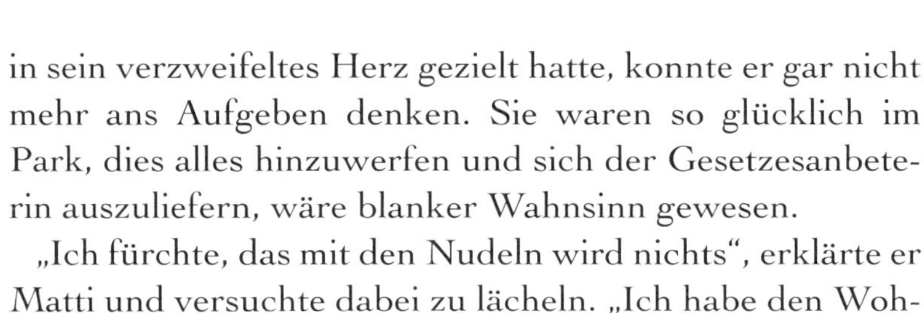

in sein verzweifeltes Herz gezielt hatte, konnte er gar nicht mehr ans Aufgeben denken. Sie waren so glücklich im Park, dies alles hinzuwerfen und sich der Gesetzesanbeterin auszuliefern, wäre blanker Wahnsinn gewesen.

„Ich fürchte, das mit den Nudeln wird nichts“, erklärte er Matti und versuchte dabei zu lächeln. „Ich habe den Wohnungsschlüssel verloren.“ Omas fragender Blick bohrte sich in seine Augen, aber Lu redete tapfer weiter. „Das ist leider noch nicht alles. Die EC-Karte ist auch weg!“

„Ich will aber Nudeln essen!“, forderte Matti, stampfte mit dem Fuß auf und traf dabei Lus verstauchten Knöchel. „Du musst eben einen Topf kaufen, oder wir gehen Essen!“

„Dafür bräuchten wir Geld, und ohne die EC-Karte kann ich keines holen“, erklärte Lu geduldig, obwohl ihm der Schmerz die Tränen in die Augen trieb. Am liebsten hätte er sich auf die Treppe gesetzt und geweint. „Ich habe den ganzen Weg abgesucht, mindestens dreimal, deshalb ist es auch so spät geworden.“

„Aber ich habe Hunger!“

„Wir haben genug zu essen da, mein Schatz“, beschwichtigte Oma. „Und das mit den Nudeln ist nur aufgeschoben. Wir können mit dem Ersatzschlüssel in die Wohnung, der müsste immer noch im Versteck liegen – natürlich nur, falls ich ihn nicht irgendwann verlegt habe“, erklärte sie mit schiefem Grinsen. „Was, wenn ich's mir genau überlege, ziemlich wahrscheinlich ist. Aber das mit der EC-Karte ist halb so wild, wenn ich selbst auf die Bank gehe, geht es auch ohne.“

Lu nestelte an seinen Schuhbändeln, damit Oma nicht sein Gesicht sehen konnte, das vor Scham brannte. Er würde ihr sagen müssen, dass es viel zu riskant für sie war, Geld abzuheben. Aber nicht jetzt.

„Du hast uns noch nicht erzählt, was mit deinem Fuß passiert ist", bemerkte Oma, während sie Gemüse putzte, das sie am Nachmittag im Park geklaut hatte. Sie selbst nannte das ‚ernten'. Diesmal hatte sie im Bauerngarten jungen Mais und Kohlrabi geholt. Außerdem hatte sie am Nachmittag aus Dosentomaten Soße gekocht, die sie mit Knoblauch und Kräutern würzte, die ebenfalls aus dem Park stammten. Matti, die viel eher Nudeln ohne Soße essen mochte als das Gegenteil, bestand darauf, dass Lu ihr eine Dose Ravioli öffnete.

„Ich bin umgeknickt, als ich eine Böschung abgesucht habe", führte Lu seine vorbereitete Geschichte weiter. Mechanisch schob er sich einen Löffel Tomatensoße in den Mund und biss in eine Scheibe Knäckebrot. Das Knäckebrot schmeckte nach Pappe. Lus Hirn und Herz fühlten sich leer an. Lustlos kaute er, ohne recht zu merken, was er aß. Er würde von den beiden getrennt werden, vielleicht schon am nächsten Tag. Vielleicht würden sie in verschiedenen Städten leben. Ganz sicher würden sie alle drei schrecklich unglücklich sein. Aber Lu sah keinen Ausweg. Es war nur noch eine Frage von Tagen.

„Genug!"

Lu sah überrascht auf. Seine Oma hatte einen Maiskolben auf den Boden gepfeffert und sah die beiden mit herausfordernd blitzenden Augen an.

„Wir leben hier im Schlaraffenland und quälen uns mit halbreifem Ziermais und kalten Ravioli herum. Damit ist jetzt Schluss. Heute Nacht gönnen wir uns ein richtiges Festmahl!"

Lu schloss die Augen. Seine Oma musste erraten haben, wie schlimm es stand, und der Schock war zu viel gewesen.

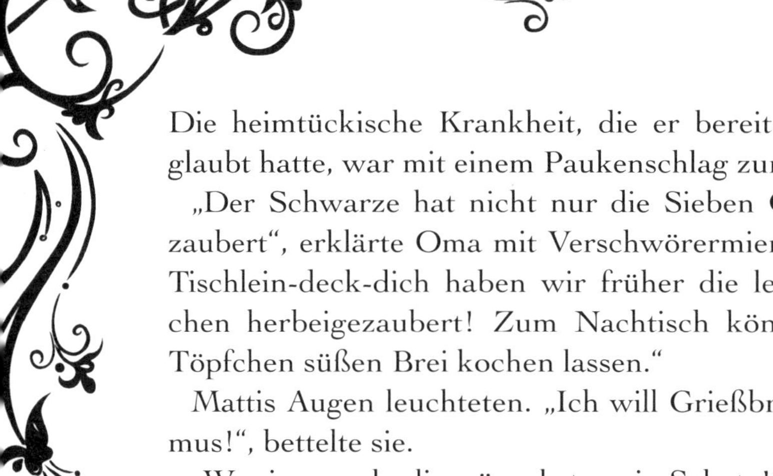

Die heimtückische Krankheit, die er bereits besiegt geglaubt hatte, war mit einem Paukenschlag zurückgekehrt.

„Der Schwarze hat nicht nur die Sieben Geißlein verzaubert“, erklärte Oma mit Verschwörermiene. „Mit dem Tischlein-deck-dich haben wir früher die leckersten Sachen herbeigezaubert! Zum Nachtisch können wir das Töpfchen süßen Brei kochen lassen.“

Mattis Augen leuchteten. „Ich will Grießbrei mit Apfelmus!“, bettelte sie.

„Was immer du dir wünschst, mein Schatz!“, versicherte Oma. „Aber wir müssen warten, bis wir wirklich alleine im Park sind. Ich schlage vor, du schläfst erst eine Runde, damit du heute Nacht fit bist!“

Lu senkte den Kopf und lächelte traurig. Vielleicht war seine Oma doch nicht durchgeknallt. Wenn Matti schlief, würde sie so leicht nichts wecken. Dann konnten er und Oma beraten, wie es weitergehen sollte.

Erschöpft legte er sich auf seine Isomatte und bettete den schmerzenden Knöchel auf den zusammengelegten Schlafsack. Dann schloss er die Augen und lauschte Mattis ruhiger werdenden Atemzügen.

Als er die Augen wieder öffnete, war es draußen fast Nacht. Matti schlief tief und fest, mit einem Lächeln in ihrem kleinen, runden Gesicht. Oma saß im Dunkeln auf einer Kiste und beobachtete ihn. Wortlos zog Lu den Wohnungsschlüssel aus seiner Hosentasche und hielt ihn hoch.

„Die Polizei?“, fragte Oma.

„Sie glauben, wir hätten uns gegenseitig umgebracht oder so“, schnaubte Lu.

„Umgebracht?“

„Wegen des Bluts“, erklärte Lu müde. „Ich hab mich doch geschnitten, in der Nacht …“

Sie schwiegen.

„Das heißt", seufzte Oma und stand auf, „dass sie die Wohnung beobachten."

Sie holte hinter einer Kiste eine Tasche hervor und zog ihr wild gemustertes Blumenkleid heraus. Lu hatte sich längst daran gewöhnt, dass sie sich vor ihm auszog. Im spärlichen Mondlicht, das durch eine Dachluke schimmerte, sah er ihre helle Haut aufleuchten. Er fand ihren massigen Körper nicht mehr hässlich, vielleicht weil sie sich so unbeschwert bewegte. Ihr Anblick rührte ihn, als sie sich das weite Kleid über den Kopf zog und es glatt strich. Wie hatte er sie jemals fett nennen können? Sie war rund und mollig und weich – Lu wünschte sich plötzlich, sie würde ihn in die Arme nehmen und fest an ihren großen Busen drücken. Mit heißen Wangen, Tränen in den Augen und einem dicken Kloß im Hals sah er zu, wie sie ihr Haar richtete, Halsketten und klirrende Armreifen hervorzog und sich für ihre letzte Nacht im Park schmückte.

„Fertig", sagte sie. „Du kannst jetzt Matti wecken."

„Wozu?"

„Für unser kleines Fest natürlich", sagte sie und sah ihn mit schief gelegtem Kopf an.

„Oma ..."

„Wenn du sie nicht weckst, tu ich es eben."

Kurz darauf kletterte Lu ratlos hinter den beiden aus dem Fenster. Oma und Matti kicherten leise und flüsterten sich aufgeregt zu, was sie sich vom Tischlein wünschen wollten. Lu humpelte ihnen nach in Richtung Märchengarten und konnte nur resigniert den Kopf schütteln.

Der Mond schien hell, und die Stadt außerhalb des Parks schlief noch lange nicht. Motorenlärm und hin und

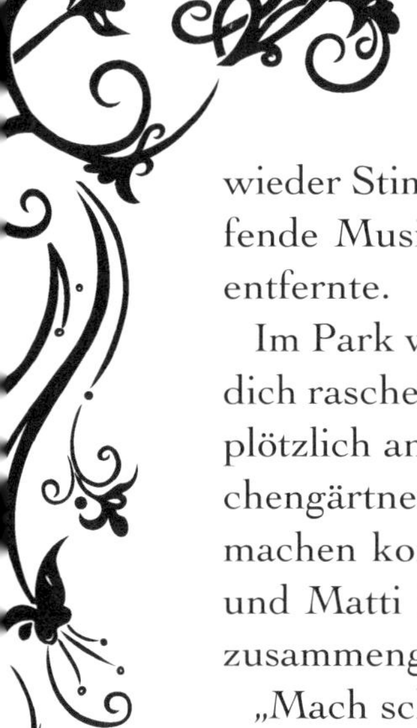

wieder Stimmen sickerten in den Park, einmal auch stampfende Musik, die sich rasch die Marbacher Straße hinab entfernte.

Im Park war es still. Nur in der Nähe des Tischlein-deckdich raschelte es in einem großen Gebüsch, und Lu musste plötzlich an die Vogeldiebe und den geheimnisvollen Märchengärtner denken. Doch bevor er sich richtig Sorgen machen konnte, standen sie schon vor dem Märchenbild, und Matti hüpfte aufgeregt um ihre Oma herum, die mit zusammengekniffenen Lippen das Tischlein anstarrte.

„Mach schon!“, feuerte Matti sie an. „Mach, dass es sich deckt. Ich will Brathähnchen mit Pommes oder Schnitzel oder Spaghetti Bolognese oder …“

„Nun lass aber gut sein!“, schimpfte Oma gereizt. „Wie soll ich mich denn so konzentrieren?“

Lu ließ sich auf einen großen Stein sinken. Traurig beobachtete er das sich ihm bietende Schauspiel. Wenigstens würde es ihm so leichter fallen aufzugeben, dachte er. Vielleicht brauchte seine Oma ja wirklich einen Arzt.

„Tischlein, deck dich!“, befahl Oma.

Nichts geschah. Natürlich. Lu kämpfte mit den Tränen.

„Es funktioniert nicht!“, jammerte Matti.

„Unsinn!“, widersprach Oma. „Ich muss nur den Trick herausfinden. Schließlich habe ich es nur ein einziges Mal selbst gemacht, und das ist schon über vierzig Jahre her.“

„Du hast damals nicht zufälligerweise mit Drogen rumgemacht?“, fragte Lu müde, bereute es aber sogleich, als er Omas Gesichtsausdruck sah.

„Tischlein, deck dich!“

Matti kam enttäuscht angeschlichen und kuschelte sich an Lu.

„Warum funktioniert es denn nicht?“, jammerte sie.

„Matti, wie *soll* das denn funktionieren, glaubst du im Ernst, dass Oma zaubern kann?“

„Aber bei den Geißlein funktioniert es doch auch!“

„Tischlein, deck dich!“

„Tagsüber. Das sind Maschinen.“

„Stimmt überhaupt nicht! Nachts werden sie richtig lebendig. Oma und ich haben mit den Ziegen Verstecken gespielt.“

„Das hast du geträumt, Matti.“

„Tischlein, deck dich, verdammt noch mal!“

„Hab ich nicht!“ Matti stampfte wütend auf. „Das war ganz früh morgens, bevor es hell wurde. Du hast noch geschlafen.“

Lu schwieg. Mit ausgebreiteten Armen und geschlossenen Augen bewegte seine Oma stumm die Lippen. Der Anblick zerriss ihm das Herz. Plötzlich hörte er ein leises Rumpeln, und vor Omas Füßen ... Nein, das war unmöglich. Jetzt begann er schon selbst zu spinnen. Lu sprang auf und trat neben seine Oma, die ihn triumphierend angrinste. Auf einer Steinplatte zu ihren Füßen prangte eine dampfende Platte mit verführerisch duftenden Hähnchenkeulen.

„Nimm das mal da weg!“, wies sie ihn an.

Lu bückte sich zögernd und griff vorsichtig nach der Platte, fest überzeugt, er werde ins Leere fassen. Doch die Platte war echt, und die Hähnchenkeulen heiß genug, sich daran die Finger zu verbrennen.

„Tischlein, deck dich!“

Eine große Schüssel Pommes mit Ketchup materialisierte sich an der Stelle, wo eben noch die Hähnchenkeulen gedampft hatten. Matti jubelte. Lu stellte benommen die Platte ab, um die Schüssel wegzunehmen.

„Tischlein, deck dich!“

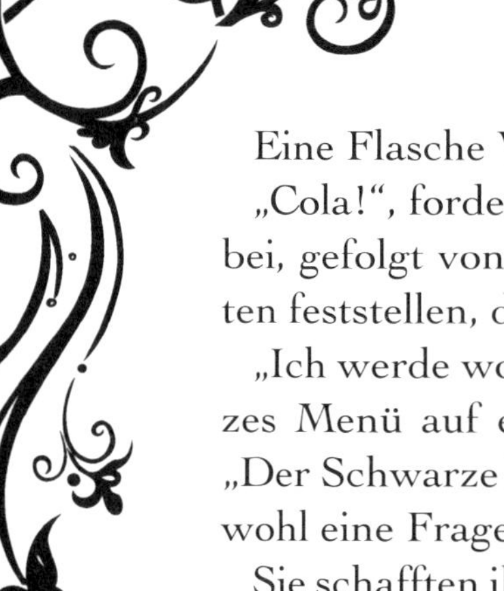

Eine Flasche Wein.

„Cola!“, forderte Matti, und Oma zauberte auch die herbei, gefolgt von einem großen Salzstreuer, denn sie mussten feststellen, dass die Pommes nicht gesalzen waren.

„Ich werde wohl etwas Übung brauchen, bis ich ein ganzes Menü auf einmal herbeizaubern kann“, lachte Oma. „Der Schwarze hätte das hier alles auf einmal geschafft. Ist wohl eine Frage der Konzentration.“

Sie schafften ihre Beute ins Innere des Heckenlabyrinths, wo der Froschkönig residierte. Oma und Matti lachten übermütig und taten so, als hätten sie sich verirrt. Lu folgte ihnen wie im Traum. Ein Traum: Das musste es sein. Er war eingeschlafen, und nun träumte er. Und gleich würde er aufwachen.

Plötzlich glaubte Lu hinter einer Hecke eine Gestalt schimmern zu sehen, doch im nächsten Augenblick war diese verschwunden, und Lu war viel zu verwirrt, um einen zweiten Gedanken an sie zu verschwenden.

Die Hähnchenkeulen schmeckten genauso wie früher, als Oma noch regelmäßig gekocht hatte. Lu hatte halb erwartet, dass sie sich im Mund in Luft oder in etwas Unappetitliches verwandeln würden, doch sie waren köstlich und fühlten sich auch im Bauch noch gut an. Ganz langsam gewöhnte er sich an die Tatsache, dass dies alles echt war. Oma ließ ihn Wein trinken, und er wurde immer ausgelassener, doch als die Flasche zur Hälfte leer war, kippte sie den Rest in die Hecke.

„Zu viel Märchen auf einmal ist ungesund, mein Junge!“, lachte sie, und Lu lachte mit, ohne zu wissen oder zu fragen, worüber sie lachten. Erst als er aufstand merkte er, dass sie über ihn gelacht hatte, denn sein Kopf fühlte sich sehr seltsam an.

Matti forderte den versprochenen Brei, und so machten sie sich zum Töpfchen auf. Dessen Märchenbild befand sich gleich neben dem Froschkönig-Labyrinth. Diesmal klappte der Zauber auf Anhieb, aber sie hatten keine Löffel und mussten den Brei mit den Fingern aus dem Töpfchen schaufeln, was Matti zu wahren Begeisterungsstürmen hinriss. Als die Kleine genug hatte und schlafen gehen wollte, sagte Oma, eines gäbe es noch, was sie ihnen unbedingt zeigen müsse. Sie führte die beiden zum Goldesel und forderte Lu auf, sich vor das Maul des Esels zu stellen.

„Bricklebrit!", rief Oma, und schon spuckte der Esel große, schimmernde Goldmünzen in Lus aufgehaltene Hände.

„Wahnsinn! Sind die etwa auch echt?"

„Natürlich!", lachte Oma.

Lu schüttelte seufzend den Kopf. „Jammerschade, dass man mit denen nicht einkaufen gehen kann."

„Da hast du natürlich recht", stimmte seine Oma zu. „Bricklebrit!"

Bevor Lu wusste, wie ihm geschah, regnete es aus dem Eselsmaul Zwei-Euro-Münzen wie aus einem besiegten Spielautomaten.

„Genug gespaßt!", befand Oma, während die Geschwister noch am Boden umher krabbelten, um die Münzen einzusammeln. Und mit einem letzten „Bricklebrit" ließ sie den Goldesel ein dickes Bündel Geldscheine ausspucken, das sie geschickt auffing und Matti vor die staunenden Augen hielt. „Weißt du, was das ist?"

„Geld!", rief Matti begeistert.

„Nudeln!", widersprach Oma. „Nudeln, so oft du nur willst!"

Hinz und Kunz

„Das sieht nicht gut aus!“

Hans Häberle stand kopfschüttelnd in dem kleinen Häuschen und überlegte, welche Sorte Mensch zu so etwas fähig sein mochte.

„Ziemliche Sauerei“, bestätigte Kurt Eisele und schnalzte mit der Zunge, während er das Wasser aus seiner Uniformjacke klopfte. Es goss in Strömen.

Sie waren nach dem aufgeregten Anruf des Parkverwalters sofort ins Blühende Barock geeilt.

„Aber, Sie haben ja noch gar nicht alles gesehen!“, rief Direktor Baum, den Häberle aufgefordert hatte, vor dem Häuschen zu warten, angeblich, damit er keine Spuren am Tatort verwischte. In Wirklichkeit wollte Häberle nur zusehen, wie sich die Hosenbeine des Schnösels vom Regenwasser dunkel färbten. Er selbst und Kurti hatten keine Regenschirme dabei, weil das mit Uniform einfach lächerlich aussah. Vom Weg durch den Park waren sie völlig durchnässt.

„Wenn Sie bitte mitkommen“, quengelte der Parkverwalter unter seinem Schirm, „in einer Stunde öffnet der Märchengarten, bis dahin muss das alles …“

„Nun mal langsam!“, unterbrach ihn Häberle streng. Ihm war keinesfalls entgangen, wie erschrocken der Verwalter gewesen war, als er ihn, Häberle, wiedererkannte. Offenbar bereute der Kerl seinen Anruf bereits. „Hier ist ein Verbrechen geschehen. Der Tatort muss genauestens untersucht werden. Sie werden uns ja wohl nicht an unserer Arbeit hindern wollen!“

Kurti hatte inzwischen zum Telefon gegriffen.

„Was machst du da?“, fragte Häberle irritiert. Eigenmächtiges Handeln war er von seinem Kollegen nicht gewöhnt.

„Na, ich rufe die Kollegen von der Spusi."

Häberle riss ihm das Handy aus der Hand, drückte auf Rot und schluckte das ‚Idiot', hinunter, das ihm auf der Zunge lag.

„Die Spurensicherung?", fragte der Verwalter mit hochgezogenen Augenbrauen. „Das ist nicht Ihr Ernst!"

„Natürlich nicht!", versetzte Häberle so streng er konnte. „Das betraf einen anderen Fall. Wir warten da noch auf die Laborergebnisse. Aber das hat Zeit", fügte er tadelnd in Kurtis Richtung hinzu, „bis wir hier fertig sind."

„Was für ein anderer ...?", fing Kurti an, doch Häberle trat ihm wie zufällig kräftig auf den Fuß, als er einen Schritt vorwärts machte.

„Alles total verschmiert", brummte er, bevor Kurti noch mehr verpatzen konnte. „Was hältst du davon?"

Kurti hörte prompt auf, jammernd auf einem Bein zu hüpfen. „Das hier ist das ‚Töpfchen koche'!", erklärte er strahlend. „Das ist das Märchen, wo man nur den richtigen Spruch kennen muss, und schon kocht das Töpfchen Brei, so viel man will. Sieht ganz so aus, als wäre das Märchen wahr geworden."

„Sehr witzig!", knurrte Häberle und starrte das kleine, eiserne Töpfchen an, das innen und außen mit etwas verschmiert war, das tatsächlich nach Brei aussah. „Aber wer sollte sich die Mühe machen, nachts in den Park einzusteigen und das Ding mit Brei einzusauen?"

„Ein Witzbold vielleicht?", schlug der Verwalter verdächtig herablassend vor.

„Das wäre dann wohl Ihre Art von Humor?", fragte Häberle und starrte ihn durchdringend an, bis der andere sich abwandte. Verbrecher musste man unter Druck setzen. Früher oder später verrieten sie sich alle. Dann hatte er

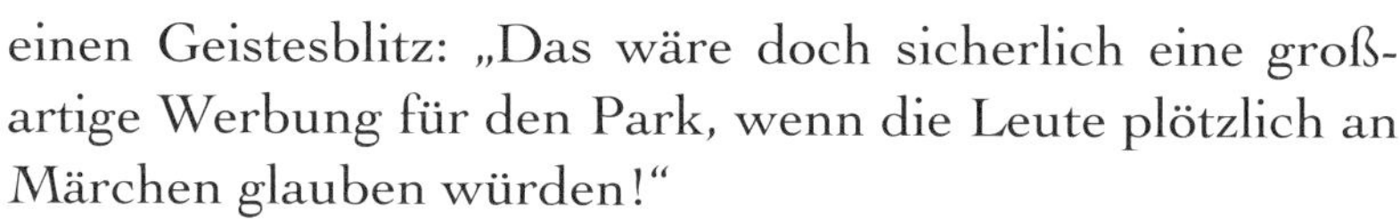

einen Geistesblitz: „Das wäre doch sicherlich eine großartige Werbung für den Park, wenn die Leute plötzlich an Märchen glauben würden!"

„Vielleicht funktioniert es ja tatsächlich", ließ Kurti von sich hören. „Sieht angebrannt aus!" Er kratzte über den Topfboden und führte den Finger zum Mund. „Mmm! Grießbrei mit Zimt und Zucker."

„Also, mir reicht es jetzt!", schimpfte Direktor Baum, der es plötzlich wieder eilig zu haben schien. Häberle musste mit seinem Verdacht einen Volltreffer gelandet haben. „Machen Sie doch, was Sie wollen! Ich schicke jetzt jemanden her, der sauber macht, und dann öffnen wir den Märchengarten. Falls Sie irgendwann mit dem Töpfchen fertig sein sollten", rief er, schon im Gehen, über die Schulter, „schauen Sie sich ruhig noch beim Froschkönig um. Ich bin sicher, Sie entwickeln auch dort eine Ihrer fantastischen Theorien. Falls Sie es überhaupt durchs Labyrinth schaffen."

Beim letzten Satz war sich Häberle nicht sicher, ob er ihn richtig verstanden hatte, denn der Verwalter war bereits ein gutes Stück entfernt, und der Regen dämpfte seine Stimme.

„Was meint er mit Labyrinth?"

Die Frage war eher laut gedacht als ernsthaft an Kurti gerichtet, doch der hatte sogleich eine Antwort parat.

„Die Hecke da", er zeigte auf die andere Seite des Rundwegs, an dessen Außenseite das Häuschen mit dem ‚Töpfchen koche' stand. „Das ist ein ganz tolles Labyrinth, und innen drin ist der See mit dem Froschkönig."

Kurti wollte bereits los eilen, doch Häberle hielt ihn am Uniformkragen zurück. „Halt! Ist dir nichts aufgefallen an dem feinen Herrn Ichbinsowichtigundhabüberhauptkeine Zeit?"

Kurtis Gesicht, auf dem sich eben noch kindliche Freude breitgegrinst hatte, verwandelte sich in ein gigantisches Fragezeichen.

„Es schien ihm sehr daran gelegen, dass wir beide da reingehen – ohne ihn", versuchte Häberle ihm auf die Sprünge zu helfen. Erfolglos. „Es könnte eine FALLE sein", setzte er nach und riss die Augen auf, um dem begriffsstutzigen Kurti den Ernst der Lage klar zu machen.

„Also gehen wir nicht rein?", fragte Kurti enttäuscht.

„Oh doch! Aber wir sind vorgewarnt", erklärte Häberle zufrieden und zog seine Pistole. Als Kurti es ihm nachtat, ließ Häberle ihn vorangehen. Sein Kollege war kein übler Kerl, aber mit gezogener und entsicherter Waffe wollte er ihn nicht in seinem Rücken haben.

Wie auf Bestellung ließ der Regen nach, als sie unter dem Dach des Häuschens hervortraten. Die Hecke des Labyrinths war über mannshoch und der Weg dazwischen gerade breit genug für einen kräftigen Mann wie Häberle. Gleich nach dem Eingang machte der Weg eine scharfe Wende und kurz darauf teilte er sich.

„Sollen wir uns trennen?", fragte Kurti.

„Auf gar keinen Fall!", widersprach Häberle energisch. „Darauf wartet der Kerl doch nur. Aber ich halte etwas Abstand, falls Du in die Falle trittst."

Kurti sah ihn misstrauisch an.

„Wenn es mich gleichzeitig erwischt, kann ich dir nicht helfen, Torfkopf!", schimpfte Häberle.

Zweimal mussten sie umkehren, weil sie in Sackgassen gerieten, dann endlich führte ein Durchlass ins Herz des Labyrinths. Dort saß tatsächlich ein gewaltiger, steinerner Froschkönig in einem künstlichen kleinen See, über welchen Trittstufen zur anderen Seite führten. Kurt Eisele war bereits um den See herumgegangen und roch eben an einem angenagten Hühnerbein. Zu seinen Füßen standen neben und auf einer Bank Platten, auf denen Essensreste im Regenwasser schwammen. Hinter der Bank lag unter der Hecke eine leere Flasche Wein.

„Das würde ich nicht …", rief Kurti, als Häberle sich anschickte, über die Trittstufen das Wasser zu überqueren. Im nächsten Augenblick spürte er einen kalten Angriff auf seine Uniformhose. Bestürzt blieb er mitten im See stehen, bis ihm klar wurde, dass der Angriff vom Froschkönig kam, der ihn ganz unverschämt mit Wasser bespuckte. Hastig verließ Häberle seinen Standort, und im selben Augenblick hörte der Frosch auf zu spucken.

„Das ist nicht lustig!", fauchte Häberle den prustenden Kurti an.

„In die Falle getappt!", krähte Kurti schadenfroh.

Wütend kickte Häberle nach einer Platte, von der wabbelige Pommes und abgenagte Hühnerknochen ins Gras kippten. „Ist das alles?", schimpfte er. „Ein bisschen Müll, den die Putze gestern nicht weggeräumt hat? Und deshalb bemüht man die Polizei?"

„Der Verwalter meint aber doch, dass der Müll gestern Abend noch nicht …", begann Kurti, doch Häberle, dem das kalte Wasser bis in die Unterhose gedrungen war, hatte die Nase gründlich voll. Sein einziger Trost war, dass die Uniformhose vom Regen so durchnässt war, dass niemand auf die Idee kommen konnte, er habe sich in die Hose gemacht. „Vermutlich kontrolliert der hohe Herr jeden Abend höchstpersönlich, ob auch alles hübsch sauber ist in seinem Park", fiel er Kurti ins Wort.

„Das gewisslich nicht", widersprach eine Stimme höflich, und Häberle wirbelte herum. „Das Labyrinth wird jeden

Abend überprüft, wenn auch nicht vom Herrn Direktor", erklärte der alte Kurde, der, mit einem Müllsack und einem Putzeimer bewaffnet, unbemerkt zu ihnen ins Labyrinth getreten war. „So manches Liebespaar hat hier die Zeit vergessen."

„Du willst mir weismachen, dass das ein Pärchen war?"

Metin hob schweigend die Schultern.

„Niemals. Vermutlich waren das dieselben Gauner, die auch die Vögel geklaut haben. Eine Vorliebe für Geflügel scheinen sie ja zu haben", sagte Häberle, obwohl er sich ungern von der Theorie verabschiedete, dass das Ganze ein Werbetrick des Parkverwalters war.

Metin sah ihn erschrocken an. Häberle kniff die Augen zusammen und nahm den Kurden ins Visier. „Du weißt doch etwas!", knurrte er den Alten an, der sogleich eine Unschuldsmiene aufsetzte, die jeden anderen getäuscht hätte, nicht aber ihn, Häberle. „Na komm schon, alter Junge", setzte er nach. „Mir kannst du es doch sagen!"

Der Opa versuchte Zeit zu schinden, indem er wieder Kürbiskerne aus der Hemdtasche klaubte und ihm anbot. Häberle spielte mit, um Metins Vertrauen zu gewinnen. Er spürte, dass er kurz vor einer wichtigen Enthüllung stand.

„Hansi, guck mal, das ist komisch", rief Kurti, der die Weinflasche aus der Hecke geangelt hatte.

„Nicht jetzt, Kurti!"

„Aber ..."

„Klappe, Kurti!", knurrte Häberle und ließ dabei den Kurden nicht aus den Augen.

„Gewiss ist es von keinerlei Bedeutung ...", fing Metin an und knackte zögernd einen Kürbiskern zwischen den Zähnen.

„Der Wein ist ..."

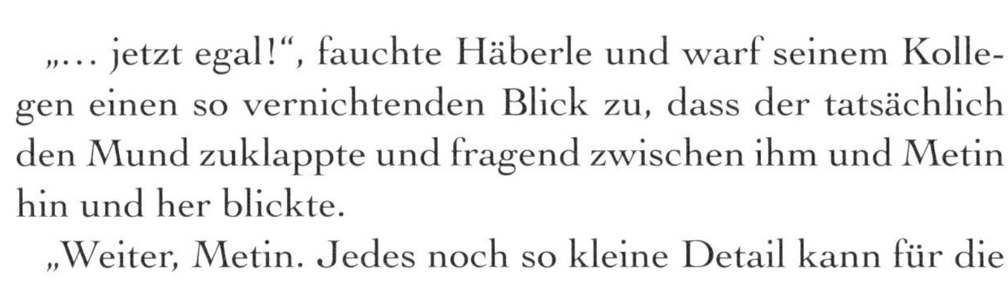

„... jetzt egal!“, fauchte Häberle und warf seinem Kollegen einen so vernichtenden Blick zu, dass der tatsächlich den Mund zuklappte und fragend zwischen ihm und Metin hin und her blickte.

„Weiter, Metin. Jedes noch so kleine Detail kann für die Aufklärung wichtig sein.“

„Es geschah aber doch vor so langer, langer Zeit!“

„Was geschah vor langer Zeit?“

„Die nächtlichen Gelage im Park.“

Häberle stutzte. „Was für Gelage?“

Metin sah sich kurz um, als wolle er sich vergewissern, dass niemand sonst zuhörte, dann flüsterte er mit aufgerissenen Augen und zitterndem Schnurrbart: „Diebesgesindel! Gauner, Herumtreiber und Landstreicher! Auch Künstler und Musiker und sogar ...“, in Metins Augen blitzte es auf: „Hippies!“

Häberle prallte angewidert zurück.

„Die ganze Unterwelt“, fuhr Metin mit Verschwörermiene fort, „hat sich früher im Park getroffen und wüste Feste gefeiert.“

Häberle leckte sich die Lippen und rieb sich die Hände. Das hörte sich nach einem fantastischen Fang an, wenn er nur schnell genug handelte. „Wann war das?“, fragte er.

„1966“, antwortete Metin prompt.

Häberle starrte ihn an. Machte der Kerl sich etwa lustig über ihn?

„Es begann sogar noch früher, so hat man mir erzählt. In der Zeit des zweiten großen Krieges, als weite Teile des Parks noch Wildnis waren. Es heißt, die Emichsburg sei damals Unterschlupf für allerlei schlimmes Gesindel gewesen. Als man die Gärten neu errichtete, vertrieb dies die Halunken aus ihrem Versteck. Doch Jahre später fanden sich des Morgens von Zeit zu Zeit die Spuren wüster Gelage im Park."

„In den Sechziger Jahren."

„So war es."

„Das ist ein halbes Jahrhundert her."

„Es ist gewiss nicht von Bedeutung …"

Häberle knurrte gefährlich.

„Ich wär mir da nicht so sicher!", tönte Kurti mit unerträglich überlegenem Grinsen.

Häberle schnaubte entnervt. „Was, glaubst du, war das heute Nacht? Haben sich die Ganoven von damals aus den Altersheimen geschlichen, um hier der guten alten Zeit zu gedenken? Die, die noch leben, wohlgemerkt?"

„Den Knochen nach, würde ich sagen, waren es drei Leutchen, höchstens vier", machte Kurti mit seinem idiotischen Grinsen weiter. „Sonst sind sie jedenfalls nicht satt geworden. Es sei denn, die mit den dritten Zähnen haben nur Brei gegessen, das kann man nicht wissen …"

Häberle versuchte, die einsetzenden Kopfschmerzen mit der Hand wegzuwischen. „Du möchtest also in den Bericht schreiben, dass im Park ein Senioren-Ganoven-Treffen stattgefunden hat. Die haben gemütlich zusammen Fastfood gefuttert, und die Zahnlosen unter ihnen haben sich in einem Töpfchen ohne Herd Brei gekocht, indem sie einen blöden Spruch aufgesagt haben. Und deine Theorie stützt du auf den Bericht eines anderen Opas, der behauptet, in seiner Jugend seien hier nächtliche Partys gefeiert worden."

„Und auf die hier", konterte Kurti und hielt die Weinflasche hoch. „Rate mal, was für ein Jahrgang das war!"

Häberle riss Kurti entnervt die Weinflasche aus der Hand und starrte das Etikett an. „Bordeaux 1965" stand

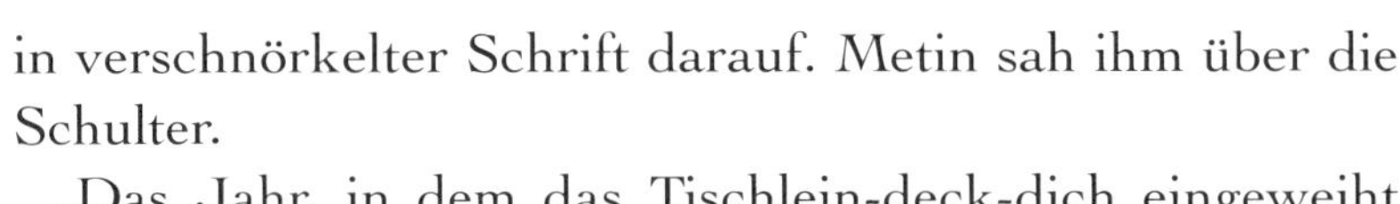

in verschnörkelter Schrift darauf. Metin sah ihm über die Schulter.

„Das Jahr, in dem das Tischlein-deck-dich eingeweiht wurde“, murmelte der Kurde versonnen.

Häberle wischte die Bemerkung wie ein lästiges Insekt weg. „Schön. Und was sollte das Seniorentreffen Eurer Meinung nach?“

„Senioren-mit-Hang-zu-Geflügel-Treffen“, ergänzte Kurti und nickte wichtigtuerisch.

„Irgendwer-mit-Hang-zu-Geflügel-Treffen“, konterte Häberle. „Wenn die Viecher aus der Voliere gleich hier im Park verspeist wurden, muss es irgendwo Spuren von einem Feuer geben. Roh werden sie die Biester ja wohl nicht vertilgt haben.“

„Vielleicht kann man mit dem Töpfchen ja auch was anderes als Brei kochen“, schlug Kurti begeistert vor.

„Oder es wurden die Grillplätze benutzt“, versetzte Metin lächelnd.

Inzwischen hatte es aufgehört zu regnen. Den tropfnassen Grillplätzen war anzusehen, dass sie regelmäßig genutzt wurden. Häberle sah zu den Häusern hinüber, von denen aus man in den Park hinein schauen konnte. Eine nächtliche Grillparty musste denen da drüben doch auffallen! Plötzlich blieb sein Blick an einem ganz bestimmten Haus hängen. „Sieh einer an!“

„Hast du was entdeckt?“, fragte Kurti.

„Alte Bekannte!“, knurrte Häberle und zeigte auf das Mehrfamilienhaus, in dem die vermisste Oma mit ihren Enkeln wohnte – beziehungsweise gewohnt hatte. Konnte es da einen Zusammenhang geben? War die Leiche der alten Frau womöglich hier im Park verscharrt worden, unter einem der unzähligen Blumenbeete? Vielleicht, dachte

Häberle, hatte es ja nicht nur die Oma erwischt. Vielleicht war die ganze Familie niedergemacht worden, weil sie zu nächtlicher Stunde aus dem Fenster gesehen und etwas entdeckt hatten, was sie nicht hätten sehen dürfen. Häberle holte tief Luft und straffte seine Haltung. Ein Dreifachmord, aufgeklärt von ihm, Hans Häberle! Großartig! Entschlossen wandte er sich an den alten Kurden.

„Wir brauchen Schlüssel für alle Gebäude im Park. Einschließlich der Emichsburg."

„So soll es sein, ich will sie Ihnen gleich beschaffen. Was haben Sie im Sinn – sofern die Frage mir gestattet ist?"

„Ist sie, mein Sohn", sagte Häberle und legte dem alten Mann die Hand auf die Schulter. „Wir werden jedes einzelne Gebäude auf Einbruchspuren untersuchen und darauf, ob sich jemand darin versteckt gehalten hat. Es besteht nämlich die Möglichkeit, dass der Park einer Mörderbande als Unterschlupf dient!"

Der Schreck war dem Alten deutlich anzusehen. „Gewiss wäre dies jemandem aufgefallen", versicherte er. „All diese Gebäude werden genutzt."

„Trotzdem, ich will sie mir mit eigenen Augen ansehen."

Während Metin zum Verwalter ging, um nach den Schlüsseln zu fragen, lud Häberle seinen Kollegen gutgelaunt auf ein Eis in die Cafeteria ein.

„Kurti, ich hab ein gutes Gefühl!"

„Ah ja?", machte Kurti.

„Wir sind hier einer ganz großen Sache auf der Spur! Du wirst sehen, auf meinen Riecher ist Verlass!"

„Fein!", sagte Kurti und konzentrierte sich ganz auf seinen Eisbecher. Häberle, der nur einen Kaffee vor sich stehen hatte, sah ihm wohlwollend zu. So war er halt, der Kurti: ein großes, gutmütiges Kind. Und, alles in allem

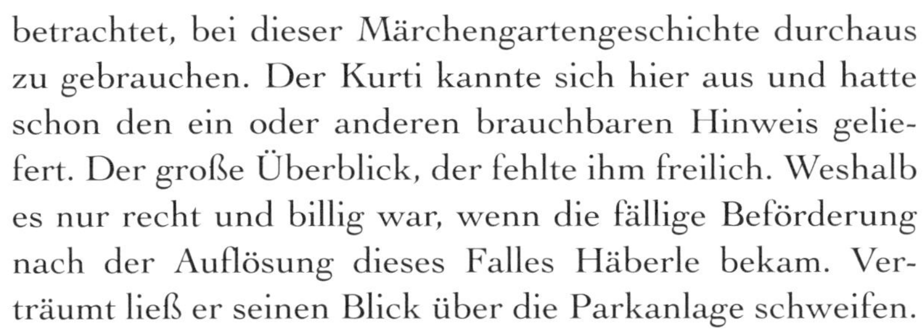

betrachtet, bei dieser Märchengartengeschichte durchaus zu gebrauchen. Der Kurti kannte sich hier aus und hatte schon den ein oder anderen brauchbaren Hinweis geliefert. Der große Überblick, der fehlte ihm freilich. Weshalb es nur recht und billig war, wenn die fällige Beförderung nach der Auflösung dieses Falles Häberle bekam. Verträumt ließ er seinen Blick über die Parkanlage schweifen.

Metin ließ lange auf sich warten. Als er endlich mit einem großen Schlüsselbund in der Hand auftauchte, sah er erschöpft aus.

„Na, komm erst mal zu Atem, alter Knabe. Was möchtest du trinken?", fragte Häberle in Gönnerlaune.

„Wasser, bitte", antwortete der Kurde kurzatmig. Häberle schickte seinen Kollegen los, um eine Flasche von der Selbstbedienungstheke zu holen. Metin leerte die Flasche auf einen Zug, dann legte er seufzend den Kopf schief.

„Wo wünschen Sie, dass wir beginnen sollen?"

Sie fanden im Aktionshaus keine verwertbaren Spuren und auch nicht in der Emichsburg. In den Gewächshäusern, im Gartenarsenal und im Weinberghaus war auch nichts zu entdecken, das auf heimliche Besucher hätte schließen lassen. Metin, der längst wieder einen recht munteren Eindruck machte, wusste über jeden Winkel des Parks etwas zu berichten, besonders das Weinberghaus schien es ihm angetan zu haben, dort redete er ohne Punkt und Komma, bis Häberle ihn entnervt aufforderte, zu schweigen, was der Alte, offensichtlich beleidigt, befolgte. Auch die Voliere ließ Häberle nicht aus, obgleich das einzige Gebäude darin eine kleine, runde Hütte war, in der er selbst liegend kaum Platz gefunden hätte. Sie verließen die Voliere durch den Posilippo-Tunnel und kamen auf einen kleinen Platz.

„Was ist das?", fragte Häberle den verstummten Kurden.
„Das Gärtnerhaus", antwortete dieser kurz angebunden. Während Metin an seinem Schlüsselbund den passenden für das Gartentor suchte, kam ein kleines Mädchen die Treppe herabgehüpft, die auf den Platz vor dem Gärtnerhaus mündete. Sie blieb überrascht stehen und machte große Augen, als sie die beiden uniformierten Polizisten sah.

„Na, meine Kleine, suchst du deine Mama?"

Das Mädchen antwortete nicht.

„Sena!" Der alte Kurde sah das Kind streng an und redete mit ihm in einer Sprache, die Häberle für Kurdisch hielt. „Nun geh und suche deinen Bruder!", fügte er zum Schluss auf Deutsch hinzu.

Das Mädchen machte auf dem Absatz kehrt und rannte die Treppe hinauf. Ein älterer Junge kam ihr von oben entgegen. Auch er machte große Augen beim Anblick ihrer Uniformen. Häberle richtete sich auf und drückte stolz den Brustkorb raus. Die Kollegen in Zivil taten ihm manchmal richtig leid. Mit Uniform machte man eben nach wie vor Eindruck!

Das hübsche, niedrige Haus, vor dem er stand, hatte eine kleine Tür und viele Fenster, vor denen mit Geranien bepflanzte Blumenkästen standen. Häberle setzte ein Knie auf eine Bank, die unter einem der Fenster stand, und versuchte, über die Geranien hinweg einen Blick in das Haus zu werfen. Dann ging er um das Haus herum – und wurde fündig: Ein Fenstersims war leer. Am Fensterrahmen waren keine Einbruchspuren zu entdecken, auch ließ sich das Fenster nicht von außen aufdrücken.

„Warum ist hier kein Blumenkasten?"

Metin wies auf einen dunklen, noch feuchten Abdruck auf dem Sims. „Die Blumen darin waren erkrankt, doch

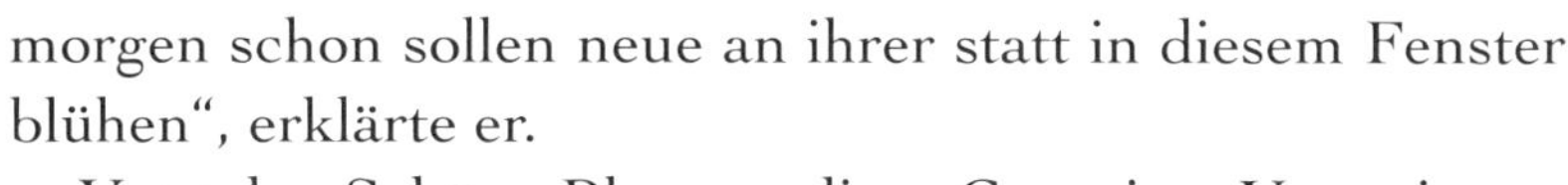

morgen schon sollen neue an ihrer statt in diesem Fenster blühen", erklärte er.

„Verstehe. Schöne Blumen, diese Geranien. Von mir aus bräuchte es das ganze exotische Zeugs gar nicht zu geben. Ein paar Blumenkästen mit roten Geranien vor dem Fenster reichen völlig."

Drinnen war es ziemlich dunkel, die kleinen Fenster ließen nicht viel Licht herein. Häberle sah sich um und schnupperte.

„Wie wird dieses Haus genutzt?"

„Es dient den Gärtnern als Lager, auch werden hier drinnen zuweilen kleine Reparaturen vorgenommen …"

„Soso. Ich rieche aber Essen. Hier wurde gekocht! Was meinst du, Kurti?"

„Tomatensoße", antwortete Kurti und leckte sich die Lippen.

„Sieh an, und hier haben wir die Kochplatte!"

„Was bin ich doch vergesslich! Natürlich wird hier drinnen auch gekocht", erklärte Metin eifrig. „Vielmehr: Es wird das mitgebrachte Essen warm gemacht. In einem solchen Park muss tüchtig gearbeitet werden, da will manch einer etwas Warmes in den Bauch."

Häberle ließ sich seine Enttäuschung nicht anmerken. „Wo führt die Treppe hin?"

„Hinauf", antwortete der Kurde, fügte auf Häberles Blick hin aber hastig hinzu: „Auf den Dachboden."

Die Holzstiege knarrte verdächtig, als Häberle sich hinaufarbeitete. „Gibt es hier kein Licht?", rief er nach unten und suchte seinen Gürtel nach der Taschenlampe ab. Im nächsten Augenblick erstrahlte in der Mitte des Dachbodens eine einzelne, nackte Glühbirne. Kisten, Kartons und Blumentöpfe waren sauber in Reih und Glied aufgestapelt.

Häberle sah sich zufrieden um. Er konnte chaotische Rumpelkammern nicht ausstehen, die verstießen grob gegen seinen Sinn für Recht und Ordnung. Hier hingegen herrschte ein strenges Regiment, das gefiel ihm. In der Mitte des Raums war genug Platz, um sich zu bewegen und zu arbeiten, und frisch gekehrt war der Boden auch. Perfekt. In diesem Haus, so dachte Häberle, trieb sich gewiss kein übles Volk herum!

„Mmmoammm jaaa ...“

In feinen Speicheltropfen rieselte des Riesen Gier auf ihn herab. Das Scheusal hatte Wort gehalten, hatte weder laut gerufen, noch gelärmt, doch war dies Neue schlimmer noch als alles, was Metin in den langen Jahren seiner Fron erdulden hatte müssen.

„Lass es mich sehen, alter Freund“, so flüsterte der Grässliche erregt, und wieder zuckte Metin unter ekelhaften Speicheltropfen. „Zeig, was du für mich hast, es duftet ganz verführerisch nach Leben!“

Metin schluckte Übelkeit und bittere Galle, als er die Plane von der Karre riss und deren Inhalt mit geschlossenen Augen vor den Riesen kippte. Und während er zurückwich schrie er laut, schrie, um das Leid des Tieres nicht zu hören: „Nie wieder sollst du Ausgeburt der Hölle mich so nennen! Ich bin dein Freund nicht, werde es nie sein, solange ich auch lebe!“

Er schlug das Tor zu und lief los. Er lief so schnell er konnte. Mit beiden Händen hielt er sich die Ohren zu, im Schädel hämmerte sein Puls, doch half es nichts: Zwar konnte er die Ohren vor der Gegenwart verschließen, doch umso lauter dröhnte die Erinnerung an die vorangegangene Nacht. Als die Erschöpfung ihn zum Innehalten zwang, ließ Metin sich auf eine Parkbank fallen, vergrub den Kopf in seinen Armen und ließ den Tränen freien Lauf. Noch immer spürte er die Wärme und den Puls des ersten Zickleins, das er, an seine Brust gedrückt, zur Burg getragen hatte. Ein Tag und eine Nacht war dies nun her, ein Tag und eine Nacht schon gellte ihm der Todesschrei des unschuldigen Tieres in den Ohren nach, gefolgt vom ekelhaften Schmatzen

Goliaths. Für jede neue Nacht etwas Lebendiges, so lautete die Forderung des Riesen. Doch dieses würde Metin töten oder in den Irrsinn treiben. Die Tiere kannten ihn, vertrauten ihm und willig ließen sie sich von ihm führen. Und selbst wenn Metin seine Abscheu Nacht für Nacht besiegte, selbst wenn er Tier um Tier den Park entvölkerte, bewirkte er nicht mehr als einen bloßen Aufschub. Nein, schlimmer noch: Mit jedem Leben, das der Riese in sich fraß, mit jedem Tier, das Metin ihm zum Opfer brachte, ... Es war so fürchterlich, dass Metin sich erst weigerte, zu glauben, was so offensichtlich war: Dem Riesen, einst nur Rumpf mit Kopf und Armen, wuchsen Beine! Wuchsen Tag für Tag ein großes Stück! Nicht lange mehr, dann würde Goliath auf eigenen Füßen stehen. Was würde dann geschehen?

Rotkäppchens Wolf verließ des Nachts das Haus. Zwar tat er nur, was ihm das Märchen abverlangte, wenn er sich unter seinen Baum zum Schlafen legte. Doch Goliath, der nur aus Gier nach Fleisch bestand, was würde er wohl tun, wenn er nicht mehr an seine kleine Burg gefesselt war?

Metins Verzweiflung hatte nun ein Äußerstes erreicht. Sie wurde kalt, und kalte Ruhe drang ihm in sein Herz. Er hob den Kopf, erhob sich von der Bank und straffte seine Schultern. Die eine Nacht noch würde er im Märchengarten seinen Dienst versehen. Dann sollte es ein Ende haben. Das Buch des Schwarzen musste er zu Rate ziehen. Es musste doch darin ein Hinweis sein, wie dieser Albtraum zu beenden war!

Die Kirchenglocke schlug die zweite Stunde. Es war dies eine Vollmondnacht.

Die Hexe wartete auf ihr Geschenk. Auch dies ein letztes Mal, schwor Metin sich.

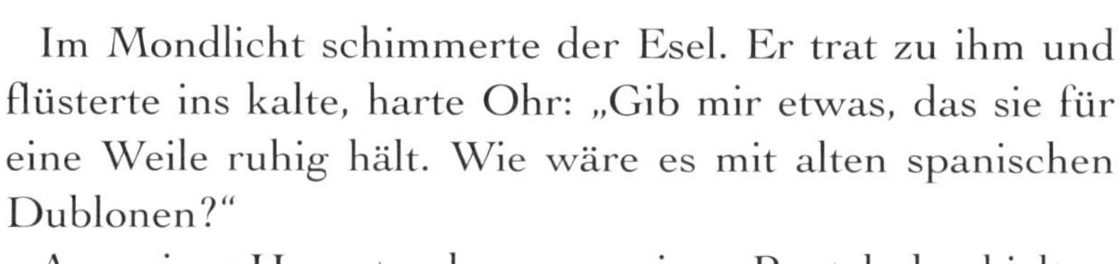

Im Mondlicht schimmerte der Esel. Er trat zu ihm und flüsterte ins kalte, harte Ohr: „Gib mir etwas, das sie für eine Weile ruhig hält. Wie wäre es mit alten spanischen Dublonen?“

Aus seiner Hosentasche zog er einen Beutel, den hielt er vor des Esels aufgesperrtes Maul.

„Bricklebrit!“

Der Beutel füllte sich mit schweren, alten Münzen.

Ein Schemen flatterte ihm um den Kopf. Es war der Schatten einer weißen Taube. Sie flog ein Stück voraus und setzte sich auf einen Ast, wie immer, ohne einen Laut zu geben. Ihr Anblick war ihm so vertraut, dass Metin kaum die Augen hob. Die Taube flog ihm oft voran, und immer wusste sie, wohin des Wegs.

Das Knusperhaus der Hexe stand am Märchenbach. Die weiße Taube führte ihn den Weg hinab ins Tal, vorbei an manchem Märchenbild. Das Rumpelstilzchen zeigte keine Regung. Schneeweißchen und auch Rosenrot: Sie schwiegen still. Nur wenige der Märchenbilder unterlagen einem Zauber. Doch plötzlich, bei den Bremer Musikanten, dort wo der Weg die scharfe Kehre macht, war Metin so, als rege sich etwas. Erschrocken stand er still und sah das kleine Mädchen gehen, seine kleine Sena. Sie war ganz allein.

Er folgte ihr zum Haus der Sieben Geißlein. Dort stellte sie sich vor die Tür und flüsterte. Verwundert sah er, wie die Geißlein, eins ums andere, aus den Verstecken sprangen. Die kleine Sena kannte das Geheimnis!

In Metins Staunen mischte sich ganz unvermittelt Furcht: Das Haus des Rotkäppchens, es war ganz in der Nähe! In kaum zwei Stunden würde dort der böse Wolf erwachen!

Schon wollte er sich zeigen und das Kind nach Hause bringen, da sprang in hohem Bogen ein Geißlein aus dem

Haus. Und eh er sichs versah, da waren alle sieben schon heraus. Sie meckerten voll Übermut und spielten Fangen mit dem Kind. Noch hatte Metin sich von diesem Schock nicht ganz erholt, da traf ihn schon der nächste: Er hörte Sena nach den Geißlein rufen, sie sollten bleiben, doch die hörten nicht. In großen Sätzen sprangen sie davon, das Mädchen weinend hinterher. Vergeblich mühte Metin sich, der wilden Jagd zu folgen. Doch sah er noch im Mondenschein, wie sie den Märchengarten durch das Tor zum Park verließen.

Erschöpft erschien er bei der Hexe. Die wartete auf ihn am Gartentor.

„Bist du es, alter Kümmeltürke?", fragte sie. Die Alte war fast blind. „Du hast mich heute lange warten lassen!"

„Ich weiß, doch umso wertvoller ist mein Geschenk", versprach er ihr und suchte sein Entsetzen zu verbergen: Auch sie, die Hexe, konnte neuerdings ihr Haus verlassen! Wie konnte das nur sein?

„Ich habe Gold genug", sprach sie, als er mit seinem Beutel klimperte. „Die ganze Hütte ist schon voll davon! Hast du denn nichts Besseres?"

„Ich bringe dir das Beste, was ich finden kann, das weißt du doch. Hätt ich die schönsten Perlen und Juwelen, sie wären dein."

„Ja, blitzendes Geschmeide stünde mir wohl an", so kicherte die Hässliche. „Doch etwas anderes weiß ich, das du mir bringen kannst. Ein kleines Mädchen war bei mir, die roch so fein nach Babyspeck. Bring sie mir her, ich will uns beiden einen Braten machen, wie du ihn nie gekostet hast!"

„Du wagst es, so mit mir zu reden, Weib?", schrie Metin. All der Ekel und die Wut und Angst der fürchterlichen Nacht, sie brachen sich nun Bahn. Er fluchte, tobte und

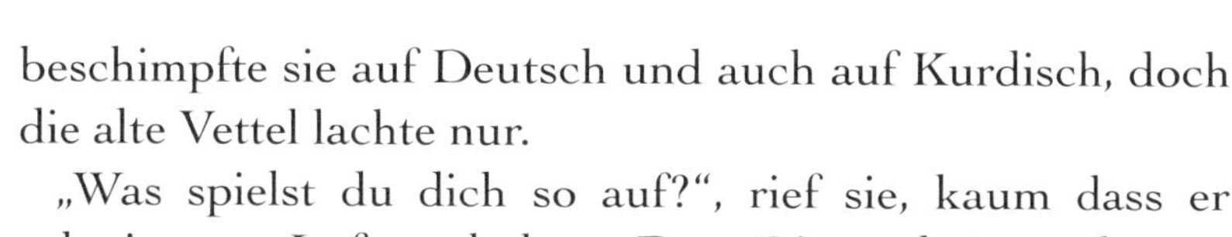

beschimpfte sie auf Deutsch und auch auf Kurdisch, doch die alte Vettel lachte nur.

„Was spielst du dich so auf?“, rief sie, kaum dass er schwieg um Luft zu holen. „Dem Riesen bringst du Lebendes, die Vögel pfeifen es schon von den Bäumen. Du selbst hast mich gemacht, so wie ich bin. Was weckst du in mir Lust auf Kinderfleisch, und spielst nun hier den Zartbesaiteten?“

„Schweig!“ Metin hielt sich beide Ohren zu. Dann eilte er davon. Er glaubte fest, ihm müsse gleich das Herz zerspringen, und nur zu gerne hätte er sein Leben hier an Ort und Stelle ausgehaucht. Doch nein, er wurde noch gebraucht. Was sollte aus der kleinen Sena werden? Die bösen Zauber, die er selbst gerufen, er musste sie besänftigen.

Zu allererst jedoch galt es, die Knochen zu verbergen.

Er kam zu spät. Im hellen Licht des vollen Mondes stand Senas Bruder auf dem Platz vor Goliaths Burg, in seiner Hand des armen Zickleins Schädel. Mit seinen aufgerissenen Augen, das Antlitz blasser noch als sonst, umfing den Bub etwas Gespenstisches.

„Lu!“

Weinend kam die kleine Sena angerannt.

„Lu, die Ziegen sind mir abgehauen!“

Der Junge mit dem Namen Lu starrte entsetzt den Schädel an, warf ihn dann fort und lief dem Schwesterchen entgegen.

„Matti, verdammt! Wo hast du nur gesteckt?“, so schimpfte Lu und drängte sie zugleich vom Platz und von den Knochen weg. „Ich dachte schon, dir wäre was passiert!“

„Die Ziegen!“, jammerte das Kind, das nun nie wieder Sena heißen konnte, weil Metin wusste, dass sie Matti hieß. „Ich wollte doch nur Fangen spielen!“

„Ist ja schon gut.“ Der Bruder nahm die Schwester in den Arm. „Du hast also die Ziegen frei gelassen?“

„Ich wollte erst Verstecken spielen, so wie Oma. Nur finden sie das langweilig, weil sie es doch den ganzen Tag …“

„Matti, im Ernst, es sind nur Ziegen!“

„… da hab ich ihnen vorgeschlagen, sie sollen aus dem Haus kommen, damit wir Fangen spielen können.“

Lu blieb wie angewurzelt stehen und Metin, der den beiden folgte, tat es ihm gleich.

„Du redest von den Sieben Geißlein? Das sind doch Puppen, und die haben keine Kno…“ Der Junge sah zurück zur Riesenburg und wirkte sehr verwirrt.

„Du musst mir helfen, sie zu suchen und sie heimzubringen!“, rief Matti und versuchte, loszukommen.

„Mach dir doch keine Sorgen! Du wirst sehen, schon morgen in der Früh ist jedes Geißlein wieder dort an seinem Platz!“

„Aber …“

„Mathilde!“

Das endlich schien zu wirken. Sie jammerte, doch ließ sie sich von ihrem Bruder weiter führen, am Denkerpavillon vorüber zu der Treppe und diese dann hinab.

Ist es denn möglich?, dachte Metin. Kann es sein? Er glaubte sich in einem Traum, als er den Kindern folgte. Er sah sie durch das Fenster klettern, er ahnte ihren Weg die Stiege hoch, hinauf zu ihrer Oma, der dicken alten Frau, die nachts so ohne Furcht im Park spazieren ging. Er spürte kaum, dass dicke Regentropfen ihm die Wangen netzten, so sehr war er im Geiste bei den dreien dort im Gärtnerhaus. Mathilde! War er blind geworden in den letzten Jahren? Und Lu, benannt nach dem Erbauer dieser Stadt und dieses Schlosses: Ludwig. Und … ihre Großmutter. Ihre Großmutter war bei ihnen.

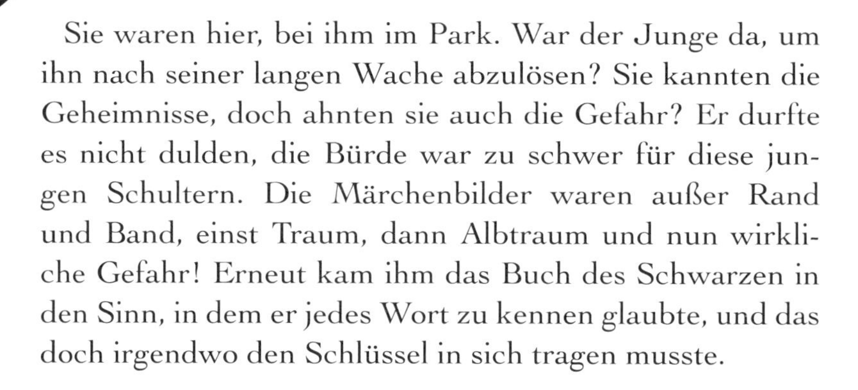

Sie waren hier, bei ihm im Park. War der Junge da, um ihn nach seiner langen Wache abzulösen? Sie kannten die Geheimnisse, doch ahnten sie auch die Gefahr? Er durfte es nicht dulden, die Bürde war zu schwer für diese jungen Schultern. Die Märchenbilder waren außer Rand und Band, einst Traum, dann Albtraum und nun wirkliche Gefahr! Erneut kam ihm das Buch des Schwarzen in den Sinn, in dem er jedes Wort zu kennen glaubte, und das doch irgendwo den Schlüssel in sich tragen musste.

Die vierte Stunde schlug. Auch dies ein letztes Mal!, schwor Metin vor dem Gärtnerhaus, dann ging er schweren Herzens, um dem Wolf den vollen Bauch zu öffnen.

Der Morgen graute schon, die Beine zitterten ihm vor Erschöpfung, als Metin vor dem Weinberghäuschen stand. Er öffnete die kleine Tür, trat in den dunklen Raum, und dann: Dann fiel ihm ein, was er vergessen hatte: Dort draußen, vor der Burg des Riesen Goliath, dort, wo schon bald die ersten Kinder spielen sollten – dort lagen noch die Knochen.

„Dann besorgen Sie mir eben wen aus Stuttgart!", brüllte Häberle. Der Kollege am anderen Ende der Leitung blieb ungerührt. Klar, dem vermasselte ja auch niemand seinen Fall!

Das Kreuz mit den Handys war, dass man den Hörer nicht auf die Gabel knallen konnte. Häberle gönnte sich kurz die Vorstellung, er würde das unnütze Ding gegen die Mauer der Goliath-Burg pfeffern, dann schob er es grunzend in die Hosentasche.

„Okay. Dann eben so." Mit zusammengekniffenen Augen starrte er Kurti an, während er im Geist das weitere Vorgehen plante. „Wir brauchen Absperrband. Im Streifenwagen liegt eine Rolle."

Kurti salutierte zackig und joggte los. Er freute sich immer, wenn er seine polizeisportgestählte Kondition unter Beweis stellen durfte. Häberle, der Sport als etwas ansah, das Dummköpfe zur Stärkung ihres Selbstbewusstseins brauchten, sah ihm kopfschüttelnd nach und wandte sich dem Parkverwalter zu, der mit blassem Gesicht auf einer Bank saß. Das Häufchen Knochen, das auf dem Platz vor der Goliath-Burg lag, machte dem hohen Herrn verdächtig stark zu schaffen, obgleich es eindeutig Tierknochen waren.

„Tja, so leid es mir tut", erklärte Häberle und meinte es auch so, „die Kollegen von der Spurensicherung sind beschäftigt."

„Was soll das heißen?", fragte Direktor Baum erschrocken.

„Dass wir warten müssen. Heute Nacht hat es einen Einbruch bei Juwelier Teuerlein gegeben, und auch im Fall des Handtuch-Mörders gibt es eine neue Spur. Die beiden gehen leider vor."

„Aber der Park öffnet …"
„… heute eben mal nicht."
„Das ist völlig ausgeschlossen! Ganze Busladungen mit Touristen sind hierher unterwegs!"
Häberle schnalzte ungeduldig mit der Zunge und starrte den Verwalter so lange von oben herab an, bis dieser sich von der Parkbank erhob.
„In einer halben Stunde öffnet der Park, eine Stunde später der Märchengarten", beharrte der Verwalter stur.
„Bitte, wie Sie wünschen", bot Häberle mit seidenweicher Stimme an. „Bis dahin haben wir den Tatort längst abgesperrt, dann können die lieben Kinderlein gerne kommen. Ich wette, die finden die Knochen ohnehin viel interessanter als das ganze Märchenzeug!"
Der Verwalter stöhnte. „Wie lange, glauben Sie, wird die Untersuchung dauern?", fragte er resigniert.
„Schwer zu sagen." Häberle spuckte ins Gras neben die Parkbank. „Kommt darauf an, wann die Spusi mit den anderen Tatorten fertig ist. Auf so viele Verbrechen auf einmal sind wir nicht eingerichtet."
„Aber hier handelt es sich doch nicht um ein Kapitalverbrechen. Können Sie das da", der Verwalter wies angewidert auf die Knochen, „nicht einfach in einen Müllsack packen und mitnehmen?"
„Kann es sein", erwiderte Häberle eisig, „dass Sie an einer Aufklärung der nächtlichen Vorfälle in Ihrem Park gar nicht interessiert sind?"
„Ich dachte doch nur, weil nichts wirklich Schlimmes …"
Der Verwalter wurde unterbrochen. Den Weg, der ins Tal hinab führte, kam ein Mann herauf gerannt, der wild gestikulierend unverständliche Worte rief. Keuchend kam er vor ihnen zum Stehen.

„… Geißlein …“, japste er, „… weg!“

„Schon gefunden!“, erwiderte Häberle mit schiefem Grinsen und zeigte über seine Schulter in Richtung Knochenhaufen.

Der Mann starrte verwirrt die Knochen an, dann musterte er Häberle mit einem schrägen Blick.

„Die Sieben Geißlein“, keuchte der Mann, an den Verwalter gewandt, „sie sind weg!“

„Sieben?“, fragte Häberle gereizt. „Also, das hier ist nur eines!“

Auch der Verwalter sah ihn nun mit diesem enervierend herablassenden Blick an. „Das“, versicherte der Kerl, „ist definitiv keines der Sieben Geißlein.“

Bevor Häberle nachhaken konnte, woher der Verwalter das zu wissen glaubte, kam Kurt Eisele mit dem Absperrband zurück. Lässig und ohne eine Spur von Atemlosigkeit überreichte er es Häberle, dem es eine große Genugtuung bereitete, dass sein Kollege so viel sportlicher war, als der Angestellte des Verwalters.

„Es gibt Neuigkeiten“, erklärte Häberle Kurti mit ironisch angehobenen Augenbrauen. „Sieben Ziegen werden vermisst, aber der Herr Parkverwalter glaubt mit absoluter Sicherheit zu wissen, dass keine davon dort im Staub liegt!“

„Ach ja?“, fragte Kurti, der seine Brauen so weit hochziehen konnte, dass sie unter seinem Stirnhaar verschwanden, was diese nun auch taten. „Woher will er das denn wissen?“ Offensichtlich hatte die sportliche Betätigung Kurtis Hirn auf Trab gebracht.

„Jaaa, woher will er das denn wissen?“, wiederholte Häberle und wandte sich schadenfroh dem Verwalter zu. Er hatte den Wichtigtuer von Anfang an verdächtigt, und nun

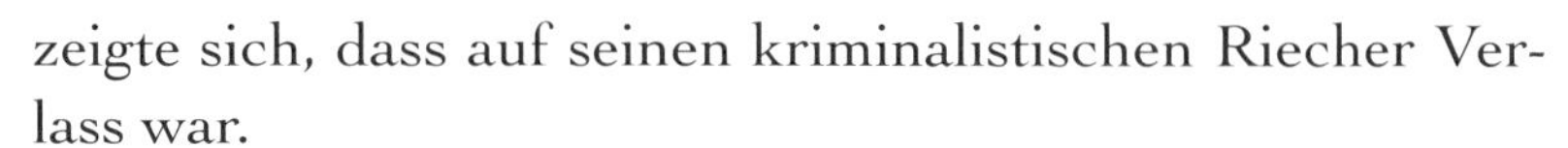

zeigte sich, dass auf seinen kriminalistischen Riecher Verlass war.

„Das weiß ich“, entgegnete der schamlose Kerl, ohne mit der Wimper zu zucken, „weil die Sieben Geißlein keine Knochen haben!“ Dann machte der Verwalter kehrt und verließ hysterisch lachend den Platz.

Häberle zögerte. Auch der Parkangestellte feixte ganz unverhohlen.

„Ach, dann sind das gar keine echten Ziegen, die verschwunden sind?“, fragte Kurti.

Häberle starrte ihn an. Irgendwas lief hier falsch – und ihm davon. Er hatte nicht die geringste Ahnung, was überhaupt los war, aber das konnte er Kurti gegenüber nicht eingestehen. Der merkte zum Glück nichts und sprach weiter.

„Warum sollte jemand Ziegenpuppen klauen? Wo es doch drüben im Streichelgehege echte Ziegen gibt?“

Mit hörbarem Klick rasteten Häberles Gehirnsynapsen ein und ein abscheuliches Bild entrollte sich vor seinem inneren Auge.

„Ein okkultes Ritual!“, flüsterte er fassungslos.

„Häh?“, machte Kurti, dessen geistiger Höhenflug wohl eine Bruchlandung hingelegt hatte. Häberle beschloss, seinem Kollegen eine weitere Gelegenheit zu sportlicher Betätigung zu verschaffen und sich selbst Zeit zum Nachdenken. „Bring in Erfahrung, ob auch von den echten Ziegen welche fehlen“, forderte er Kurti auf, der sich sogleich davon machte.

Nächtliche Gelage. Gauner und Diebesgesindel – Juwelendiebe womöglich gar, blitzte es durch Häberles auf Hochtouren arbeitendes Gehirn. Ziegenpuppen, die aus einem Märchenbild entwendet worden waren, und, darauf hätte er seine rechte Hand verwettet, eine echte Ziege, die im Streichelgehege fehlte. Der Fall war so offensichtlich! Das lichtscheue Pack, das nachts im Park sein Unwesen trieb, womöglich gar mit Wissen und Billigung des Verwalters, hatte in der letzten Nacht ein okkultes Ritual durchgeführt. Mit wohligem Abscheu stellte Häberle sich vor, wie schwarz vermummte Teufelsanbeter um ein Feuer tanzten, über dem eine ganze Ziege briet. Im flackernden Feuerschein waren die Sieben Geißlein zu erkennen, die als makabre Dekoration das Bild vervollständigten. Natürlich war der Handtuch-Mörder unter den Vermummten, gewiss hatte er mit seinen Unterweltgenossen den erfolgreichen Fischzug der Juwelendiebe gefeiert. Den Verwalter hatten sie bestochen, besser noch: Sie erpressten ihn mit irgendeiner Schweinerei, die er angestellt hatte. Als Kopf der Bande konnte ihn sich Häberle nicht vorstellen. Immerhin hatte dieser selbst die Polizei eingeschaltet. Vermutlich war ihm die ganze Angelegenheit über den Kopf gewachsen und er versuchte nun, diesen aus der Schlinge zu ziehen.

Während alle Welt sich darüber amüsierte, dass Kurti und er verschwundene Großmütter, Vögel und jetzt auch noch Ziegenpuppen suchen mussten, wuchs in Häberle die Gewissheit, dass der Park sich längst in das Hauptquartier der Unterwelt verwandelt hatte. Die gesamte Polizei des Landes war auf Verbrecherjagd, aber nur er und Kurti ermittelten im Park. Das war ihre Chance!

Als Kurti mit der Nachricht zurückkehrte, dass zwei Ziegen fehlten, stand Häberles Plan längst fest.

„Kurti", sagte er, „mach dich auf Großes gefasst. Wir zwei beide, wir werden ab sofort nachts den Park bewachen!"

Der Junge

Plopp. Der Mond zerbarst und sandte kleine Druckwellen aus. Als die äußersten das Ufer erreichten, schwamm das Bleichgesicht schon wieder ungerührt im Zentrum der Kreise und tat, als wäre nichts geschehen. Lu tastete verbissen den Boden neben sich ab und griff sich einen neuen Stein. Plopp.

Worüber regte er sich eigentlich so auf? Er hätte froh sein müssen! Seiner Oma ging es besser denn je und sie hatte wieder die Regie übernommen in ihrer kleinen Familie. Sie kümmerte sich ums Essen, hatte den Dachboden des Gärtnerhauses sauber gemacht und sogar Matti im Griff. Happy End.

Plopp.

Als Lu am Morgen von seinem Erkundungsgang zurückgekehrt war und der Oma hinter Mattis Rücken erklärt hatte, warum der Märchengarten an diesem Tag zum ersten Mal geschlossen blieb, hatte sie erst sehr nachdenklich und sorgenvoll ausgesehen. Doch dann hatte sie plötzlich wissen wollen, woher Lu seine Informationen nahm. Sie hatte ihn tatsächlich ausgeschimpft, weil er in den abgesperrten Märchengarten eingedrungen war, um die Polizei zu belauschen!

Lu spürte jetzt noch sein Blut in den Kopf steigen, wenn er nur daran dachte. Das war so unglaublich ungerecht! Klar war er da rein gegangen! Sollte er sich von rotweißer Plastikfolie abschrecken lassen, nachdem sie durch fremde Gärten und über fremde Mauern gestiegen waren? Nachdem sie seit sechzehn Tagen heimlich und absolut illegal im Park wohnten, Gemüsebeete plünderten und Märchenbilder unglaubliche Sachen machen ließen? Das war doch lächerlich! Es war überlebensnotwendig, genau zu wissen, was im Park vorging!

Platsch!

Der Mond zersplitterte. Diesmal hatte Lu einen großen Stein genommen.

Und dann dieses Theater, das Oma plötzlich wegen der Zähne veranstaltete. Zwei Jahre lang hatte sie selbst kaum zur Zahnbürste gegriffen, aber nun hing plötzlich das Schicksal der westlichen Zivilisation davon ab, dass Lu regelmäßig und ausgiebig schrubbte. Am Vormittag waren sie nach einer Einkaufstour sogar im Stadtbad gewesen. Nicht etwa, um Schwimmen zu gehen, nein, einfach nur um zu duschen. Oma hatte ihm angedroht, ihn mit in die Damendusche zu zerren, wenn er nicht jeden Zentimeter seines Körpers gründlich einseifte.

Wenigstens waren sie danach in die Pizzeria gegangen. Das war richtig gut gewesen. Bis zu dem Augenblick, in dem Oma angefangen hatte, laut darüber nachzudenken, dass die Schulferien nicht ewig dauern würden. Schule!

Platsch!!

Er sollte wieder in die Schule gehen!

Platsch! Diesmal ließ er dem Mond keine Chance, sich zu erholen.

Es war ja wohl klar, worauf das hinauslief: Oma hatte vor, aufzugeben.

Platsch.

Und sie war nicht gewillt, auf Lus Einwände zu hören. Überhaupt gab sie ihm deutlich genug zu verstehen, dass er von nun an nichts mehr zu melden hatte.

Der zitternde Mond schien ihn auszulachen. Lu stand ächzend auf, um nach einem richtig großen Stein zu

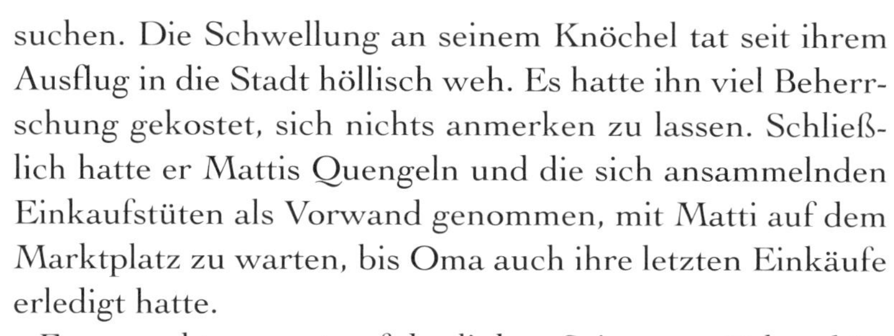

suchen. Die Schwellung an seinem Knöchel tat seit ihrem Ausflug in die Stadt höllisch weh. Es hatte ihn viel Beherrschung gekostet, sich nichts anmerken zu lassen. Schließlich hatte er Mattis Quengeln und die sich ansammelnden Einkaufstüten als Vorwand genommen, mit Matti auf dem Marktplatz zu warten, bis Oma auch ihre letzten Einkäufe erledigt hatte.

Er versuchte es erst auf der linken Seite, zum Felsen hin, auf dem die Emichsburg stand, aber er fand nichts, mit dem er den blöden Mond von der Wasseroberfläche wischen konnte. Also folgte er dem Ufer in die andere Richtung, doch dort war es dicht bewachsen. Im Schatten der Gehölze stolperte Lu über Wurzeln, bald konnte er seine Füße kaum erkennen, geschweige denn Steine und Felsbrocken. Wütend schlug Lu mit den Fäusten auf einen Baumstamm ein. Seine Augen brannten. Wozu noch länger im Park bleiben, wenn sie ohnehin aufgeben würden? Lu wollte sein eigenes Zimmer, seinen PC und vor allem seine Ruhe wieder haben.

In der Ferne schlug eine Kirchenuhr. Lu hielt den Atem an und zählte, obgleich er genau wusste, wie oft die Glocke schlagen würde. Er wartete schließlich schon seit einer halben Stunde darauf.

… elf … zwölf. Mitternacht.

Sein fünfzehnter Geburtstag.

Und niemand würde ihm gratulieren.

Er sollte abhauen. Seine Oma würde nach der Abtauch-Aktion das Sorgerecht ohnehin verlieren. Er sollte es gleich tun, hier wurde er nicht mehr gebraucht. Er konnte erst mal in der Wohnung schlafen. Und wenn er dort geschnappt wurde: Wen interessierte das?

Plötzlich hörte Lu Stimmen. Vom Nordgarten her näherten sich zwei Männer. Sie flüsterten aufgeregt und kamen direkt auf ihn zu. Erst am Fuß des Felsens bogen sie nach links ab. Einer der beiden trug eine kleine Reisetasche bei sich, und Lu dachte schon, die beiden hätten ebenfalls vor, im Park einzuziehen, da hielt einer den anderen plötzlich am Arm zurück und brummte: „Willst du Gold und Edelstein?", worauf der andere erwiderte: „Aber du bekommst sie nicht! Huahuahua!" Sie kicherten wie zwei Siebtklässlerinnen.

Lu starrte ihnen fassungslos nach, als sie den unteren Eingang der Emichsburg ansteuerten. Gleich hinter der Tür wartete das Märchenbild des Rübezahl, der mit genau diesen Worten auf Zurufe antwortete – tagsüber. Nachts waren beide Eingänge der Emichsburg verschlossen, was die beiden Männer aber nicht beeindruckte. Lu sah den Strahl einer Taschenlampe aufblitzen, und während der eine sich am Türschloss zu schaffen machte, kicherte der andere: „Wer könnte besser auf unsere Beute aufpassen als der alte Rübezahl?"

Gold und Edelsteine – das waren die Juwelendiebe!, schoss es Lu durch den Kopf. Er hatte Gespräche über sie belauscht und einen Bericht in einer liegen gebliebenen Zeitung gelesen. Der Inhalt der Tasche musste ein Vermögen wert sein, dafür musste es doch einen Finderlohn geben!

Die Diebe kamen schneller zurück, als Lu erwartet hatte. Hastig verzog er sich hinter einen Busch. Als sie ihn passierten, hätte er nur die Hand auszustrecken brauchen, um einen von ihnen am Hosenbein zu packen. Die Diebe gingen denselben Weg zurück, den sie gekommen waren. Lu folgte ihnen in Richtung Nordgarten und Broderie, um sicher zu sein, dass sie den Park verließen. Unterdessen raste sein Gehirn. Sollte er sich da einmischen? Geld

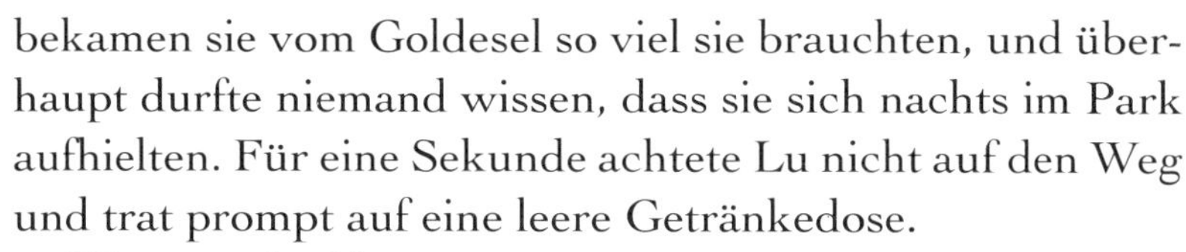

bekamen sie vom Goldesel so viel sie brauchten, und überhaupt durfte niemand wissen, dass sie sich nachts im Park aufhielten. Für eine Sekunde achtete Lu nicht auf den Weg und trat prompt auf eine leere Getränkedose.

„Wer war das?"

Die Diebe fuhren herum – und zogen Waffen! Zwei verflixt echt aussehende Pistolen waren plötzlich auf Lu gerichtet. Sein Puls raste, vor Angst wurde ihm schwindelig.

„Siehst du was?"

„Nein, aber da ist wer, ich spürs im großen Zeh!"

Die Männer kamen langsam näher. Lu machte kehrt und rannte los. Er versuchte, im Schutz der Bäume und Sträucher zu bleiben, um kein allzu leichtes Ziel zu bieten. Sein verletzter Fuß reagierte auf jedes Auftreten mit einer Schmerzexplosion. Bald schon waren sein Puls und das Rauschen in seinen Ohren so laut, dass er kaum seine eigenen Schritte hören konnte, geschweige denn die seiner Verfolger. Lu zwang sich, nicht nach hinten zu sehen und konzentrierte sich darauf, im Dunkeln nicht über Steine und Wurzeln zu fallen. Wo konnte er sich verstecken?

Beim Wasserspielplatz flatterte ein weißer Vogel aus dem Nichts vor Lus Nase und flog dann in Richtung Märchengarten. Instinktiv folgte Lu der Taube bis zum Aktionshaus.

Drinnen war es stockfinster, aber Lu kannte sich aus. Unzählige Stunden hatte er hier mit Matti verbracht, um Scherenschnittfilme anzusehen oder Kasperltheaterstücke. Er tastete sich die Bankreihen entlang, dann legte er sich mit hämmerndem Puls zwischen sie auf den Boden. Nun kam alles darauf an, ob er genug Vorsprung gehabt hatte.

Tatsächlich schien eine Ewigkeit zu vergehen, bis die Silhouetten der Diebe im helleren Dunkel des Eingangs erschienen. Doch woran Lu nicht gedacht hatte, war eine

Taschenlampe. Das plötzlich aufflammende Licht huschte nur Zentimeter von ihm entfernt über die Bänke. Damit mussten sie ihn finden!

„Wir wissen, dass du hier bist“, flötete der eine scheinheilig. „Komm raus, wir tun dir nichts.“

„Genau“, ergänzte der andere mit vor Hohn triefender Stimme, „wir wollen dich nur auf ein Bier einladen.“

Lu lag versteinert zwischen den Bänken und starrte an die zeltähnliche Decke, über die der Wiederschein der Taschenlampe flackerte. Die killen mich, dachte er. Die knallen mich ab wie eine Ratte. Und morgen kommen Dick und Doof, die beiden bescheuerten Polizisten, und sperren das Aktionshaus mit rotweißem Plastikband ab ... Und Oma und Matti? Wenigstens schliefen die beiden zur Abwechslung mal. Im Gärtnerhaus waren sie in Sicherheit ...

Plötzlich hörte er Schritte. Draußen rannte jemand am Aktionshaus vorüber in Richtung Märchenbahn. Lus eben noch wild pochendes Herz blieb fast stehen. Sollte er rufen? Oder war das womöglich Matti?

Die Diebe mussten denken, das sei er. Sie stürmten bereits nach draußen. Lu rappelte sich auf und humpelte ihnen nach. Nicht Matti!, war alles, was er denken konnte.

Die Männer überquerten die Gleise der Märchenbahn ohne zurückzuschauen. Von Matti keine Spur. Vielleicht ist sie aufgewacht und sucht wieder nach den Geißlein, dachte Lu. Dunkel war ihm bewusst, dass er nicht die Schritte eines kleinen Mädchens gehört hatte. Da war jemand Langbeiniges mit ziemlichem Tempo durch den Park gejoggt. Doch Lus Angst überwog. Solange er nicht sicher sein konnte, dass Oma und Matti in Sicherheit waren, durfte er die Verbrecher nicht aus den Augen lassen. Nur durfte er diesmal kein Geräusch machen.

Auch die Diebe schienen nun bemüht, leise aufzutreten, doch zugleich stritten sie sich, Lu hörte es am zornigen Ton ihres Flüsterns, ohne dass er einzelne Worte hätte aufschnappen können. Offensichtlich hatten sie die Spur des nächtlichen Joggers verloren.

Als sie in die Nähe der Sieben Geißlein kamen, schlug Lus Herz wieder bis zum Hals. Aber da war niemand. Vor Goliaths Burg blieben die Diebe stehen. Diesmal stritten sie so laut, dass Lu sie verstehen konnte.

„Wir müssen die Beute woanders verstecken!"

„Quatsch, der weiß nichts. Wir sollten lieber zusehen, dass wir hier raus kommen."

„Ich geh hier nicht weg, bevor die Tasche nicht in einem anderen Versteck ist."

„Verdammt, mir gefällt es hier nicht! Es war eine Schnapsidee, hierher zu kommen! Ich krieg schon eine Gänsehaut, hier ist es nicht geheuer!"

Lu glaubte plötzlich einen riesigen Schatten zu sehen, der sich hinter den Mauern der Goliathburg erhob. Er rieb sich die Augen, doch die Nacht musste ihm einen Streich gespielt haben: Da war nichts. Vorsichtig schlug Lu einen Bogen um die Gangster und ließ sie hinter sich. Was die mit ihrer Beute anstellten, war ihm inzwischen egal. Er wollte ins Gärtnerhaus und sich vergewissern, dass Oma und Matti in ihren Betten lagen. Vorsichtig schlich er sich von Baum zu Baum, umrundete das Heckenlabyrinth – und wäre fast in einen Mann hineingerannt. Es war Doof, der größere der beiden Trottel, die inzwischen täglich im Märchengarten auftauchten. Verblüfft sah Lu zu, wie er Dehnübungen machte. Das war nicht zu fassen! Da waren zwei Juwelendiebe im Park unterwegs und versuchten, ihn, Lu, zu erschießen, und zur selben Zeit joggte ein

Polizist seine Runden durch den Märchengarten und sah und hörte nichts!

Sollte er ihm einen Tipp geben? Lu zögerte. Doofi hatte sicher keine Chance gegen die beiden, und überhaupt würde er sich womöglich erst mal auf Lu stürzen und ihm gar nicht zuhören. Nein, sollte der seinen Job doch ohne ihn machen. Lu wollte ins Gärtnerhaus. Nur leider versperrte ihm der Idiot den Weg.

Vorsichtig machte Lu kehrt und stahl sich in Richtung Emichsburg. Wenn er sich beeilte und den Abhang neben dem Felsen hinab stieg, würde er vor den Dieben unten am See sein, denn die würden sicher den langen Weg durch den Märchengarten nehmen. Hatte er gedacht. Tatsächlich hatten auch die Diebe den Weg zur Emichsburg eingeschlagen. Er hörte sie, bevor er sie sah.

„Praktisch, dass der Turm zwei Eingänge hat."

„Jepp, und noch praktischer, dass wir einen Satz Dietriche haben!"

Das war nicht gut. Das war gar nicht gut! Lu stand nämlich genau neben der Tür, welche die Diebe mit ihren Dietrichen öffnen wollten. Der Weg zurück wurde von dem Polizisten versperrt, aus der anderen Richtung nahten die Diebe. Ein Ruf, und beide Parteien würden zusammentreffen. Ein verlockender Gedanke, hätte Lu nicht dazwischen gesteckt wie die Wurst im Sandwich. Jetzt konnte ihn nur noch ein Märchen retten!

„Rapunzel, das wäre der richtige Augenblick, dein Haar runterzulassen!", flüsterte Lu verzweifelt und schob sich die Mauer entlang in Richtung Aussichtsterrasse, als ihn plötzlich etwas am Kopf traf. Ungläubig starrte Lu eine Strickleiter an, die im Dunkeln direkt vor seiner Nase baumelte.

Es war nicht einfach, die Leiter hinaufzusteigen. Sie fühlte sich glatt und weich an und pendelte bei jeder Bewegung. Aber schnell wurde Lu klar, dass er gar nicht zu klettern brauchte: Die Leiter wurde von oben mit samt seinen sechzig Kilo eingeholt. Wer auch immer dort oben wartete, musste über ziemliche Kräfte verfügen. Kein wirklich beruhigender Gedanke. Andererseits: Die dort unten waren zu zweit und bewaffnet. Lu riskierte einen Blick hinab und erkannte im Dunkeln zwei Schatten, die sich am Eingang der Burg zu schaffen machten. Zum Glück sahen sie nicht nach oben, wo er im hellen Mondlicht vor der Mauer baumelte.

Kurz bevor er die Turmspitze erreichte, erkannte Lu, dass die Strickleiter geflochten und hier und da mit Schleifen verziert war. Bevor diese Tatsache richtig in sein Hirn einsickern konnte, erreichte er ein Rad, über das die Leiter durch ein großes Fenster in den Turm gezogen wurde. Lu packte zwei eiserne Griffe, die in die Fensteröffnung eingelassen waren, zog sich durch das Fenster und landete …

Lu hielt die Luft an.

… in seinen kühnsten Träumen!

Vor ihm, umrahmt vom flackernden Licht unzähliger Kerzen, stand ein Mädchen. Nicht irgendein Mädchen. Sie war das schönste Wesen, das er je gesehen hatte. Und dieses wunderbare Geschöpf trat nun lächelnd und mit weit geöffneten Armen auf ihn zu und sagte: „Du bist jung und schön, mein Prinz!“

Der Alte

Was sollte Metin tun? Er konnte nicht verhindern, dass die dort oben Lu den Kopf verdrehte – im selben Augenblick, da er durchs Fenster stieg, war's um den Bub geschehen. Doch die zwei anderen, die Kerle mit den Waffen, die musste Metin daran hindern, den Turm von innen zu ersteigen. Er wusste nur zu gut, dass Lu nichts hören und nichts sehen würde, bis ihn die zwei schon am Schafittchen hatten.

Bevor er dem Gebüsch entsteigen konnte, war schon der nächste nächtliche Besucher da: Es war der dünne Polizist, der fröhlich angeschlendert kam. Welch irrwitzige Nacht! Doch dieser hier kam just zur rechten Zeit. Metin griff sich schnell einen Stein und warf ihn vor die Tür des Turmes, wo er mit einem Poltern niederging. Der Polizist hatte das Poltern wohl gehört. Er ging zur Tür und steckte seinen Kopf hinein. Dann zog er ihn heraus und kratzte sich daran, bevor er langsam weiterging.

Metin verharrte fassungslos und wünschte ihm die Pest. Kaum war der Polizist davon, schlich Metin in den Turm. Dort war die Nacht so schwarz, dass er nicht seine Hand vor Augen sah. Er lauschte angestrengt, doch war da nichts zu hören. Die Gittertür, durch die der Weg nach oben ging, schien unberührt. Da hörte er von unten leises Scharren, und gleich darauf schlug Eisen hart auf Stein. Das untere Tor war zugefallen! Als weiter nichts zu hören war, begann er zögernd mit dem Abstieg. Er tastete die runde Wand entlang, bis er zum Eisengitter kam. Von draußen drangen Stimmen in den Turm: Die Männer stritten sich ganz in der Nähe.

Der eine rief, es sei ganz hirnverbrannt, die Beute hier im Park zu lassen. Der zweite schrie, sie hätten keine andere

Wahl. Und ob der eine denn was Besseres wüsste. Der wusste nichts und hörte auf zu schreien, doch müsse ihre Beute in ein anderes Versteck. Das erste sei entdeckt, da könne sie nicht wieder hin. Es gebe doch so viele Häuschen hier, schlug nun der andere vor, da stünde so viel Krempel rum, worin die Tasche zu verbergen sei. Dies schien dem einen endlich recht, denn sie entfernten sich und ahnten nicht, dass Metin ihnen folgte.

Der glaubte längst zu wissen, wer die Männer waren: Die Räuber nämlich, die den Juwelier bestohlen hatten. Durchs Tor am Wasserspielplatz ging es wieder in den Märchengarten. Inzwischen musste Goliath längst wach und hungrig sein. Ein Häuschen nach dem anderen besahen sich die Räuber, und bei den Sieben Geißlein endlich fanden sie, wonach sie suchten: Dort gab es einen Uhrenschrank, die Beute darin zu verstecken. So spielt der Zufall, dachte Metin. Vor kaum zwölf Stunden war die Spurensicherung noch hier.

Die Männer eilten bald davon, doch Metin blieb und stieg ins Haus der Sieben Geißlein. Die kleine Tasche wog weit mehr, als er erwartet hatte. Er öffnete den Reißverschluss und nickte stumm: Gold und Juwelen! Selbst im schwachen Mondlicht war ihr Schimmern noch zu sehen. Dies musste ein Vermögen sein.

Wohin damit? Dem langen Polizisten in den Weg gestellt, damit er drüber fiel? Der war so dumm, der sah den Spatz nicht, der ihm auf der Nase saß. Die Zeit verrann. Die Tasche konnte bis zum Morgen warten, er brauchte nur ein besseres Versteck. Dann wollte Metin schauen, was der Riese trieb, bei all dem Volk, das hier zugange war.

Der Riese schnarchte schon, als Metin vor die Burg trat. Ein Haufen Knochen fand sich auf dem Platz. Erstaunt nahm Metin einen Ziegenschädel auf. Dich, dachte Metin, hat ein anderer dem Riesen Goliath gebracht! Ich glaube, dachte er und starrte auf die kleine Burg, ich weiß, wo sechs der Geißlein sind. Das siebente, das hab ich schon gefunden.

Der Junge

Ein Vogel sang in der Nacht, sehr laut und klar. Lu hätte gerne gewusst, ob es eine Nachtigall war. Sicher war es eine, welcher andere Vogel hätte so schön singen können, mitten in der Nacht? Er lauschte verzückt. Ob SIE wohl auch lauschte? Er sah zurück. Schwarz hob sich die Turmspitze vom Nachtblau des Himmels ab.

Und wenn er umkehrte? Sein Herz galoppierte zurück, kletterte hinauf bis in seinen Hals und von dort in seine Stirn. Aber nein, dachte er, sie schlief vielleicht schon, er wollte sie nicht wecken. Und doch hätte er ihr gerne zugesehen und ihren Schlaf bewacht.

Lu seufzte glücklich und setzte seinen Weg fort. Es zog ihn nicht ins Gärtnerhaus, erst musste er verdauen, was geschehen war. Er bog in den Weg ein, der zum Schüsselesee führte. Die Nacht war herrlich, viel zu schade, um sie zu verschlafen. Lu fühlte keine Müdigkeit, selbst sein Knöchel tat kaum weh. Übermütig drehte er sich einmal um sich selbst und sang sich ein Geburtstagsständchen. Dies war die schönste Nacht in seinem Leben. Sie hätte ewig andauern sollen, diese Nacht voller Musik – Lu stockte. Da war tatsächlich Musik, ganz in der Nähe. Ein Lied wie aus dem Orient, es kam vom See her. Auf Zehenspitzen näherte sich Lu, dann sah er ihn: Den Märchengärtner. Sein weißes Haar und auch der struppig-weiße Schnurrbart schimmerten im Mondlicht silbern. Er hielt ein Instrument im Schoß, mit langem Hals und eiförmigem Körper, das schnarrte, schepperte und jammerte und klang doch wunderschön zum traurigen Gesang des alten Mannes. Der Märchengärtner sang in einer fremden Sprache. Lu lauschte fasziniert und hätte schwören wollen, dass es ein

Liebeslied war, denn die Töne füllten seine Brust und seinen Bauch und schmerzten leicht, so wie … So wie …

Lu ließ sich tragen von der Melodie. Er schloss die Augen, hörte auf zu denken, gab sich hin. Wie lange er so stand, er hätte es nicht sagen können. War es nur dieses eine Lied? Waren es hundert? Lu wünschte sich den alten Mann zum Freund. Er hätte ihm sein Herz ausschütten mögen. Doch schien der Märchengärtner nicht aus dieser Welt. Er kam aus Tausendundeiner Nacht, war Teil des Märchengartens wie die Geißlein, wie das Tischlein, wie das schöne Mädchen auf dem Turm. Rapunzel!

Der Gesang des Märchengärtners verlor an Reiz. Die Lieder waren alle melancholisch, ähnelten einander, lullten ein. Lu machte einen Bogen um den See und folgte der Allee in Richtung Schloss. Plötzlich wünschte er sich seine Gitarre. Zwei Jahre hatte er sie nicht mehr angerührt. Jetzt zuckten seine Finger, versuchten, sich an Griffe zu erinnern. Er würde sie holen, vielleicht noch in derselben Nacht! Er konnte tagsüber in einer ruhigen Ecke üben, und nachts wollte er Rapunzel etwas vorspielen.

Lu beschleunigte seine Schritte. Die Allee mündete in einen eckigen Platz, von dem Wege in verschiedene Richtungen führten. Eine süße, schwere Duftwolke umfing und verzauberte ihn, er vergaß seinen Plan und folgte blind dem lockenden Geruch. Als er die Augen wieder aufschlug, stand Lu vor einem riesigen Blumentopf. Engelstrompete nannte seine Oma diese Pflanze. Lu senkte seine Nase in einen der riesigen Blütentrichter und sog den berauschenden Duft tief in seine Lunge.

„Sie duften nachts am stärksten", glaubte er seine Oma sagen zu hören. „Sie duften wunderbar, aber sie sind extrem giftig!"

Lu prallte zurück und sah misstrauisch die lockende Blüte an. Wie konnte etwas so Schönes so gemein sein?

Er wandte sich ab und folgte dem Gruftweg den Hügel hinab. Auf der linken Seite erhob sich dunkel die Schlosskirche, unter welcher das Grabgewölbe lag, das dem Weg seinen Namen gegeben hatte. Seit sie im Park untergetaucht waren, entdeckte Lu fast täglich altes Wissen in sich, das aus seiner Kindheit stammte. Er hätte als Fremdenführer einspringen können. Als Sechsjähriger hatte er fast die ganzen Sommerferien im Park verbracht, weil sie damals keinen Urlaub machen konnten, er hatte vergessen, warum. Sehr gut erinnerte er sich dagegen an seine Spiele um die Emichsburg herum und an die Märchenpilze, neben denen er Stunden verbracht hatte, aufmerksam den immer gleichen Märchen lauschend. Während er dem Gruftweg folgte, wusste Lu genau, welche Erinnerungen er mied. Die Bilder in seinem Kopf hatten Lücken, so wie sein Leben Lücken hatte. Zwei Jahre lang hatte Lu so getan, als gäbe es für ihn keine Vergangenheit. Seine Schulkameraden, selbst Matti und Oma hatten lernen müssen, dass man ihn auf die Zeit davor nicht ansprechen durfte, dass es Namen gab, die tabu waren. Nun bestürmte ihn der Park mit seiner Kindheit, und Lu hatte alle Mühe, seine Schutzmauern aufrecht zu erhalten.

Verbissen lenkte Lu seine Gedanken wieder auf die Gitarre, die er holen wollte. Ohne Oma im Schlepptau war es für ihn ein Leichtes, aus dem Park herauszuklettern. Aber im Osten hellte der Himmel bereits auf, Lu musste sich beeilen.

Eine Stunde später war es hell. Lu humpelte müde im Schutz der Bäume in Richtung Gärtnerhaus. Auf seinem Rücken trug er die Gitarre, über der Schulter hing eine

Tasche mit allen Noten, die er hatte finden können. Sein Weg führte ihn am Tal der Vogelstimmen vorbei, wo zu dieser frühen Stunde echte Vögel eine weitaus spektakulärere Show vollführten als später am Tag die überall versteckten Lautsprecher. Plötzlich sah er aus dem Augenwinkel etwas Helles, das auf ihn zusprang.

„Lu! Wo bist du gewesen?"

„Hey Matti, du bist ja schon auf!"

„Schon lange! Ich habe dich überall gesucht! Wusstest du, dass der Eiskeller einen zweiten Eingang hat?"

Lu sah in die Richtung, aus der seine Schwester gekommen war. Mitten im Gehölz erkannte er die runden Mauern des Eiskellers, der über ihnen in den Abhang hineingebaut war. Wenn man oben den Gruftweg entlangging, sah man nur eine kleine, runde, mit Stroh gedeckte Hütte. Von hier unten konnte man sich den in den Hang gegrabenen Keller besser vorstellen. Doch dass man dort früher Eis gelagert hatte, das im Winter aus den zugefrorenen Seen geschnitten worden war, und das den ganzen Sommer über dort im Keller als Kühlmittel überdauerte, das konnte Lu sich noch immer nicht vorstellen. Er wuschelte seiner kleinen Schwester durch das Haar. „Du hättest dich wenigstens bürsten können, bevor du dich auf die Suche gemacht hast! Du siehst ja aus wie eine kleine Hexe!"

„Du hast deine Gitarre geholt", stellte Matti fest. „Hast du Annie mitgebracht?"

Annie! Lu packte das schlechte Gewissen. Seit Tagen hatte Matti davon geredet, wie sehr sie die Puppe vermisste.

„Tut mir leid", sagte er und widerstand dem Impuls, eine Ausrede zu suchen. „Ich hab sie ganz vergessen."

Mattis Augen füllten sich mit Tränen. Dass sie nicht sofort losschrie zeigte, wie enttäuscht sie war. „Du hast gesagt, du

könntest nicht mehr in die Wohnung", jammerte sie vorwurfsvoll. „Aber die Gitarre hast du trotzdem geholt."

„Ich hol dir deine Puppe", versprach Lu.

„Gleich nächste Nacht!", forderte Matti.

Lu dachte an Rapunzel und seufzte. „Ist gut. Weiß Oma, wo du bist?", fragte er, um das Thema zu wechseln.

„Sie hat noch geschlafen."

„Sie wird sich Sorgen machen. Du darfst nicht einfach nachts alleine im Park herumspazieren!"

„Es ist nicht mehr Nacht, und du machst das auch!"

„Das ist etwas anderes. Ich bin schon fast erwachsen."

„Bist du nicht."

Lu wurde plötzlich wütend. Er war müde und hatte keine Lust, diesen besonderen Tag damit zuzubringen, Kindermädchen zu spielen. Das hatte er lange genug getan, jetzt sollte sich Oma um Matti kümmern. Er hätte sagen können, dass es sein Geburtstag war. Er hätte Oma und Matti ein schlechtes Gewissen bereiten können. Doch dann hätten sie den ganzen Tag versucht, ihr Vergessen wieder gut zu machen, und das war das Letzte, was Lu haben wollte. Lieber verbrachte er den Tag allein mit seiner Gitarre. Wenn er ihn nicht unter irgendeinem Baum verschlief.

Oma war wach, schien sich aber keine Sorgen gemacht zu haben. Fröhlich summend machte sie sich auf dem Dachboden zu schaffen. Die provisorischen Betten waren bereits hinter den Kisten verstaut, auf dem Fußboden hatte sie die Campingdecke ausgebreitet. Sie leistete ihnen zusammen mit einem mit Plastikgeschirr gefüllten Campingkorb bei ihren Mahlzeiten gute Dienste. Von Omas Schwerfälligkeit war nichts mehr übriggeblieben. Sie bewegte sich flink, bückte sich ohne Schwierigkeiten und setzte sich, nachdem sie Knäckebrot und Marmelade bereitgestellt hatte, im Schneidersitz auf die Decke. Dann sah sie erwartungsvoll zu Lu auf.

„Morgen", sagte Lu.

Oma strahlte ihn an. Es schien sie überhaupt nicht zu interessieren, wo ihre Enkelkinder die Nacht verbracht hatten. Lu hockte sich gereizt auf den Boden und griff nach dem Knäckebrot.

„Weißt du, was für ein Tag heute ist?"

Lu sah überrascht auf. Seine Oma strahlte immer noch wie ein Honigkuchenpferd. Dann zog sie aus einer ihrer unglaublichen Rocktaschen ein kleines, in Zeitungspapier gewickeltes Päckchen. Eine kleine rote Rose steckte in den Falten der Verpackung.

„Alles Gute zum Geburtstag!", flötete Oma.

Lu starrte das Päckchen an und fühlte die Hitze in seinem Gesicht.

„Das ist … Danke!"

„Du hast gedacht, ich würde es vergessen, nicht wahr?", fragte Oma schmunzelnd.

„Naja, ja. Klar. Letztes Jahr hast du meinen Geburtstag vergessen!"

„Ich hab auch was", mischte Matti sich ein. „Mach erst meins auf!"

Auch ihr Geschenk war in Zeitungspapier gewickelt. An der Form war unschwer zu erkennen, dass eine Tafel Schokolade darin steckte, aber Lu tat ihr den Gefallen und heuchelte begeisterte Überraschung. Matti strahlte.

Omas Geschenk entpuppte sich als ein riesiges Schweizer Taschenmesser.

„Wo hast du das denn her?", fragte Lu.

„Warum, glaubst du, waren wir in der Stadt?"

„Zum Duschen und Einkaufen?“

„Alles Alibi“, entgegnete sie. „War gar nicht so einfach, etwas zu finden, was ich unbemerkt heimschmuggeln konnte. Aber ich verspreche dir, euch beiden, dass ihr von mir riesige Geschenke bekommen werdet, sobald wir das hier hinter uns haben. Als Entschädigung für zwei Jahre Vernachlässigung.“

Matti juchzte begeistert und begann, die verrücktesten Wünsche aufzuzählen. Lu lächelte nur glücklich. Sein Kopf fühlte sich an wie mit Watte gefüllt. Plötzlich wurde ihm klar, dass er zu müde war, um das trockene Knäckebrot runterzuwürgen.

„Weckst du mich, bevor die Besucher kommen?“

Oma schüttelte den Kopf. „Kriech in die Höhle hinter den Kisten“, sagte sie, „dort kannst du unbemerkt schlafen, so lange du möchtest.“

Lu ließ sich das nicht zweimal sagen. Seine Geschenke in den Fäusten, krabbelte er in das Versteck, wo er im nächsten Augenblick schon in einen tiefen, glücklichen Schlaf fiel.

Ruhig wird es im und um den Park. Nachts trällert ungestört die Nachtigall ihr Lied. Tags lärmen Meise, Fink und Spatz mit Kindern um die Wette, doch das ist nur natürlich, und die Ruhe, die ich meine, hat mit Stille nichts gemein.

Kein Tier verschwindet mehr aus den Gehegen. Keine Figur verlässt ihr Märchenbild. Kein mysteriöser Müll verunziert mehr den Park, und auch die Absperrbänder, rot und weiß gestreift, sind mit den Polizisten aus dem Park verschwunden.

Die sitzen wieder im Büro und in dem Streifenwagen, der Häberle und sein Kollege Eisele. Sie nehmen neue Fälle auf und seufzen dann und wann, weil ihnen nicht der große Fang gelang. Und wüssten sie, dass sie um Haaresbreite nur, durch Kurtis treudoof unbedarfte Art vereitelt, sechse auf einen Streich gefangen hätten ... Herrje, es ist nicht auszudenken, was Hans Häberle da täte.

Doch da sie es so wenig wissen wie der Rest der Polizei, wird überall im Land, nur nicht im Blühenden Barock, nach den Juwelen und den Einbrechern gefahndet. Auch von der alten Frau und ihren Enkelkindern hat keiner mehr ein Wort gehört. Sie gelten als vermisst. Weit schmerzlicher vermisst Hans Häberle die stolze Frau vom Jugendamt mit ihren großen, brillenglasverstärkten Augen. Sie kommt nicht mehr, sie ruft auch nicht mehr an.

Nicht weit vom Schreibtisch Häberles, doch weit entfernt von seiner mäßig ausgeprägten Fantasie, fährt auf dem Märchenbach in einem kleinen Boot Frau Rose-Marie Blumwald, sechzig Jahre alt, vermisst gemeldet am fünften August desselben Jahres, mutmaßlich dement. Die Frau befindet sich möglicherweise in einer Notlage, aus der sie sich selbst nicht befreien kann. Hinweise nimmt jede Polizeidienststelle entgegen. Ebenfalls vermisst werden die beiden Enkel der Frau, Ludwig Blumwald, fünfzehn Jahre, und Mathilde Blumwald, sechs Jahre.

Ach, wenn der Häberle das wissen könnte! Im kleinen Boot bei der vermissten Oma sitzt auch Mathilde, die wir Matti nennen, weil sie das lieber

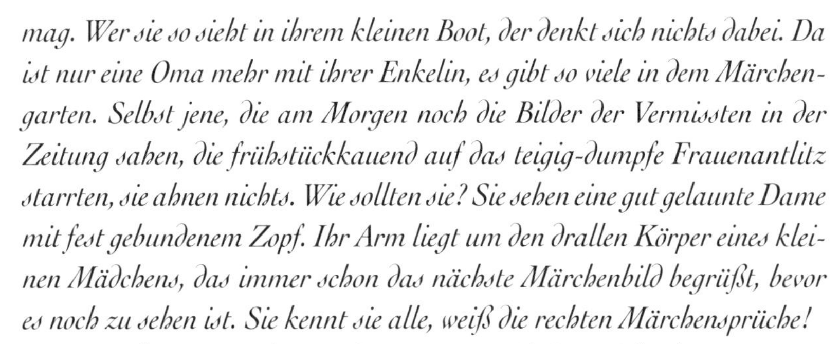

mag. Wer sie so sieht in ihrem kleinen Boot, der denkt sich nichts dabei. Da ist nur eine Oma mehr mit ihrer Enkelin, es gibt so viele in dem Märchengarten. Selbst jene, die am Morgen noch die Bilder der Vermissten in der Zeitung sahen, die frühstückkauend auf das teigig-dumpfe Frauenantlitz starrten, sie ahnen nichts. Wie sollten sie? Sie sehen eine gut gelaunte Dame mit fest gebundenem Zopf. Ihr Arm liegt um den drallen Körper eines kleinen Mädchens, das immer schon das nächste Märchenbild begrüßt, bevor es noch zu sehen ist. Sie kennt sie alle, weiß die rechten Märchensprüche!

Der Bruder sitzt nicht mit ihm Boot, er weilt im Friedrichsgarten. Das ist ein wunderbarer Ort, um ungestört zu sein, denn nur für Eingeweihte führt ein Weg hinein. Dies ist der eine Grund, warum er hier so gern Gitarre spielt – und er übt fleißig, weil er nachts zur Schönen geht und ihr ein Ständchen bringt; sie seufzt dann träumerisch und schaut ihn an mit diesen wunderbaren Augen …

Dies ist der eine Grund. Den anderen will er sich selbst nicht eingestehen: Es ist der Name dieses halb versteckten Gartens. Er spricht ihn niemals aus.

Wenn Metin Batu, Vogeldieb und Ziegendieb und manches mehr, zu seiner Saz greift und die alten Lieder singt, was er nur nachts tut, wenn er sich alleine glaubt, dann werden auch bei ihm die alten Wunden angerührt, und es gibt viele alte Wunden, denn er ist ein alter Mann. Er singt in diesen Tagen nicht sehr viel, denn er ist angespannt und macht sich große Sorgen. Nachts hat er nicht mehr viel zu tun. Das Rotkäppchen muss bis zum Morgengrauen im Bauch des Wolfs verharren – was es nicht sehr zu stören scheint. Die Hexe freut sich an dem prachtvollen Geschmeide, das Teuerlein, der Juwelier, so sehr vermisst. Und Goliath versorgt sich selbst. Es bleiben nur die Ziegenknochen, die Metin Nacht für Nacht vergräbt.

Tagsüber sitzt er viel auf einer Bank im Park, wartend auf das, was kommen mag. Denn Metin Batu spürt die Spannung in der Luft. Er ist der Einzige, der weiß, was sie bedeutet:

Dies ist die Ruhe vor dem Sturm.

Familienbande

Es war ein milder Sommertag mit lauer Luft und federweißen Wolken, da fasste Metin Batu sich ein Herz und trat durchs schmiedeeiserne Tor in den Friedrichsgarten. Er verweilte im Schatten der Bäume und sah hinüber zum Teich, wo die saß, die er suchte. Sie lauschte, die Augen geschlossen und den Kopf leicht zurückgeneigt, den Klängen einer Gitarre, die sich sanft, aber unbeirrbar, ihren Weg durch den Verkehrslärm bahnten. Der Gitarrenspieler saß verborgen auf der Galerie. Von Zeit zu Zeit sang er mit schüchterner Stimme. Er glaubte sich wohl unbelauscht.

Der Friedrichsgarten ist ein wunderschönes Fleckchen Erde, doch führt kein Weg hindurch. Er liegt abseits der großen Attraktionen des Blühenden Barocks und allzu nah am Lärm der Straße. So kommt es, dass nur wenige, sehr gründliche Touristen ihn besuchen – und solche, die um seine Schönheit wissen.

Das Lied verklang. Sie öffnete die Augen und erblickte ihn.

„Metin", sie lächelte. „Du bist es also wirklich."

„Ach Rose-Marie! Rose!" Der alte Metin spürte, wie sein Herz aufging, als er den Namen aussprach.

Sie bot ihm einen Platz zu ihrer Linken an. Er setzte sich, nahm ihre weiche Hand in seine rauen und lachte leise, als ein neues Lied begann, das er erkannte. Sie hatten es so oft gesungen, früher, in einer anderen Zeit.

„Der kleine Ludwig ist zu einem Mann geworden. Ich habe ihn erst nicht erkannt."

„Er dich auch nicht. Er misstraut dir, seit du Matti Schokolade gegeben hast. Weißt du, wie sie dich nennt? Den Märchengärtner. Die beiden glauben, du seist aus einem der Märchenbilder abgehauen."

Sie lachten.

„Ich selbst will es mitunter meinen. Zu lange schon bin ich der Wächter dieses Parks."

„Ich hatte nicht geglaubt, dass du noch hier bist."

„So wärst du nicht gekommen, hättest du es gewusst?"

Sie schwieg, sie dachte nach. „Ich hatte nicht die Hoffnung, dich wiederzusehen. Es ist schön, dass du da bist." Wieder machte sie eine Pause. Dann sagte sie: „Der Schwarze ist tot."

Der alte Metin wusste, was sie meinte. Der Schwarze hätte nun weit über achtzig Jahre zählen müssen, doch dies war es nicht, was die beiden so fest an seinen Tod glauben ließ. Es war die Macht des Schwarzen, die ihrer beider Leben bis ins hohe Alter beherrscht hatte: Sie war gebrochen. Als sie es aussprach, wurde es auch ihm bewusst.

„Wenn man den Jungen so betrachtet ... Er gleicht dem Schwarzen, ist sein sanfteres Ebenbild. Mathilde aber kann sein Kindeskind nicht sein."

Sie lachte leise. „Ich weiß schon, was du sagen willst. Doch ich hatte nur das eine Kind: meinen Fritz. Lu und Matti sind Geschwister."

„Und du weißt sicher, dass der Schwarze Friedrichs Vater war?"

„Ich habe nie daran gezweifelt."

Da seufzte Metin und dachte an die kleine Matti mit ihren schwarzgerahmten, grünen Augen. Gleich auf den ersten Blick hatte es das Kind ihm angetan. Sie hatte keine Ähnlichkeit mit Lu oder dem Schwarzen. Auch nicht mit Friedrich oder Margarete. Matti sah aus wie eine kleine Kurdin. Sie sah aus, als sollte sie Sena heißen.

„Dein Friedrich sieht dem Schwarzen gar nicht ähnlich", beharrte er.

„Er sah auch dir nicht ähnlich, Metin", erwiderte sie traurig.

Metin gefror das Herz. Fragend sah er Rose an, der die Tränen über die Wangen liefen.

„Sie sind beide tot", sagte sie sehr leise.

Metin umfasste ihren breiten, weichen Körper, bis das Schluchzen verebbte. Auch ihm rannen heiße Tränen über das Gesicht, während seine Augen zurückblickten auf die glücklichste Zeit seines Lebens, als er den kleinen Fritz aufwachsen sah, seine Freundschaft gewann, ihm den Vater ersetzte, der er so gerne gewesen wäre. Metin war der Erste gewesen, dem Fritz seine flachsblonde Margarete vorstellte, die sich selbst lachend Gretel nannte, wenn sie nachts zu dritt durch den Märchengarten strichen. Er hatte die beiden in die Geheimnisse der Märchenbilder eingeweiht, um ihnen zu imponieren, aber er hatte nicht gut daran getan. So vieles hatte er getan für die Bewunderung seiner jungen Freunde, wofür er noch heute zu büßen hatte.

„Jetzt wäre eine Zigarette angebracht", seufzte Rose-Marie und trocknete sich Augen und Gesicht mit einem Taschentuch.

Metin zog eine zerknautschte Packung aus seiner Hosentasche. „Sie sind sehr trocken", entschuldigte er sich. „Ich rauche nur noch selten."

Er gab ihr Feuer, als ein Schatten auf ihr Gesicht fiel. Vor dem Pavillon stand Lu, die Gitarre in einem Rucksack auf seinem Rücken, das weiße Gesicht wutverzerrt.

„Drück sie aus!", verlangte er.

Rose-Marie reagierte nicht auf seinen unverschämten Ton. „Ich weiß nicht, ob du dich noch an ihn erinnerst", sagte sie. „Das ist Metin Batu. Du hast ihn früher Onkel Metin genannt."

„Du darfst nicht rauchen!", fauchte der Junge, ohne Metin eines Blickes zu würdigen. Er versuchte, Rose-Marie die Zigarette wegzunehmen, doch die wich ihm flink aus.

„Eine wird mich nicht gleich umbringen! Ich möchte, dass du Metin begrüßt."

Der Junge schickte Metin einen hasserfüllten Blick. „Es ist mir egal, wer er ist!", schrie er. „Er bringt dich zum Weinen und gibt dir Zigaretten! Er hat sich an Matti rangemacht! Er hat die Polizei zum Gärtnerhaus geführt! Du darfst ihm nicht trauen!"

Metin erbleichte. Die Vorwürfe des Jungen waren nur gerecht. Er konnte nicht mehr tun als hilflos den Kopf schütteln.

„Nicht Metin hat mich zum Weinen gebracht", widersprach Rose-Marie sanft. „Ich habe ihm vom Tod deiner Eltern erzählt – nein, warte! Lauf nicht weg, Lu! Du musst, wir beide müssen uns endlich unserer Trauer stellen! Lu!"

Zu spät. Er hörte sie nicht mehr. Der Boden war zu seinen Füßen aufgerissen. Heraus stürzte eine rauschende Flut und ertränkte die Schönheit des Gartens und die Stimme der Großmutter. Noch konnte er die Lippen erkennen, die ihn anflehten, doch er hörte nur das Rauschen und Pochen in seinem Kopf.

Dann rannte Lu. Rannte aus dem Schatten in die grelle Sonne. Er spürte den Kies nicht unter seinen Füßen, als er den großen Platz vor dem Schloss überquerte. Er nahm den Schwarm fotografierender Touristen nicht wahr, durch die er hindurchpreschte. Etwas fiel zu Boden. Lu wusste nicht, dass es ein teurer Fotoapparat war. Die Hände, die ihn zu greifen versuchten, hielt er für die Fänge der Vergangenheit, vor der er floh. Er entwand sich, rannte weiter, hinauf zum Tor, hinaus aus dem Park. Brüllender Verkehrslärm brandete gegen sein Rauschen an. Jemand packte ihn mit eisernem Griff und riss ihn zurück. Lautes

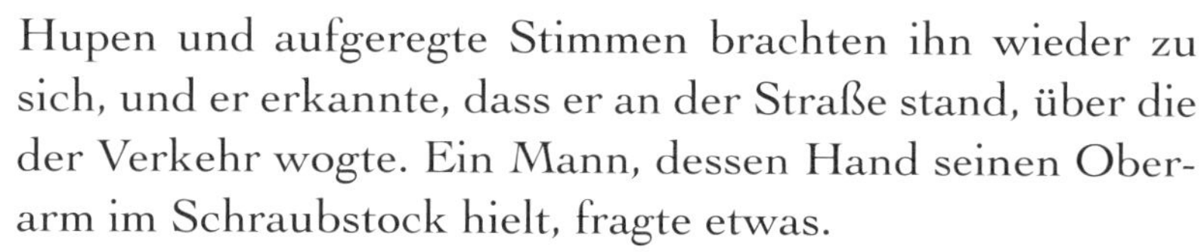

Hupen und aufgeregte Stimmen brachten ihn wieder zu sich, und er erkannte, dass er an der Straße stand, über die der Verkehr wogte. Ein Mann, dessen Hand seinen Oberarm im Schraubstock hielt, fragte etwas.

„Danke!", sagte Lu, damit der andere von ihm ablassen sollte. „Es geht schon wieder. Danke!"

Bis die Ampel umsprang, hatte sich das Rauschen in seine Höhle zurückgezogen. Nur der Puls hämmerte weiter, nun nicht mehr in Lus Ohren, sondern hinter seiner Stirn. Er ließ sich von der Menschenmenge über die Straße tragen, trat in den Schatten großer Bäume und gleich darauf wieder in grelles Sonnenlicht.

Vor ihm erstreckte sich die Bärenwiese. Es war später Nachmittag, und die Familien begannen bereits, sich zurückzuziehen und die Wiese für die Jugendlichen zu räumen. Noch waren nicht viele zu sehen, doch Lu, der noch immer seine Gitarre auf dem Rücken trug, wurde von einem Jungen angesprochen, der auf seine Schule ging. Widerstandslos ließ er sich zu einer kleinen Gruppe führen, die ihr Lager unter einem riesigen Baum aufgeschlagen hatte. Jemand drückte ihm eine Flasche in die Hand, dann sollte er spielen. Lu vergrub sich in seine Gitarre. Zum ersten Mal sang er vor anderen, und zum ersten Mal sang er ohne Zurückhaltung. Die Musik fühlte sich gut an. Der Alkohol fühlte sich gut an. Und zwischen den Liedern rauchte Lu Zigaretten, die ein kurzhaariges Mädchen für ihn drehte. Wenn sie das Zigarettenpapier anleckte, sah sie aus wie eine Katze.

Als Lu zu betrunken war, um weiterzuspielen, nahm ein anderer seine Gitarre und spielte unbeholfen einen einfachen Blues. Lu sah das Mädchen mit den kurzen Haaren an und wünschte sich, sie würde mit ihrer Katzenzunge seine Lippen berühren, aber sie hatte einen Freund, und Lu musste mitansehen, wie sie sich küssten. Also suchte er unter all den Flaschen nach einer, die noch nicht leer war. Es brannte in seinem Hals, aber das war Lu gerade recht. Sollte es doch brennen!

Kälte weckte ihn. Lu brauchte eine Weile, bis er die unterschiedlichen Grade an Dunkelheit unterscheiden konnte und den Baum wahrnahm, unter dem er im feuchten Gras lag. Die Kälte biss in seine Knochen, also rappelte er sich mühsam auf. Sobald er stand, kamen die Kopfschmerzen und die Übelkeit. Lu stolperte ein paar Schritte vorwärts und erbrach sich. Wie ein erwachter Vulkan sandte sein Magen Welle um Welle brennender Flüssigkeit hinauf. Auch sein Gehirn war zu glühender Magma geschmolzen, doch fand es keinen Weg aus seinem viel zu engen Schädel. Der Ausbruch dauerte eine ganze Ewigkeit.

Als die Zeit sich zurückmeldete und Lu wieder atmen konnte ohne Galle zu erbrechen, erblickte er seine Gitarre, nur wenige Zentimeter entfernt von der Stelle, wo seine Eingeweide im nassen Gras stanken. Vorsichtig hob er sie hoch und fuhr mit der Hand über den Korpus. Er fühlte sich nur mäßig feucht an, Lu erkannte erleichtert, dass die Gitarre auf ihrer Hülle gelegen hatte, nicht im nassen Gras. Mit großer Mühe gelang es ihm, sie einzupacken und gegen den Baum zu lehnen, dann musste er sich wieder übergeben.

Lus ausgetrockneter Mund brannte von der erbrochenen Magensäure. Sein Kopf drohte zu explodieren. Er wollte nur noch nach Hause. Sein Zuhause war der Park, das Gärtnerhaus. Lu schulterte seine Gitarre und machte sich auf den Weg.

Im Osten hellte sich der Himmel bereits auf, als Lu über die Mauer kletterte. Er machte einen Umweg zum Wasserspielplatz, wo er sich Gesicht und Hände wusch und von dem Wasser trank, obwohl es scheußlich nach Chlor schmeckte. Danach sank er auf eine der Bänke, wo er in den letzten Wochen so oft mit seiner Oma gesessen hatte. Sie hatten Matti beim Spielen zugeschaut und in den alten Fotoalben geblättert. Es schien eine Ewigkeit her zu sein. Lu verrenkte den Hals, aber von seinem Platz aus war das große Mietshaus mit ihrer Wohnung nicht zu sehen. Dort wohnte er seit zwei Jahren. Auch diese dauerten bereits eine Ewigkeit. Und doch hatte es eine Zeit davor gegeben.

Fetzen aus der Vergangenheit schlichen sich in sein hilfloses Hirn. Stimmen und Bilder. Seine Eltern. Seine alte Schule in Freiburg und die Freunde, die er dort gehabt hatte. Seine Eltern. Matti als Baby. Onkel Metin, der ihn auf seinen Schultern reiten ließ. Und immer wieder seine lachenden Eltern.

Es graute der Morgen, und auf der Bank am Wasserspielplatz saß Ludwig Blumwald und heulte Rotz und Wasser.

Nur wenig später fand Metin den Jungen schlafend auf der Bank liegen. Tränen und Rotz waren ihm auf dem Gesicht getrocknet, seine Kleider stanken nach Alkohol und Erbrochenem. Metin seufzte und sah zurück zum Gärtnerhaus, wo er die Nacht bei Rose-Marie verbracht hatte. Er wollte nicht, dass sie den Jungen in diesem Zustand sah, daher legte er ihm die Hand auf die Schulter und schüttelte ihn sachte.

„Wach auf, Lu!"

„Lass mich in Ruhe."

„Die Leute kommen bald. Steh auf!"

Der Junge öffnete die Augen und schirmte sie gleich darauf mit der Hand gegen die Helle des Morgens ab.

„Was willst du von mir?"

„Du kannst hier nicht bleiben. Und du musst dich waschen, bevor deine Großmutter dich sieht!"

„Du willst sie mir wegnehmen! Alle wollen das! Aber das lasse ich nicht zu! Wir sind eine richtige Familie, niemand darf uns trennen!"

Der Junge sprach mit schwerer Zunge, er war noch immer betrunken. Metin packte ihn am Kragen und zog ihn hoch. Dann griff er ihn unter der Achsel, hängte sich die Gitarre über die Schulter und machte sich mit ihm auf den mühsamen Weg zum Weinberghaus.

Lu leistete keinen Widerstand. Bald brauchte Metin ihn nicht mehr zu stützen, wofür er dankbar war, der Junge wog mehr als er selbst.

„Du sagst doch Oma nichts?", bat Lu ihn ungefähr ein Dutzendmal auf ihrem Weg durch den Park. „Du verrätst ihr nichts, oder? Ich trinke sonst nie etwas. Sie soll sich keine Sorgen machen. Du sagst ihr doch nichts?"

Metin sagte ihm nicht, dass Rose-Marie die ganze Nacht aus Sorge um ihn wachgelegen hatte. Den Kopf waschen würde er ihm später.

„Was ist das für ein Tee?"

„Pfefferminze."

„Im Ernst?" Lu musterte überrascht die fast farblose Flüssigkeit in seiner Tasse.

„Es ist frische Pfefferminze."

Lu trank dankbar, obgleich er Pfefferminztee nie gemocht hatte. Es war schon seine dritte Tasse.

Sie saßen im oberen Stockwerk des Weinberghauses auf dem Boden. Der Raum war rund, und alles, selbst der Boden, war aus Bambus gefertigt. Die Wände waren mit japanischen Motiven bemalt. Das Erdgeschoss hatte einen ganz anderen Charakter mit seinen Natursteinmauern und dem rechtwinkligen Grundriss. Lu fragte sich, wofür das Häuschen genutzt wurde, fand aber nirgends einen Hinweis.

Über den Rand seiner Tasse beobachtete er, wie Metin die leere Teekanne zur Wendeltreppe trug und nach unten stieg. Er fragte ihn nicht, wo er seine Sachen verbarg. Lu hatte noch keine einzige der unzähligen Fragen gestellt, die in ihm auf Antworten warteten.

Onkel Metin. Wie war es möglich, dass er ihn nicht erkannt hatte? Der alte Kurde hatte sich kein bisschen verändert. Äußerlich jedenfalls. Früher hatte er Lu nicht mit dem eiskalten Wasser des Gartenschlauchs abgespritzt. Lu fröstelte bei der Erinnerung.

Draußen auf dem großen Holzbalkon lagen seine nassen Kleider in der Morgensonne. Aus Lus Haaren tropfte es vereinzelt auf seinen nackten Rücken und seine Schultern. Um die Hüften trug er ein Handtuch. Wie wusch Metin sich im Winter? Lu hatte bislang die Tatsache verdrängt, dass es irgendwann kalt werden würde. Seine Kopfschmerzen schienen ihn auszulachen.

Metins Kopf, gefolgt von seinem Körper, entstieg dem Fußboden. Lu wandte den Blick ab. Scham überflutete seine Wangen, weil der Alte ihn in einem so erbärmlichen Zustand gesehen hatte.

„Darf ich?“

Metin zeigte auf die Gitarre und Lu nickte. Vorsichtig griff der alte Kurde nach der Hülle und holte das Instrument heraus. Der beinahe ehrfürchtige Respekt, mit dem er dies tat, verdreifachte Lus Schamgefühl. Er selbst hatte sein Instrument erst ungeschützt der Nachtluft überlassen und dann hätte er um ein Haar hineinge...

„Oh weh!"

Lu sah auf. Metin drehte die Gitarre und zeigte ihm ein Loch im Boden des Instruments.

„Zeig her!" Lu sprang auf und riss ihm die Gitarre aus den Händen. Hektisch fuhren seine Fingerspitzen über die Ränder des Lochs und die feinen Haarrisse, die davon ausgingen. Seine Augen brannten.

„Es ist wohl nicht so schlimm, wie es aussieht", murmelte Metin. „Versuch einmal, wie sie klingt!"

Lu setzte sich, griff einen Akkord und verzog das Gesicht. Nachdem er die Saiten gestimmt hatte, versuchte er es erneut. Er strich ein paar Akkorde, dann setzte er zu einem klassischen Stück an und fühlte die Erleichterung bis in die Fingerspitzen. Die Gitarre klang genau so, wie sie sollte.

„Das war wunderschön", sagte Metin, als Lu das Instrument weglegte.

Lu schwieg. Zwei Jahre Pause und die vergangene Nacht hatten ihre unüberhörbare Wirkung getan, aber er wusste, dass er sehr begabt war, hatte es früher oft genug zu hören bekommen. Zwei lange, vergeudete Jahre. Nein, nicht vergeudet. Zwei Jahre, die dem nackten Überleben gedient hatten. Lu spürte plötzlich die alles verdrängende Müdigkeit.

„Warum lebst du im Park?", fragte er, nur um sich davon abzuhalten, sich auf dem nackten Boden auszustrecken und sofort einzuschlafen.

„Das ist eine lange Geschichte. Ich werde sie dir erzählen, aber zuerst solltest du schlafen. Ich gehe zu Rose-Marie und Matti. Sie sollten sich nicht länger sorgen müssen."

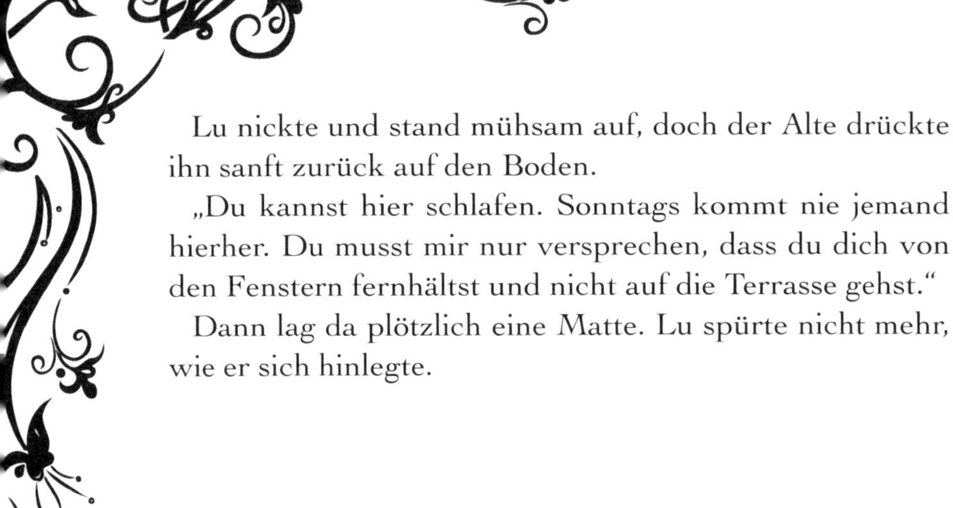

Lu nickte und stand mühsam auf, doch der Alte drückte ihn sanft zurück auf den Boden.

„Du kannst hier schlafen. Sonntags kommt nie jemand hierher. Du musst mir nur versprechen, dass du dich von den Fenstern fernhältst und nicht auf die Terrasse gehst."

Dann lag da plötzlich eine Matte. Lu spürte nicht mehr, wie er sich hinlegte.

Viele Stunden später saß Lu neben dem alten Kurden am Teich unter der Emichsburg und warf Steinchen ins nachtschwarze Wasser. An einem Baum lehnten ihre Instrumente.

„Metin", sagte er, „du musst mir etwas versprechen!"

Sie hatten die letzte Stunde damit verbracht, sich gegenseitig vorzuspielen, dann hatten sie die Instrumente getauscht, um voneinander zu lernen. Der Versuch war grandios gescheitert, weil sie sich im Dunkeln auf den fremden Instrumenten nicht zurechtfanden, doch sie hatten viel gelacht und sich fest vorgenommen, die missglückte Unterrichtsstunde bei Tageslicht zu wiederholen.

„Keine Zigaretten mehr für Oma. Auch keine Süßigkeiten mehr, nicht mal für Matti, die gibt heimlich ihrer Oma davon ab."

„Ich werde darauf achten."

Lu stutzte, als Metin so unumwunden zustimmte. Um sicher zu gehen, dass er ihn ernst nahm, erklärte er: „Sie hat Diabetes, und sie hat … sie ist …"

„Ihr glaubt, sie ist an Demenz erkrankt", ergänzte Metin ruhig. „Aber ich bin mir da nicht so sicher."

„Alles spricht dafür. Zurzeit merkt man ihr nicht viel an, aber du hättest sie vor ein paar Wochen sehen sollen!"

„Rose-Marie hat mir erzählt, wie wunderbar du dich um sie und Matti gekümmert hast."

Lu schwieg verblüfft. Er überlegte, wie viel davon seine Oma überhaupt mitbekommen hatte.

„Lu, ich kenne viele alte Menschen, weil ich selbst alt bin. Deine … Therapie" – Lu hörte das Lächeln in Metins Stimme und ärgerte sich – „ist großartig, du hast das Beste gemacht, was du tun konntest. Aber du bist kein Arzt. Rose-Marie muss mit einem Arzt sprechen."

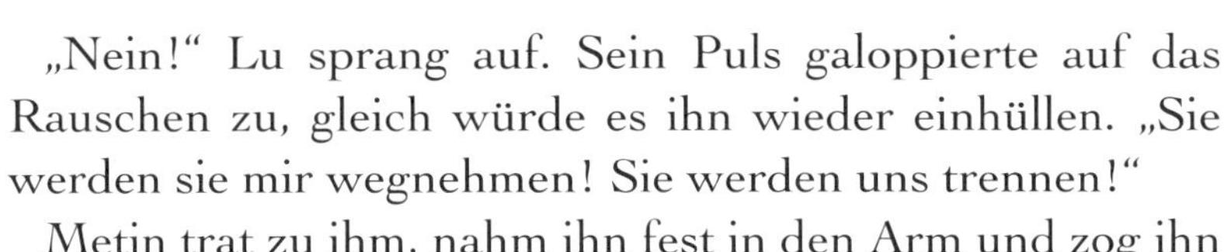

„Nein!" Lu sprang auf. Sein Puls galoppierte auf das Rauschen zu, gleich würde es ihn wieder einhüllen. „Sie werden sie mir wegnehmen! Sie werden uns trennen!"

Metin trat zu ihm, nahm ihn fest in den Arm und zog ihn so aus dem Brausen, das ihn verschlingen wollte. Lu konnte nicht anders, er krallte sich an die mageren Schultern und vergrub schluchzend sein Gesicht. Metin sagte nichts. Er behauptete nicht, dass das nicht passieren werde, und Lu war ihm dankbar dafür. Er hätte ihm ohnehin nicht geglaubt. Als Lu sich beruhigt hatte, gab Metin ihm ein Taschentuch und setzte sich wieder ans Ufer des Sees. Dort wartete er, bis Lu bereit war, zuzuhören.

„Selbst wenn du recht haben solltest, ist es wichtig, dass Rose-Marie in Behandlung kommt. Es gibt Medikamente, die die Krankheit mildern können. Wir beide können nicht viel tun – obgleich ich genug Wege kenne, Rose-Maries Durchblutung anzuregen ..." Metin kicherte und fügte auf Lus Blick hinzu: „Glaubst du, wir wären für die Liebe zu alt?"

Lu wurde rot. Natürlich hatte er das geglaubt.

„Es gibt genug Menschen, die der Ansicht sind", erklärte Metin gelassen. „Ebenso, wie auch viele überzeugt sind, dass du zu jung dafür bist."

Lus Gesicht brannte. Er sah weg, obwohl es ohnehin zu dunkel war, um viel zu erkennen. Metin kicherte wieder, und Lu wäre am liebsten im Boden versunken. Oder im Teich.

„Aber ich glaube nicht", fuhr der Alte fort, „dass es Demenz ist. Rose-Marie könnte genauso gut unter einer Depression gelitten haben. Weißt du, was das ist?"

Lu nickte zögernd, mobilisierte aber zugleich seine Abwehr. Der Boden, auf dem sie saßen, war nicht mehr sicher, er konnte jederzeit aufbrechen.

„Du wolltest mir erzählen, warum du im Park lebst", sagte Lu mit Nachdruck und hoffte, der andere werde den Themenwechsel akzeptieren. Metin wandte ihm das Gesicht zu. Seine Augen waren nicht zu erkennen. Nach einer Weile nickte er. Dann begann er zu erzählen.

„Es war im Jahr meines sechzehnten Geburtstags. Ich kam alleine in dieses Land und in diese Stadt, und weil es in Folge der Kriege zu wenig Männer gab und ich bereit war, für wenig Geld hart zu arbeiten, ließ man mich bleiben."

Metin machte eine Pause und Lu wusste, dass jeder andere nun gefragt hätte, warum Metin alleine gewesen war. Doch das war gefährliches Terrain, und Lu beschloss, aufzustehen und zu gehen, falls Metin die unausgesprochene Grenze übertreten sollte.

„Die Menschen hungerten nach schönen Dingen, deshalb hatte man den Schlosspark wiederhergestellt. Teile davon hatten während des Krieges als Kartoffelfelder dienen müssen, andere waren so verwildert, dass sie zwielichtige Gestalten anlockten, denen die Emichsburg als Unterschlupf diente. Als ich als Hilfsarbeiter im Park anfing, war die Wildnis bereits gerodet worden und man hatte begonnen, den Märchengarten anzulegen. Ich wurde einem Kunstschnitzer und Bildhauer zugeteilt, der einen Teil der Märchenbilder entwarf und mit meiner Hilfe baute. Man nannte ihn den Schwarzen, und er wurde gleichermaßen bewundert und gefürchtet. Der Schwarze war groß, unglaublich stark und von jähzorniger Natur. Doch er konnte auch sehr großzügig sein, und seine Begeisterung war so heftig wie sein Zorn.

An den Wochenenden betrank sich der Schwarze in einer kleinen Spelunke in der Unterstadt. Ich hatte davon gehört und war neugierig, denn während der Arbeit rührte er keinen Tropfen an. Da war er hochkonzentriert und oft blieb er bis in die Nacht und verlangte dasselbe von mir, obgleich er wusste, dass uns niemand die nächtlichen Arbeitsstunden bezahlen würde. Ich beklagte mich nicht, denn ich war längst seinem Charisma erlegen, wie alle, die ihn kannten.

Ich ging also eines Tages in die Kneipe, um ihn trinken zu sehen. Es war noch früh am Abend, doch der Schwarze war seinem offenbaren Ziel, der Besinnungslosigkeit, bereits ein gutes Stück näher gekommen.

‚Du bist ein guter Junge', sagte er, als er mich an seinem Tisch stehen sah. ‚Setz dich her und trink mit mir.'"

Metin lachte plötzlich. „Verzeih einem alten Mann die Ausschmückungen seiner Geschichte. Ich sprach damals nur ein paar Brocken Deutsch, ich weiß nicht und wusste auch damals nicht, was genau er zu mir sagte. Aber er lud mich ein und ich nahm die Einladung an.

Der billige Schnaps brannte höllisch. Mir war unbegreiflich, wie er so viel und so schnell davon trinken konnte. Trotz meiner Zurückhaltung fühlte ich mich bald benommen, während der Zustand des Schwarzen sich nicht zu verändern schien. Er redete viel und ich verstand wenig. Dann nahm er meine Hand und betrachtete lange die Handfläche – erst die eine, dann, mit gerunzelter Stirn, die der anderen Hand.

Er hat mir nie erzählt, was er in den Linien meiner Hände geschrieben fand, doch diese Nacht veränderte unsere Beziehung. Der Schwarze begann, mich auszubilden. Als erstes brachte er mir Deutsch bei. Er drückte mir ein Buch in die Hand. Es war der erste Band der Kinder- und Hausmärchen, gesammelt von den Brüdern Grimm. Jeden Tag haben wir gemeinsam darin gelesen, und ich übersetzte das Gelesene mehr schlecht als recht mit einem kleinen Wörterbuch, das er mir schenkte. Die Aussprache beherrschte ich, bevor ich wusste, was ich las. Doch unmerklich begann ich die Sprache zu verstehen, nicht nur die der Märchen, sondern auch das Deutsch, das um mich her gesprochen wurde.

Bald machte ich eine seltsame Entdeckung. In den Nachtstunden, wenn die anderen den Park längst verlassen hatten, arbeitete der Schwarze an den Figuren für seine Märchenbilder. Tagsüber scheuchte er uns andere über die weitläufige Baustelle und wies uns an, wie und wo wir Häuschen zu bauen hatten und wie wir diese einrichten sollten. Mit atemberaubender Geschwindigkeit warf er Skizzen aufs Papier, machte Pläne und verwarf diese, verlangte andere Materialien als die von der Parkverwaltung bewilligten, und wenn ein Balken, eine Farbe, ein noch so kleines Detail nicht seiner Vorstellung entsprach, bekam er Wutanfälle, vor denen selbst die gröbsten und hartgesottensten Burschen die Köpfe einzogen.

Nachts aber verwandelten sich seine hektischen Bewegungen in die feinen, beherrschten eines Goldschmiedes oder Uhrmachers. Mit unendlicher Geduld arbeitete er an den holzgeschnitzten Körpern der sieben Geißlein, obgleich sie doch mit Fell überzogen werden sollten. Er tobte, weil ihm verboten wurde, frische, noch blutende Ziegenhäute dafür zu verwenden. Er wollte selbst die Tiere auswählen, schlachten und häuten, musste sich aber mit gegerbten Fellstücken zufrieden geben. Während er schnitzte, Häute zuschnitt, die Körper damit überzog und die Köpfe mit Hörnern und Glasaugen versah, redete der Schwarze ununterbrochen. Leise und eindringlich, fast beschwörend redete er auf sein Werkstück ein. Ich hätte ihn für verrückt gehalten, hätte er mir nicht in kurzen Abständen unmissverständliche Zeichen gegeben, was er von mir erwartete: Dass ich ihm dieses oder jenes reichte, Holzspäne und Staub entfernte, die Lampen anders aufstellte oder ihm die schweißnasse Stirn trocknete. Viel mehr durfte ich in den Nachtstunden nicht tun, so war ich die meiste Zeit zum Zuschauen verurteilt, und was ich sah, faszinierte mich. Die kunstvoll gearbeiteten Holzziegen verschwanden unter der fremden Haut und sahen bald so natürlich aus, als wollten sie gleich davonspringen. Als das siebte Geißlein, das kleinste, vollendet war, trugen wir die Tiere zu ihrem Häuschen und versteckten sie an ihren vorgesehenen Plätzen. Der Morgen dämmerte, kaum konnte ich die Augen offen halten. Plötzlich glaubte ich, Bewegungen zu sehen: Ich hätte schwören mögen, dass die Zicklein sich in ihren Verstecken regten, obgleich die Mechanik, mit der sie dies später tatsächlich tun sollten, noch nicht mit Strom versorgt wurde. Der Schwarze lachte laut und dröhnend, als er mein Gesicht sah. Dann schickte er mich nach Hause.

Damals hatte er eben erst begonnen, mich zu unterrichten. Erst als wir uns an den Goldesel machten, begann ich, Teile seiner nächtlichen Monologe zu verstehen. Während er mit großer Sorgfalt die Holzskulptur anfertigte, schnappte ich einzelne Wörter auf, die ich aus dem Märchenbuch kannte, und als er das Wort ‚Bricklebrit' benutzte, es in einer Art Singsang immer aufs Neue wiederholte, da wurde mir klar, dass er das Märchen ‚Tischlein deck dich, Goldesel und Knüppel aus dem Sack' erzählte. Er erzählte nicht das ganze Märchen im Wortlaut der Brüder Grimm, obgleich ich längst wusste, dass er viele Märchen auswendig konnte; er brauchte nicht ins Buch zu sehen, um mich zu korrigieren, wenn ich während unserer Deutschstunden einen Absatz übersprang. Mein Deutsch war noch nicht gut genug, um wirklich zu verstehen, was er dem Goldesel erzählte. Leider – sonst wäre uns wohl vieles erspart geblieben.

Als der Holzesel fertig war, musste ich Unmengen von Gips anrühren. Damit wurde der Esel sorgfältig umhüllt. So sollte die Form für die Metallskulptur entstehen. Der Schwarze hatte sich zunächst gegen die Pläne der Parkleitung gewehrt, Metall zu verwenden, hatte sich aber fügen müssen. Während wir nun neben dem riesigen, feuchten, unförmigen Gipsklumpen saßen und rauchten, sagte er: ‚Metall ist ein schwieriger Stoff, Metin. Ich weiß nicht, ob das Werk mir gelingen wird.'

Ich beeilte mich, ihm zu versichern, dass der Esel gewiss wunderbar würde. Ich hatte unbegrenztes Vertrauen in seine Kunst. Freilich wusste ich, dass zu der fertigen Skulptur ein kompliziertes Innenleben gehören würde, denn der Goldesel sollte später Goldmünzen aus Schokolade spucken. Ich hatte die Zeichnung gesehen, die dem Schwarzen als Plan für die Apparatur dienen sollte, und konnte nur ehrfurchtsvoll den Kopf schütteln, wie er das alles entwerfen und ausführen konnte.

Während der Gipsabdruck in der Gießerei war, machte sich der Schwarze an die Herstellung dieser Apparatur. Er hatte sich die benötigten Teile von einem Schlosser anfertigen lassen. Bevor er sie zusammenschweißte und –schraubte, versah er jedes Teil mit einem verschlungenen Zeichen, das er mit Hilfe eines Prägestempels einhämmerte. Ich sah mir das Zeichen näher an und stutzte: Es sah aus wie eine arabische Kalligrafie.

Die Kalligrafie, die Kunst, ein Wort so zu schreiben, dass das Schriftbild selbst zur Kunst wird, hat in der islamischen

Kultur eine große Bedeutung. Doch war der Schwarze kein Muslim und sprach meines Wissens auch kein Arabisch, also hielt ich meine Entdeckung für einen Zufall.

An den folgenden Abenden schickte mich der Schwarze mit den anderen nach Hause. Mir war es recht, ich war vom Schlafentzug schon so benommen, dass ich die harte Arbeit tagsüber kaum noch bewältigen konnte und scheele Blicke der anderen auf mich zog. Der Schwarze dagegen schien überhaupt keinen Schlaf zu brauchen. Mehr als einmal habe ich mich gefragt, ob er ein Mensch war wie wir anderen.

Eines Abends entdeckte ich auf dem Heimweg, dass ich meinen Schlüssel in unserer Werkstatt liegen gelassen hatte, und kehrte um. Es war ein scheußlicher Novemberabend, es goss in Strömen und war bereits dunkel, und der Schwarze, der über seinen Arbeitstisch gebeugt schrieb, bemerkte mich nicht gleich, als ich die Holzbude betrat. Ich sah ihm über die Schulter, als er plötzlich aufschreckte, in die Höhe fuhr und mich im nächsten Augenblick schon an der Gurgel hatte. Sein unbändiger Zorn hatte etwas Wahnsinniges an sich, ich litt Todesangst, während ich vergeblich versuchte, meiner halb erdrosselten Kehle einen Laut zu entlocken. Es fehlte nicht viel, und er hätte mich tatsächlich getötet. Doch dann klärte sich sein Blick, er erkannte mich und ließ von mir ab. Ich solle mich nie wieder wie ein gemeiner Dieb an ihn heranschleichen, sagte er und setzte sich wieder an seine Arbeit. Ich brauchte einige Minuten, bis ich mich gefasst hatte, dann holte ich meinen Schlüssel. Bevor ich aufbrach, zeigte ich auf die Blätter, die auf dem Tisch lagen, und fragte, was das sei.

‚Erkennst du es nicht?'

‚Es sieht aus wie eine arabische Kalligrafie', sagte ich.

‚Kannst du sie lesen?'

‚Ich kann kein Arabisch.‘

Der Schwarze schnaubte. ‚Dies hier ist kein einfaches Arabisch. Es sind Worte einer Geheimsprache, die ich von einem persischen Magier erlernt habe.‘

Ich zweifelte keinen Augenblick an seinen Worten. Die Perser sind berühmt für ihre Magie, oder waren es zumindest früher.

‚Was bedeuten die Wörter?‘

Der Schwarze tat so, als hätte er meine Frage nicht gehört. ‚Dieser Magier hatte einen Weg gefunden, die zehn Sephiroth der jüdischen Kabbala weiterzuentwickeln. Er sah einen Golem, den ich erschaffen hatte. Nie zuvor hatte er einen Golem aus Holz gesehen. Er kannte nur die klobigen Lehmungetüme, wie sie seit dem Mittelalter von den wenigen Eingeweihten erschaffen wurden. Der Magier wollte mein Geheimnis kennenlernen. Im Gegenzug weihte er mich in seine magische Kalligrafie ein, mit Hilfe derer es möglich ist, den Werken Sprache und Persönlichkeit zu schenken.‘

Mir schwirrte längst der Kopf. Damals habe ich nur die Hälfte dessen verstanden, was der Schwarze da erzählte. Doch ich hatte begriffen, dass er von Zauberei sprach, und plötzlich wurde mir klar, dass an jenem Abend, als ich glaubte, die Geißlein springen zu sehen, nicht die Müdigkeit meine Sinne verwirrt hatte, sondern meine Unfähigkeit zu glauben, was ich sah. Sie hatten sich tatsächlich bewegt, der Schwarze hatte sie mit seiner Magie zum Leben erweckt.

Hätte ich mehr Verstand besessen, ich wäre davongelaufen und niemals zum Schwarzen zurückgekehrt. Keine Sekunde lang zweifelte ich daran, dass es sich hier um schwarze, gefährliche Magie handelte, trotzdem wünschte

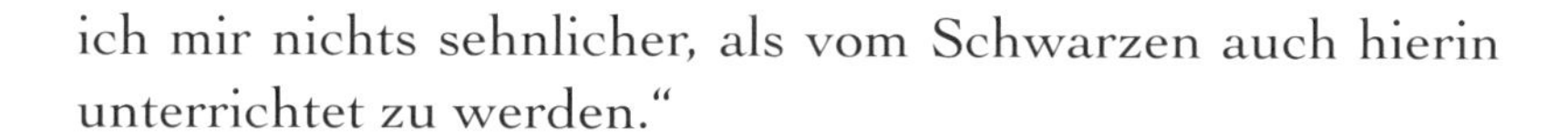

ich mir nichts sehnlicher, als vom Schwarzen auch hierin unterrichtet zu werden."

Metin verstummte und Lu hatte Zeit, das Gehörte zu verdauen. Dass im Märchengarten Zauberei im Spiel war, wusste er längst. Er hatte Speisen vom Tischlein-deck-dich gegessen und das Geld ausgegeben, das der Goldesel ihm in die Hände gespuckt hatte. Doch bislang hatte er vermieden, darüber nachzudenken, wie das alles möglich sein konnte – wo es doch gegen die Naturgesetze und den gesunden Menschenverstand verstieß. Nun ertappte er sich bei dem Wunsch, diese Macht selbst zu besitzen. Dinge herbeizaubern, Leben erschaffen – was konnte es Großartigeres geben?

„Sind alle Märchenbilder … magisch?"

„Nein."

„Nun lass es dir nicht aus der Nase ziehen. Welche Märchenbilder hat der Schwarze mit seiner Magie verzaubert?"

„Im Jahr der Eröffnung, das war 1959, waren es nur die Sieben Geißlein, der Goldesel und der Knüppel-aus-dem-Sack. Es gab noch andere Märchenbilder, außerdem den Papagei und die Märchenpilze, doch die wurden von anderen Kunsthandwerkern gemacht. Auch das Hexenhaus war damals noch sicher."

„Das mit dem Goldesel kann ich verstehen, aber wozu hat er sich die Mühe mit den Geißlein und dem Knüppel gemacht?"

Metin zuckte mit den Schultern. „Der Schwarze wusste immer, was er tat. Er liebte Ziegen, vielleicht mehr als uns Menschen. Vor allem aber wollte er lebendige, warme Tiere erschaffen, und mit Metall war ihm dies nicht möglich."

„Jedenfalls sind seine Ziegen richtig gut geworden. Meine Schwester ist ganz vernarrt in sie, wir haben Mühe,

Matti nachts im Haus zu halten. Wie kommt es, dass die Ziegen nicht auch tagsüber lebendig werden?"

„Du darfst nicht vergessen, dass sie nicht wirklich lebendig sind. Die Ziegen sind nur, was der Schwarze sie sein ließ. Das heißt, so war es, bis deine kleine Schwester aufgetaucht ist."

„Matti? Wie meinst du das?"

„Früher konnten sie ihr Häuschen nicht verlassen. Der Schwarze ist immer zu ihnen hineingestiegen, wenn er sie streicheln wollte."

„Vielleicht hat er einfach besser aufgepasst, als Matti."

Metin seufzte. „In solchen Dingen war er tatsächlich sehr achtsam. Er hat nie die Beherrschung über seine Geschöpfe verloren. Und doch: Ein kleines Mädchen hat den Bann gebrochen, mit dem er die Geißlein belegt hatte. Vielleicht war es nur die Macht des Schwarzen, die die Märchenbilder im Bann hielt. Nun ist er tot, und meine Macht genügt nicht. Sie entgleiten mir, und ich weiß nicht mehr, was ich tun soll!"

Lu starrte den alten Kurden an, dessen hagere Gestalt sich nur undeutlich vom Dunkel der Umgebung abhob. Metin war in sich zusammengesackt, und plötzlich wurde Lu bewusst, wie alt der andere war.

„Schon bald nach der Eröffnung des Märchengartens verschwand der Schwarze. Für ihn gab es nichts mehr zu tun. Ich hätte jederzeit meine Arbeit aufgegeben, um ihn zu begleiten, doch er wollte mich nicht mitnehmen. Es war damals eine Frau im Spiel, immer gab es irgendwelche Frauen in seinem Leben. Er versprach, eines Tages wiederzukommen, und er trug mir auf, bis dahin die deutsche Sprache zu beherrschen. Er ließ mir die Märchenbücher da, alle drei Bände. Dann war er fort, und ich blieb als einfacher Hilfsarbeiter im Park. Ich führte ein bescheidenes Leben. Nur selten bat ich den Esel um Geld, und die Ziegen besuchte ich nie, weil mir ihr unerklärliches nächtliches Leben unheimlich war. Für den Knüppel hatte ich glücklicherweise keine Verwendung."

„Hat der Schwarze ihn denn einmal gebraucht?"

„So stark, wie er war, hätte er es nicht nötig gehabt. Doch es gab da einen Kerl, der immer wieder versuchte, uns beide bei der Parkleitung anzuschwärzen, weil wir nachts so lange blieben und undurchsichtige Dinge trieben. Ich glaube, als der Schwarze den Knüppel mit seinem Zauber belegte, wusste er schon, dass der andere eines Nachts kommen werde, um seine Neugier zu befriedigen. Er kam tatsächlich und musste es bereuen. Der Schwarze lockte ihn und seinen Kumpan in die Nähe des Knüppels. Sie waren beide betrunken, und als sie am nächsten Tag herumschrien, der Schwarze sei ein Hexer, er habe dem Eisenknüppel befohlen, sein Gitter zu verlassen und sie grün und blau zu schlagen, glaubte ihnen natürlich niemand. Sie wurden beide wegen Trunksucht entlassen."

Lu stellte sich die Szene vor und lachte. Diese Sache mit der Zauberei war schon ziemlich cool. Dann fiel ihm etwas ein. „Du hast das Tischlein-deck-dich vergessen, das ist auch verzaubert. Schmeckt gut, der Zauber!"

„Ich habe es nicht vergessen. Vier Jahre, nachdem der Schwarze gegangen war, tauchte er plötzlich in meiner kleinen Wohnung auf. Er war abgemagert, und was er besaß, passte in zwei kleine Koffer, doch seine Kleider sahen aus wie die eines orientalischen Herrschers. Seine Unterarme und seine Brust zierten Kalligrafien. Auch Goldschmuck trug er, den er von einem echten Scheich erhalten hatte, und er erzählte wilde Geschichten von seinen Reisen. Ich nahm ihn bei mir auf, bis er etwas anderes fand, und versprach ihm, bei der Parkleitung seine Pläne für ein Tischlein-deck-dich vorzustellen, das er unbedingt bauen wollte. Er bekam den Auftrag.

Danach blieb er einige Jahre und arbeitete wie ich als Hilfsgärtner im Park. Ich fand es unerträglich, dass er sich für eine so niedere Tätigkeit hergab, die seine Künstlerhände hart und steif machte, doch er lachte nur. Er begann, nachts im Park heimliche Gelage zu feiern, lud dazu Künstler, Musiker und Vagabunden ein und bewirtete sie mit dem Tischlein. Er achtete immer darauf, dass sie nicht merkten, dass Zauberei im Spiel war, tat so, als handle es sich um geniale Tricks, mehr nicht. Das Geld des Esels ermöglichte ihm, auch in Wirtshäusern rauschende Feste zu veranstalten. Bald drängte sich die halbe Unterwelt um ihn und hofierte ihn wie einen absolutistischen Herrscher. Als ihm langweilig wurde, schuf er sich das Töpflein-koche und schenkte es großspurig dem Park. Er hatte die Arbeit im Park aufgegeben, es hieß, er verdiene Unsummen als Künstler; andere schworen, dass er nur auf kriminelle Weise zu so viel Geld gekommen sein konnte, und zu seinem Ruf als Frauenverführer kam der des Diebes und Betrügers. Ihn interessierte nicht, was die Leute sagten, er ließ nur seine eigene Meinung gelten. Wer es wagte, ihn zu kritisieren, bekam seinen Zorn zu spüren. Er liebte nur die, die bereit waren, ihn zu vergöttern. Wie ich es damals noch war."

Metins Erzählung hatte einen bitteren Beigeschmack bekommen. Lu spürte, dass der Ältere längst nicht mehr für ihn diese Geschichte erzählte, sondern um sich selbst zu erinnern. Aus Sorge, Metin werde ganz verstummen, hielt er die Luft an, bis der andere weitererzählte.

„Natürlich hinterließen die nächtlichen Gelage ihre Spuren im Park, und die Polizei war eingeschaltet worden, doch der Schwarze ließ sich davon nicht beirren und lud zu einem weiteren Fest. Ich traute mich nicht, ihn davon abzubringen, ich fürchtete seinen Zorn. Bei jenem letzten Fest fühlte ich mich krank. Er schickte mich nach Hause, und so kam es, dass ich nicht dabei war, als die Polizei auftauchte. Sie kamen mit mehreren Mannschaftswagen und machten einen guten Fang, denn gerade an jenem Abend waren viele Diebe, Hehler und Betrüger da, sie hatten sich von den legendären Geschenken locken lassen, die der Schwarze seinen Gästen machte. Die anderen, die Musiker und Künstler, Philosophen und Dichter, hatten Verstand genug gehabt, um die überfällige Razzia vorherzusehen.

Der Polizei war der Schwarze damals wohl schon bekannt, jedenfalls steckten sie ihn für ein halbes Jahr ins Gefängnis, und ich bekam die Aufgabe, mich um seine Sachen zu kümmern. Es war nicht viel, er lebte von der Hand in den Mund oder besser gesagt vom Goldesel in die Hosentasche. Doch es befand sich ein kleines schwarzes Buch darunter. Es wurde ein langes halbes Jahr und meine Neugier … Nun, ich habe die Aufzeichnungen des Schwarzen studiert. Es stand alles darin über seine Magie, das dachte ich jedenfalls. Und so begann ich, zu lernen."

„Heißt das, du kannst es auch?", fragte Lu aufgeregt.

„Ich habe alles abgeschrieben, war wie besessen von dem Wunsch, dieselbe Macht zu besitzen, die der Schwarze über Menschen und Dinge hatte.

Natürlich feierte er seine Entlassung mit einem großen Fest. Ich beschaffte ihm das dafür notwendige Geld vom Goldesel, da er es nicht für ratsam hielt, sich gleich wieder in den Park zu stehlen. Wir feierten also in seiner

Stammkneipe. Es ging hoch her, und so war ich überrascht, zwischen den geladenen und ungeladenen Gästen ein junges Mädchen zu entdecken, das kaum sechzehn Jahre alt sein konnte. Sie hatte eine wilde rote Mähne und blitzende grüne Augen, und obgleich ich zehn Jahre älter war als sie, ließ sie sich von mir einladen und tanzte mit mir, und als ich sie küsste, lachte sie wegen meines Schnurrbarts. Um sie zu beeindrucken, erzählte ich ihr von den Geheimnissen des Märchengartens. Natürlich glaubte sie mir nicht und wollte auch nicht mit mir alleine nachts in den Park gehen; als ich es vorschlug, lachte sie noch mehr und brach mir fast das Herz mit ihrem Lachen. Nicht, weil sie mich ausgelacht hätte, nein, das hat sie niemals getan. Doch ich fühlte mich so unbedeutend und schämte mich wegen meiner geringen Körpergröße. Wie konnte ich dieses wunderbare Mädchen für mich gewinnen? Ich war hilflos in meiner Liebe."

Lu lauschte mit klopfendem Herzen dieser Erzählung und fühlte sich dabei wie ein heimlicher Zuhörer. Er glaubte zu wissen, wer das rothaarige Mädchen gewesen war, das Metin vor so langer Zeit das Herz geraubt hatte. Sie besaß es immer noch, hatte es nie zurückgegeben. Metin und Oma, sie waren ein Paar gewesen, und nun waren sie es wieder. Doch war das schon alles? Lu musste wissen, wie weit diese Liebe damals gegangen war, doch in der tiefen, kalten Höhle in seinem Inneren hob das Rauschen schon seinen Kopf.

„Du hast mir noch nicht erzählt, warum du im Park lebst", erinnerte er den Alten.

„Es ist spät, wir sollten etwas schlafen."

„Du weichst mir aus."

„Nein, Lu, *du* weichst dir aus. Ich lebe im Park, weil ich meine eigenen Geschöpfe bewachen muss. Ich habe die Kontrolle über sie verloren. Doch ich kann nicht weitererzählen, ohne über deine Eltern zu reden."

Das Rauschen musste längst bereit zum Sprung gewesen sein, so plötzlich stürzte es sich auf ihn. Er machte sich stocksteif, hielt den Atem an, in der Hoffnung, so dem Pochen und Rauschen die Nahrung zu entziehen, doch es wurde nur umso mächtiger. Lu wollte nicht aufgeben, er wollte stärker sein als das hinterhältige Biest, also versuchte er es mit ruhigen Atemzügen. Er zählte bis zehn, dann war ihm schwindelig, aber die Nacht war nicht mehr undurchdringlich, und das Rauschen hatte sich etwas zurückgezogen und umkreiste ihn wie eine hungrige Raubkatze.

„Ich will nicht über sie reden", hörte er sich selbst sagen.

„Ich weiß, was du fühlst", behauptete Metin. „Ich habe es genauso gemacht, damals, als ich alleine in dieses Land kam. Der Schwarze musste mich aufbrechen wie eine Auster, es hat wehgetan und vielleicht hätte es einen sanfteren Weg gegeben. Doch in einem hatte der Schwarze recht: Du bist nichts ohne deine Wurzeln. Selbst wenn ein brutales Schicksal deine Wurzeln mit dem Messer von dir getrennt hat, darfst du doch nie vergessen, dass du sie einmal hattest und sie dich zu dem gemacht haben, was du heute bist. Du brauchst die Erinnerung, um neue Wurzeln wachsen zu lassen, die dich mit Kraft versorgen und in der Erde verankern, denn sonst wirst du bald nur noch ein verkümmertes Pflänzchen sein, das der Wind fortträgt, wann immer es ihm gefällt."

Lu spürte, dass etwas die fauchende Raubkatze zurückhielt. Sein Inneres war zerrissen. Ein Teil wollte sich Metin anvertrauen, der so viel über Lus Schmerz zu wissen schien, der andere Teil arbeitete eifrig an einer Schutzmauer aus

Vorwürfen: Metin wolle ihm seine Oma wegnehmen und Matti dazu, weil sie aussah, als könne er ihr Opa sein, mit ihrer dunklen Haut und den Augen, die wie mit Kajal nachgezogen schienen. Er selbst dagegen hatte milchweiße Haut und blaue Augen, und sein schwarzes, glattes Haar ließ ihn nur noch blasser aussehen. Nein, es konnte nicht Lu sein, um den es Metin ging, der alte Kurde wollte seine Jugendliebe wiederhaben, und er wollte Matti, der er Kosenamen in einer fremden Sprache gab, während er ihr über das Haar strich.

„Ich will nicht über sie reden!", sagte Lu noch einmal.

„Es wird dich zerstören. Du musst dich deinem Schmerz stellen, Lu, es ist keine Schande, zu trauern und zu weinen. Deine Eltern haben dich sehr geliebt, sie können auch jetzt noch für dich da sein und dir Kraft geben, wenn du es zulässt. Nein Lu, lauf nicht wieder weg! Lu!"

Metin hielt Lu umklammert. Er war stark, Lu wunderte sich, wie viel Kraft in dem kleinen, alten Mann steckte. Auch die Raubkatze wunderte sich darüber, das Rauschen tobte in Lus Kopf, konnte aber die Stimme des Alten nicht ertränken, die immer wieder seinen Namen rief, ihn bat, er solle zu sich kommen …

Dass er nicht entkommen konnte, machte Lu wütend, und die Wut half ihm, die Katze in ihre Höhle zu jagen. Sein Kopf fühlte sich plötzlich klar und kalt an.

„Lass mich los!", schrie er Metin an. „Es geht dich nichts an, was ich will und was ich nicht will. Es ist mir egal, was du im Park treibst, und es ist mir egal, ob du mein Großvater bist. Du warst nicht da, als wir dich gebraucht hätten, also misch dich jetzt nicht ein, wo wir auch ohne dich klarkommen!"

Der Alte hatte ihn freigegeben, war zurückgezuckt, als habe Lu ihn geschlagen. Das machte Lu nur noch wütender. Plötzlich war ihm die ganze Welt zuwider.

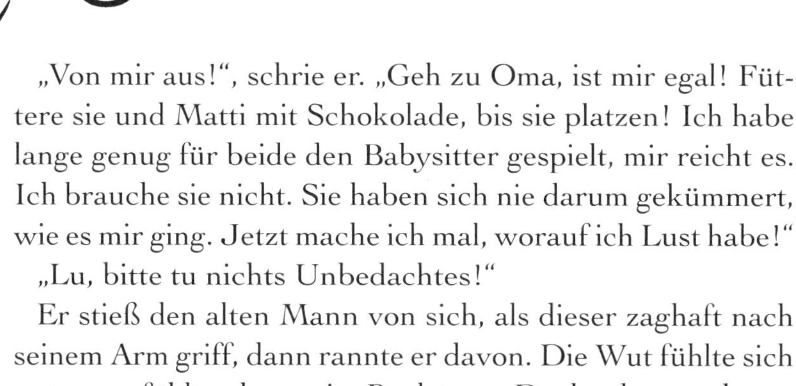

„Von mir aus!“, schrie er. „Geh zu Oma, ist mir egal! Füttere sie und Matti mit Schokolade, bis sie platzen! Ich habe lange genug für beide den Babysitter gespielt, mir reicht es. Ich brauche sie nicht. Sie haben sich nie darum gekümmert, wie es mir ging. Jetzt mache ich mal, worauf ich Lust habe!“

„Lu, bitte tu nichts Unbedachtes!“

Er stieß den alten Mann von sich, als dieser zaghaft nach seinem Arm griff, dann rannte er davon. Die Wut fühlte sich gut an, er fühlte, dass er im Recht war. Doch schon nach wenigen Metern zwang ihn der Schmerz in seinem verstauchten Knöchel, langsamer zu werden. Ihm wurde schlecht, als er daran dachte, wie verzweifelt Oma und Matti sein würden. Er hatte gar nicht vor, wegzulaufen, nicht richtig jedenfalls, aber genau das würden die beiden glauben.

Lu blieb stehen. Ein wenig sollten sie alle leiden, es war nur gerecht. Aber im Grunde konnten sie nichts dafür, dass niemand für ihn da gewesen war in den letzten beiden Jahren. Seine Oma war krank gewesen und Matti ein kleines Kind. Lu drehte sich um. Metin stand mit hängenden Schultern am See. Nein, auch ihm wollte Lu nicht wehtun. Langsam ging er zurück.

„Ich brauche ein bisschen Zeit für mich“, sagte er. „Im Gärtnerhaus wird es ohnehin zu eng. Ich hole mein Zeug und ziehe in den Turm.“

„Zu Rapunzel“, sagte Metin in einem seltsamen Tonfall.

„Ja, zu Rapunzel.“

Metin schien mit sich zu kämpfen. Dann nickte er langsam.

„Wie du willst“, sagte er.

„Riecht das aber lecker! Was ist das?“, fragte Matti.

Sie schien überhaupt nicht müde zu sein, obwohl es bereits auf die zweiundzwanzig Uhr zu ging. Sie hätte Sena heißen sollen, dachte Metin einmal mehr, so, wie seine kleine Schwester geheißen hatte. Deutsche Kinder waren abends müde, oder zumindest meinten deutsche Eltern, ihre Kinder müssten abends müde sein. In seinem Heimatdorf waren die Kinder nie vor den Erwachsenen schlafen gegangen. In seinem Heimatdorf hatten alle Kinder den Geruch von Türlü Kebab gekannt. Metin löffelte eine Kostprobe aus dem Topf, blies sachte darüber und bot sie Matti an.

„Das ist der Geschmack meiner Heimat.“

„Mmmm!“, machte Matti. „Ich mag kurdisches Essen. Oder ist das türkisch?“

Metin wuschelte ihr durchs Haar. Sie hat den Unterschied verstanden, dachte er. Aber sie konnte nicht wissen, was dieser Unterschied bedeutet hatte, damals, als er ein Kind war.

Seufzend ließ er den Blick über den Park wandern. In der kühlen Luft lag noch der Duft des Gewitters, das die Touristen vor der Zeit aus dem Park getrieben hatte. Von dem kleinen Platz vor dem Weinberghaus hatte man einen schönen Blick auf den See, in dem sich der Mond spiegelte. Das Weinberghaus stand auf der höchsten Ebene des oberen Ostgartens. Metin hatte den Grill, den die Parkarbeiter manchmal benutzten, so aufgestellt, dass er von den Gärten jenseits des Parks nicht gesehen werden konnte. In den vielen Jahren im Park hatte er gelernt, ihn als Herd zu benutzen. Jetzt dampfte das Türlü Kebab in dem außen völlig verrußten Aluminiumtopf und duftete nach seiner Kindheit. Doch die feuchte Luft erinnerte ihn schnell wieder daran,

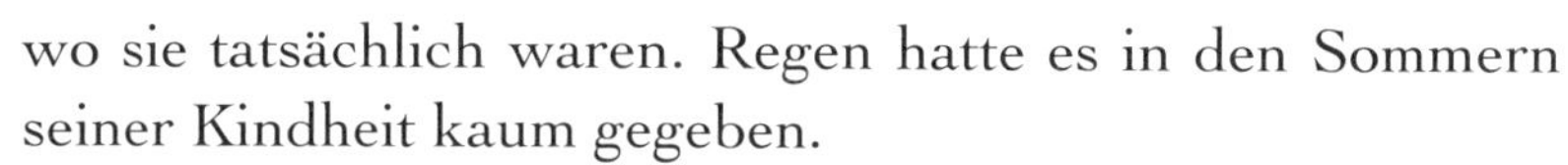

wo sie tatsächlich waren. Regen hatte es in den Sommern seiner Kindheit kaum gegeben.

„Wie war's beim Arzt?"

Metin wandte den Kopf zu Lu, der unter der Laterne stand, die Metin als Küchenlicht aufgehängt hatte. Der Junge lehnte an einem der Pfähle, die die Holzveranda stützten. Es war der erste vollständige Satz, den Lu gesprochen hatte, seit er in der Nacht zuvor mit Sack und Pack in den Turm gezogen war. Seit Metin ihn geholt hatte, um mit ihnen zu essen, hatte Lu schweigend mit seinem Taschenmesser an Holzklötzchen geschnitzt und sehr unglücklich dabei ausgesehen. Vielleicht waren es die Erlebnisse im Turm, die er spätestens am Morgen gehabt haben musste, die dem Jungen so zu schaffen machten. Doch Metin glaubte, dass Lu, der von selbst gegangen war, sich nun ausgeschlossen fühlte. Es musste ihn sehr verletzen, zu glauben, dass Metin seinen Platz in der Familie eingenommen hatte.

„Ich bin froh, dass ich dort war", antwortete Rose-Marie, und Metin sah Lus Mundwinkel zucken. Der Junge, der gegen den Arztbesuch gewesen war, nahm ihre einfache Feststellung als Vorwurf. „Er will noch ein paar Untersuchungen vornehmen, aber er meint, ich hätte gute Chancen. Ein bisschen schusselig werde ich wohl bleiben, aber mit der richtigen Therapie droht mir kein Totalabsturz. Ist das gut so?", fragte sie an Metin gewandt und zeigte ihm den Teigfladen, den sie geformt hatte.

„Wunderbar!", antwortete er und nahm sich vor, später mit Rose-Marie zu reden. Sie schien nicht zu merken, wie Lu mit sich kämpfte. Auch mit ihm würde er reden. Später. Jetzt erst einmal nahm er den Topf vom Feuer und stellte ihn auf den Boden. Dann holte er eine kleine, gusseiserne Pfanne hervor und stellte sie auf den Grillrost.

„Bäckt man so in deiner Heimat Brot?“, fragte Matti, als er einen Teigfladen in die Pfanne legte. Er lachte.

„So bäckt man Brot im Blühenden Barock. Und überall dort, wo es keinen Ofen gibt.“

Rose-Marie formte einen weiteren Fladen, wischte sich dann die mehligen Hände an einem Handtuch ab und trat zu Lu, der in sein Schweigen zurückgefallen war.

„So hat der Schwarze auch oft dagestanden“, sagte sie. „Was schnitzt du denn?“

Wortlos streckte Lu ihr sein Werk entgegen, doch Matti war es, die es ihm aus der Hand schnappte.

„Wird das eine Maus?“

„Ja.“

„Du hast ihren Schwanz vergessen!“

Lu ging auf die Knie und nahm Matti die Holzmaus aus der Hand. „Siehst du das Loch hier?“, fragte er.

„Damit macht sie Mäusedreck!“, kicherte Matti.

„In dem Loch befestige ich ein Stück Schnur, und schon hat die Maus einen schönen, langen Schwanz“, erklärte Lu.

„Du hast Talent“, bemerkte Rose-Marie, und Metin dachte einen Augenblick, sie werde hinzufügen, dass er es von seinem Großvater geerbt habe. Er war dankbar, dass sie es nicht tat.

Lu schüttelte nur den Kopf. Er zog etwas aus der Hosentasche und hielt es in das Licht der Laterne. „So müsste ich schnitzen können, dann hätte ich Talent!“

„Das ist eine Ziege!“, jubelte Matti. „Schenkst du sie mir?“

„Die muss der Schwarze …“, rief Rose-Marie, doch Metin unterbrach sie scharf.

„Wo hast du die her?“

Lu zuckte mit den Schultern. „Ich habe sie im Turm gefunden, in einem Versteck im Fußboden.“ Er zog noch

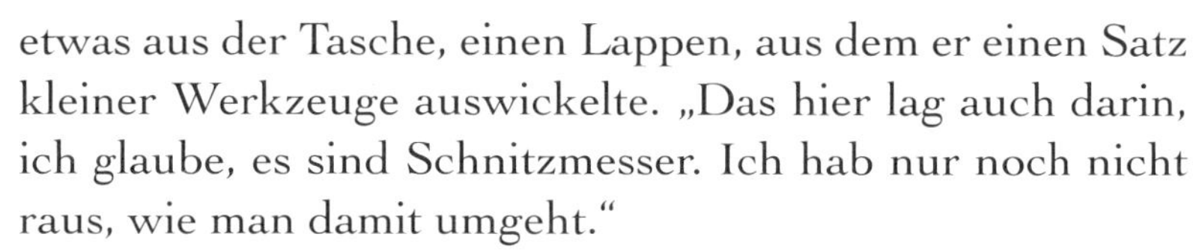

etwas aus der Tasche, einen Lappen, aus dem er einen Satz kleiner Werkzeuge auswickelte. „Das hier lag auch darin, ich glaube, es sind Schnitzmesser. Ich hab nur noch nicht raus, wie man damit umgeht."

„Vielleicht kann ich es dir zeigen", sagte Metin und sah den Jungen prüfend an. „Hast du noch etwas anderes gefunden?"

„Nein", antwortete Lu und sah ihm trotzig in die Augen. „Dein Brot verbrennt gerade."

Während Metin fluchend an seinen Grill-Herd eilte, drückte Lu seiner kleinen Schwester die Ziege in die Hand und nahm ihr dafür die Maus wieder ab. Er schnitzte weiter daran herum, obgleich er wusste, dass er sie nur noch verderben konnte. Aber er musste seine Gefühle unter Kontrolle bekommen und hatte festgestellt, dass das Schnitzen dabei half.

Die vergangenen vierundzwanzig Stunden hatten ihm sehr zugesetzt. Lu musste sich eingestehen, dass ihm davor graute, eine weitere Nacht im Turm zu verbringen, doch ins Gärtnerhaus zurückzukehren und zuzuschauen, wie Metin, Oma und Matti einen auf Happy Family machten, kam definitiv nicht infrage.

Als er in der vorangegangenen Nacht seine Sachen geholt hatte, wäre Lu froh gewesen, wenn Oma ihn aufgehalten hätte. Doch sie hatte nur dagestanden, und Metin hatte sie in den Arm genommen. Es gab jetzt jemand anderen, der sich um sie kümmerte, der auch Matti beschützen würde. Lu war gegangen, weil es für ihn dort keinen Platz mehr gab. Seine Tränen hatte er zurückgehalten, bis er sein Gesicht in Rapunzels Haaren vergraben konnte, die ihn mitsamt seiner Sachen zu sich hochgezogen und mit offenen Armen empfangen hatte. Sie hatte ihn getröstet, ja, sie hatte ihn glücklich gemacht, ihn vergessen lassen. Bis in die frühen Morgenstunden. Lu sah wieder das Morgengrauen in ihr rundes Turmzimmer kriechen. Rapunzel hatte die Kerzen gelöscht, die immer brannten, wenn sie ihn nachts empfing. Lu hatte ihr vom Bett aus zugesehen. Das grob gezimmerte Holzbett war das einzige Möbelstück in dem kleinen Raum. Lus Schlafsack und seine Isomatte lagen noch aufgerollt mitten auf dem Boden, daneben seine Gitarre und die Tasche mit den wenigen Dingen, die er im Park brauchte. Rapunzel war zu ihm zurückgekehrt und hatte sich neben ihn gelegt.

„Es wird Morgen", hatte sie mit ihrem süßen Lächeln gesagt. „Ich muss nun schlafen."

In diesem Augenblick war Lu selig gewesen. Er würde hier bei ihr bleiben, ihren Schlaf bewachen und neben ihr schlafen. Er würde seine Tage und Nächte nun mit Rapunzel verbringen, und sicher konnte es nichts Schöneres auf der Welt geben, als mit ihr zusammenzusein. Eine Welle der Zärtlichkeit überflutete ihn, während er sanft mit den Fingerspitzen ihr schönes Gesicht streichelte, die zart geschwungenen Brauen über den geschlossenen Augen nachfuhr, und seine Lippen auf ihre Stirn senkte, um sie zu küssen, ganz zart nur, denn sie schlief bereits und er wollte sie nicht wecken. Doch was seine Lippen berührten, war ein Stück Holz.

Die Erinnerung zerriss Lu das Herz. Mit dumpfer Verwunderung nahm er durch den Schmerz hindurch wahr, wie heftig ein zerrissenes Herz klopfen konnte. Am Morgen war der Schock zu groß gewesen, um wehzutun. Lu war zurückgeprallt und hatte fassungslos die Holzfigur angestarrt, die neben ihm auf dem Bett lag. Er war aufgesprungen und so weit zurückgewichen, wie es die runden Mauern des Turms zuließen. Dann war er mit dem Rücken an der Wand zu Boden gerutscht. Hatte dort gesessen, wie es ihm nun schien, stundenlang. Er hatte die glatte, hölzerne Skulptur angestarrt, deren weiche Rundungen eine ruhende Frau mehr andeuteten als zeigten. Und selbst nachdem die Sonne längst aufgegangen war und ihre Strahlen durch das Turmfenster direkt auf das Bett sandte, blieb Rapunzels Kopf ein glattes, konturloses Oval. Die hölzerne Frau, die dort lag: Sie hatte kein Gesicht.

Irgendwann war die Sonne hinter blauschwarzen Regenwolken verschwunden. Ein heftiges Gewitter hatte Lu aus seiner Apathie geweckt. Er war aufgestanden und hatte den Raum mit neuen Augen betrachtet. Selbst die Kerzen, die er so oft hatte brennen sehen, waren aus Holz geschnitzt. Die Matratze, auf der er wenige Stunden zuvor noch weich gelegen hatte: Holz. Das Einzige in diesem Raum, das nicht aus Holz geschnitzt war, waren Lus Sachen, die mitten im Raum verstreut lagen. Da sich die Strickleiter unter dem Fenster als nutzloser hölzerner Haufen entpuppte, war Lu gefangen. Die einzige Tür war abgeschlossen. Ihm blieb nichts anderes übrig, als zu hoffen, dass Rapunzel in der Nacht wieder aufwachen werde, und sich all die geschnitzten Requisiten wieder verwandelten.

Um das gesichtslose Etwas auf dem Bett nicht ansehen zu müssen, begann Lu, den kahlen Raum abzusuchen. Viel gab es nicht zu entdecken, also konzentrierte er sich auf Details: Abblätternder Putz an der Decke, Unebenheiten der Wand, dunklere Ritzen und Farbabweichungen der Holzdielen des Bodens. So kam es, dass er die geheimen Verstecke des Schwarzen fand. Im ersten, kleineren, hatte er die Schnitzmesser und kleinen Holzfiguren entdeckt, unter ihnen die Ziege. Helle Blöckchen aus weichem Holz warteten nur darauf, in weitere Kunstwerke verwandelt zu werden. Lu hatte fast den ganzen restlichen Tag damit verbracht, sich im Schnitzen zu versuchen, während draußen ein Wolkenbruch nach dem anderen niederging. Mit den Schnitzmessern kam er nicht zurecht, doch sein Geburtstagsgeschenk, das Taschenmesser, erwies sich als hilfreich.

Wann immer das Schnitzen ihm langweilig wurde oder der Hunger ihn zu sehr plagte, suchte Lu verbissen nach weiteren Verstecken, und so kam ein großes Fach in dem so massiv scheinenden Bettgestell zum Vorschein,worin sich Bücher und ein alter Taschenkalender befanden. Lu warf einen kurzen Blick auf die ersten Seiten des Kalenders und fand dort vor Jahrzehnten verstrichene Termine. Die meisten Eintragungen bestanden nur aus einzelnen Buchstaben oder Abkürzungen, hingeworfen in einer ausschweifenden Handschrift, die sich wenig um Linien und Begrenzungen scherte. Wer so schrieb, hatte wohl keine andere Wahl, als abzukürzen. Achtlos warf Lu den Kalender beiseite, um mit klopfendem Herzen die Bücher zu durchsuchen, doch er wurde enttäuscht: Das von Metin erwähnte Buch des Schwarzen war nicht darunter. Zwei Märchenbücher und eines mit Sagen legte er beiseite, in der Hoffnung, dass sie ihm später die Langeweile vertreiben würden. Die anderen waren in Sprachen gedruckt, die er nicht lesen konnte, eines sogar in fremden Schriftzeichen, die er für arabisch hielt. Viele Seiten waren mit großen, kunstvollen Kalligrafien geschmückt.

Lu hatte ein ungutes Gefühl wegen seiner Schnüffelei und wollte die Geheimfächer schließen, bevor Rapunzel erwachte. Vielleicht würde sie ihm übel nehmen, dass er die

Sachen gefunden hatte, vielleicht würde sie es als Vorwand nehmen, ihn bei sich eingesperrt zu lassen. Als er die Bücher in das Fach zurück räumte, hörte er Metall klimpern. Verborgen im Geheimfach hing ein großer Schlüsselbund an einem Nagel. Mit einem Satz war Lu bei der Tür. Hastig probierte er einen Schlüssel nach dem anderen. Die Sonne, eben erst den abziehenden Wolken entkommen, versank bereits hinter den Bäumen. Plötzlich graute ihm vor Rapunzel. Er glaubte, vom Bett her eine Bewegung wahrzunehmen, während er einen weiteren Schlüssel ins Schloss steckte. Der schien zu passen, doch das Schloss klemmte. Lu rüttelte heftig an der Tür, der Schlüssel drehte sich, die Tür sprang auf und er floh die Treppen ins Dunkel hinab.

„Wann kommst du zu uns zurück?"

Omas Stimme und ihre Hand auf seinem Arm holten Lu aus seiner Erinnerung. Verwundert starrte er das Stück Fladenbrot an, in das er eben im Begriff war hineinzubeißen. Der vorhin noch brüllende Hunger war verstummt und hatte einer angenehmen Sättigung das Feld geräumt. Genau genommen verspürte Lu nicht die geringste Lust, zu dem Holzklotz im Turm zurückzukehren, zumal Rapunzel offensichtlich weder Essen noch Trinken benötigte, und auch die fehlende Toilette hatte Lu einigermaßen zu schaffen gemacht. Doch seine kleine Schwester kam ihm zuvor.

„Gar nicht!", meckerte Matti herzlos fröhlich. „Der Dachboden ist jetzt mein Zimmer. Lu hat sein eigenes im Turm!"

Sein kleines Schwesterlein, für das er immer Zeit gehabt hatte! Sie schien ihn nicht im Geringsten zu vermissen, hing ständig an dem alten Kurden und ließ sich von ihm durchknuddeln. So sah es also aus!

„Unsinn!“, widersprach Oma. „Lu kann jederzeit wieder bei dir auf dem Dachboden schlafen!“ Dann fügte sie, etwas verlegen, hinzu: „Metin und ich haben beschlossen, im Erdgeschoss zu schlafen. Zu viert wäre es doch etwas eng unter dem Dach.“

„Kein Problem, ihr könnt ruhig zu Matti hoch!“, erwiderte Lu cooler als er sich fühlte. Der Blick, den Oma und Metin tauschten war eindeutig: Sie hatten nicht vor, das zu tun. Diese Vertrautheit machte ihn wütend. „Mir geht's prächtig im Turm, und wenn was ist, wisst ihr ja, wo ihr mich findet“, blaffte er.

Wieder tauschten seine Großmutter und ihr neuer alter Freund einen dieser Blicke. Lu schnaubte und wandte sich ab. Was für eine groteske Vorstellung: Nach all der langen Zeit, in der er sein eigener Herr war, in der er für seine Oma und seine kleine Schwester gesorgt hatte, sich nachts durch den Park und in die Wohnung gestohlen hatte, sollte er nun mit Matti oben schlafen, während die beiden Alten am Fuß der Treppe lagen und ihm so den Weg nach draußen versperrten. Dachten sie, er würde künftig den braven Jungen spielen und fragen, ob er nach dem Abendbrot noch im Park spielen dürfe? Oder dachten sie etwas ganz anderes? Hofften sie, er werde fortbleiben, so dass sie ihre Ruhe hatten?

Metin beobachtete sorgenvoll, wie Lu sich abwandte und einem Pfosten einen wütenden Fußtritt verpasste. Rose-Marie schüttelte nur den Kopf, sie verstand den Jungen nicht. Metin war klar, dass nur er Lu helfen konnte, den Weg zurück zu finden. Zumindest würde er es versuchen.

„Ihr beide könnt schlafen gehen“, sagte er zu Rose-Marie und Matti. „Ich werde hier später noch aufräumen,

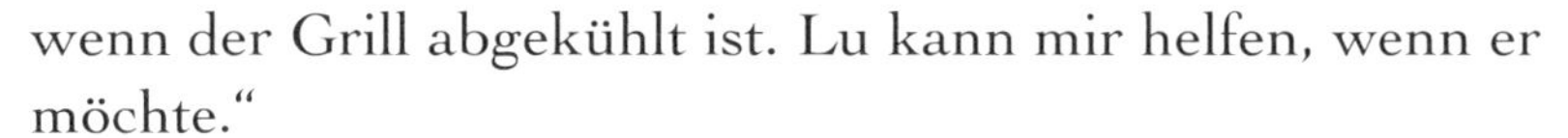

wenn der Grill abgekühlt ist. Lu kann mir helfen, wenn er möchte."

Er nahm einen Eimer mit Sand, den er am frühen Abend vom Spielplatz geholt hatte, und leerte ihn auf die noch schwelende Glut, um diese zu ersticken. Rose-Marie nahm die protestierende Kleine bei der Hand und verschwand mit ihr in die Dunkelheit.

„Ich bin froh, dass es Matti unter dem Dach gefällt", bemerkte Metin beiläufig. „Für dich wäre es natürlich bequemer im Erdgeschoss, aber wir können Matti nicht alleine unten schlafen lassen, das wirst du verstehen. Auch wenn du irgendwann deine Einsiedelei satt haben solltest und zu uns ziehst, wirst du deine nächtliche Herumtreiberei wohl kaum ganz aufgeben wollen. Und dann wäre sie unten mit dem offenen Fenster völlig ungeschützt – und unbeobachtet, nebenbei."

Lu schnaubte, doch es war ein halbes Lachen, dieses Schnauben. Der Junge hatte seine kleine Schwester oft genug nachts suchen müssen. Metin wartete, doch Lu blieb bei seiner abwehrenden Haltung, also erklärte er mit Nachdruck: „Selbst wenn ich dich nicht dazu bewegen kann, zurückzukommen, was ich sehr traurig fände, werden Rose-Marie und ich unser Schlafzimmer im Erdgeschoss behalten. Ich habe lange, einsame Jahre hinter mir, und Rose-Marie hatte zwar euch beide, worum ich sie nur beneiden kann; doch, nimm es mir nicht übel, so tapfer und liebevoll du auch gewesen bist, so warst du doch kein Ersatz für einen Mann!"

Lu saß still auf einer niedrigen Mauer. Er machte nicht mehr den Eindruck, als wolle er jeden Augenblick davonlaufen. Metin hätte ihn gerne in den Arm genommen, doch das wagte er nicht. Stattdessen fragte er: „Willst du nicht deine Gitarre holen?"

Der Junge zuckte, wandte den Kopf und sah in die Richtung, wo sich hinter den Bäumen verborgen die Emichsburg erhob.

„Heute lieber nicht", antwortete er. „Erzähl mir lieber noch etwas über den Märchengarten. Welche Märchenbilder sind noch verzaubert?"

„Lass mich überlegen ... Ich habe dir von den Geißlein erzählt und vom Tischlein, vom Goldesel und vom Knüppel ..."

„Und vom Töpfchen-koche. Welche gibt es noch?"

„Nun, es gibt da den Riesen Goliath, die Hexe – und natürlich Rotkäppchen. Willst du ein Schauermärchen hören? Dann erzähle ich dir von Rotkäppchen und dem bösen Wolf."

„Das Märchen kennt ja wohl jedes Kind."

„Ja, aber weißt du auch, dass es jede Nacht aufs Neue passiert, hier im Park? Nacht für Nacht, immer wenige Minuten nach vier Uhr, erwachen Rotkäppchen und der Wolf an der abgebildeten Stelle des Märchens: Das Rotkäppchen fragt, warum die vermeintliche Großmutter denn so große Zähne hat, und der Wolf reißt sein Maul auf, springt aus dem Bett und verschlingt das arme, schreiende Kind."

„Krass! Ich glaube, ich habe sie tatsächlich mal schreien gehört. Und wie kommt Rotkäppchen wieder raus aus dem Wolfsbauch? Die beiden sehen doch jeden Morgen aus, als wäre nichts passiert!"

„Der Wolf schleppt sich mit riesigem Wanst aus dem Haus und legt sich draußen unter einen Baum. Dann kommt der Jäger und hüpft aufgeregt um die beiden herum. Er ist nur ein Schatten, eine körperlose, durchsichtige Gestalt, weil es keine Jägerpuppe bei dem Märchenbild gibt. Deshalb kann er dem Wolf auch den Bauch nicht

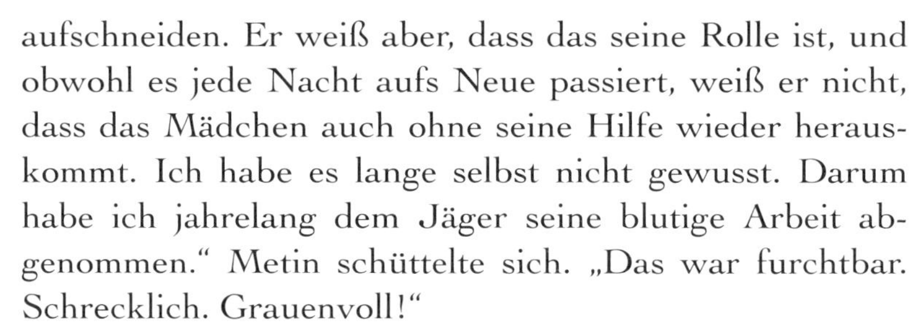

aufschneiden. Er weiß aber, dass das seine Rolle ist, und obwohl es jede Nacht aufs Neue passiert, weiß er nicht, dass das Mädchen auch ohne seine Hilfe wieder herauskommt. Ich habe es lange selbst nicht gewusst. Darum habe ich jahrelang dem Jäger seine blutige Arbeit abgenommen." Metin schüttelte sich. „Das war furchtbar. Schrecklich. Grauenvoll!"

„Heißt das, du hast dem Wolf den Bauch aufgeschnitten? Und dann ist Rotkäppchen einfach rausgekrabbelt?"

„Nicht nur Rotkäppchen, sondern auch die Großmutter. Die allerdings nur als Schatten. Mein einziger Trost war, dass die beiden stets unverletzt und rein aus dem Bauch stiegen, während meine Arme und Hände vom Blut des Wolfs trieften."

„Hört sich echt eklig an!"

„Oh ja! Ich war unendlich erleichtert, als ich erfuhr, dass es auch ohne mich ging. Das geschah erst vor wenigen Tagen. Das ganze scheußliche Märchen spulte sich vor meinen Augen zurück wie ein Film. Auch das ist kein schöner Anblick, das darfst du mir glauben!"

„Also ehrlich gesagt, würde ich schon gerne …"

„Das ist kein Kinofilm, du steckst mitten drin und alles ist sehr real!"

„Schon gut, ich werde nicht hingehen."

Sie schwiegen, und Metin hätte schwören mögen, dass der Junge überlegte, ob er eben ein Versprechen gegeben hatte, das er halten musste. Für Lu hörte sich das alles sicher wie ein großes, spannendes Abenteuer an. Doch es zeigte sich, dass etwas ganz anderes Lu beschäftigte.

„Ist das bei allen Märchenbildern so?", fragte er. „Ich meine, dass das Märchen sich tatsächlich verwirklicht. Und dass es hinterher wieder zurückgedreht wird."

„Nein“, seufzte Metin und fühlte, dass er nun seine Rolle würde beichten müssen. „Es ist nur bei den stümperhaft gemachten Märchenbildern so. Die Werke des Schwarzen machen keine Probleme – jedenfalls war es so, bis Matti aufgetaucht ist. Ich weiß wirklich nicht, wie sie es geschafft hat, die Geißlein zu befreien!“

Lu schien in seinen eigenen Gedanken gefangen. „Können die Märchenfiguren auch …“, er zögerte, suchte nach Worten, „ … können sie auch sterben? Oder können sie … schwanger werden? Kinder bekommen?“

Metin stutzte. Er schüttelte den Kopf und sah zu Boden, damit Lu ihn nicht schmunzeln sehen sollte. „Nein“, sagte er, „das ist unmöglich. Dafür würde eine Nacht auch kaum ausreichen, nicht wahr? Ob sie allerdings sterben können …“ Nachdenklich wiegte er den Kopf. Er dachte an die Knochenhaufen der vergangenen Nächte. Und an die verschwundenen Sieben Geißlein.

„Und das mit den Schatten – bei welchen Märchenbildern gibt es die?“

„Beim Rotkäppchen sind es der Jäger und die Großmutter. Und bei Hänsel und Gretel gibt es einen weißen Vogel, aber den sieht man nicht oft.“

„Ich glaube, ich habe ihn gesehen! Sonst gibt es keine?“

„Nicht, dass ich wüsste. Ganz sicher aber gibt es weder die Hexe, die Rapunzel gefangen hält, noch den jungen Prinzen, der sie im Turm findet.“

Lu zuckte und starrte ihn an.

„Du bist dir doch im Klaren darüber, dass sie kein Mensch ist?“, fragte Metin sanft.

„Oh ja!“, brach es aus dem Jungen heraus. „Sie ist ein Holzklotz. Tagsüber ist sie ein Stück Holz ohne Gesicht!“

Sie schwiegen. Metin stand auf um nach dem Grill zu sehen, doch dieser war noch zu heiß, um ausgeleert zu werden.

„Matti konnte die Geißlein befreien", sagte Lu. „Ich glaube, ich habe am Tag darauf eines gesehen, tagsüber meine ich. Wenn die Geißlein von ihrem Bann befreit werden konnten und nun lebendig sind, dann müsste das doch auch bei Rapunzel ..."

„Warum fragst du?"

Lu antwortete nicht.

„Du bist verliebt."

„Ja." Es war mehr ein Seufzer als ein Wort.

„Du glaubst, sie liebt dich auch?"

„Ich weiß es! Zweifelst du daran?"

Diesmal blieb Metin die Antwort schuldig. Wie sollte er es dem Jungen erklären?

„Du glaubst mir nicht!", rief Lu. „Aber ich weiß, dass sie mich liebt!"

„Natürlich tut sie das", seufzte Metin. „Sie liebt dich, weil der Schwarze sie zu diesem einen Zweck geschaffen hat. Ich fürchte, sie würde jeden lieben, der nachts am Turm ruft, sie solle ihr Haar herab ..."

„Das ist nicht wahr! Woher willst du das wissen?"

Metin schwieg verlegen. Er schämte sich, dass er dem Jungen so seine erste Liebe nehmen musste.

Lu keuchte. „Du ...?"

„Nur einmal. Es ist sehr lange her."

Lu starrte den alten Kurden an. Er hätte niedergeschmettert sein müssen, doch das war er nicht. Plötzlich wurde ihm klar, dass er ohnehin nicht vorgehabt hatte, zu Rapunzel zurückzukehren. Der Schock, ihre hölzerne Gestalt, hatte seine Gefühle für sie weggewischt. Er war vor ihr geflohen wie vor einem Monster, und er wollte erst wieder bei Tageslicht zurück in den Turm, um seine Sachen zu holen.

„Wie kommt es, dass niemand davon weiß?“, fragte er. „Hat denn nie jemand den Turm betreten?“

„Oh doch! Rapunzels Zimmer gilt als eine besondere Attraktion! Der Verwalter, Direktor Baum, führt manchmal besondere Gäste dorthin. Doch wenn man das Zimmer durch die Tür betritt, bleibt Rapunzel eine Skulptur, eine wunderschöne, hölzerne Skulptur. Und die geschnitzte Strickleiter, die Kerzen, ... Der Schwarze hat dieses Kunstwerk dem Park geschenkt unter der Auflage, dass an dem Raum nichts verändert werden dürfe, solange er lebe. Einen Vertrag hat er sogar aufgesetzt, in dem das alles genau geregelt ist. Rapunzels Geheimnis kennt außer uns beiden wohl heute niemand mehr. Wie bei allen Märchenbildern des Schwarzen, funktioniert der Zauber nur des Nachts und nur auf Anrufung. Der Schwarze wusste, was er tat!“, seufzte Metin. Das erinnerte Lu an etwas, was der Alte gesagt hatte, als sie über die anderen Märchenbilder gesprochen hatten.

„Dann stammt also Rotkäppchen nicht vom Schwarzen?“, fragte er.

„Oh nein, er hätte es besser gemacht!“, behauptete Metin und stand abrupt auf. „Wenn du möchtest, können wir deine Gitarre holen gehen. Ich kann dir die Tür zum Turm öffnen.“

„Nicht nötig“, erwiderte Lu und zog seinen Schlüsselbund hervor. „Aber ich würde meine Sachen tatsächlich gerne holen.“

Sie machten sich auf den Weg. Lu beobachtete Metin von der Seite. Er hatte nicht vor, den Alten so davonkommen zu lassen. „Wer war es denn dann?“, fragte er scheinheilig.

„Ich weiß nicht, was du meinst", antwortete Metin noch eine Spur scheinheiliger.

„Die anderen Märchenbilder. Wer hat sie gemacht?"

Metin schwieg.

„Das war doch sein Lehrling, nicht wahr?", hakte Lu nach. „Das warst du! Du hast sein Buch gefunden, und damit hast du es geschafft!"

„Nur stand leider nicht alles im Buch, was sein Lehrling hätte wissen müssen!", stöhnte Metin. „Ich habe es verpfuscht! Ich wollte großtun vor meinen jungen Freunden."

„Du meinst meine Eltern", sagte Lu leise. Das Wort fühlte sich fremd an in seinem Mund, doch so sehr er auch in sich hinein lauschte: Das Rauschen schwieg. Da war nur eine leise Traurigkeit.

„Friedrich und Margarete", bestätigte Metin und sah ihn aufmerksam an. „Ich durfte nicht ihr Vater sein, also suchte ich ihre Freundschaft und Bewunderung. Jahrelang schon büße ich für meinen Hochmut, und noch immer weiß ich keine Lösung, wie ich meine Geschöpfe bändigen kann! Die größten Sorgen macht mir Goliath", erklärte Metin. „Es verlangt ihn nach Menschenfleisch! Auch dies ist meine Schuld: Mir schien das Claudius-Gedicht von Goliath so fade. Auch waren wir nicht ganz nüchtern, dein Vater und ich. Also erzählten wir dem unfertigen Golem allerlei Geschichten, in denen böse Riesen Menschen fraßen, und lachten noch dabei!"

„Mein Vater war auch …?"

„Oh ja, doch trägt er keine Schuld an dem Verhängnis. Natürlich glaubte er, ich wüsste, was wir taten. Auch deine Mutter war einmal dabei. Sie hat den Körper der Hexe geformt."

„Meine Eltern", wiederholte Lu und kostete das Wort. „Du hast sie besser gekannt als ich."

Metin legte ihm den Arm um die Schultern. Es fühlte sich gut an.

„Lange Zeit konnte ich Goliath mit Braten vom Tischlein-deck-dich abspeisen, doch nun gibt er sich nur noch mit lebendem Essen zufrieden."

Lu stutzte. „Was meinst du mit lebendem Essen?" Er schüttelte sich bei der Vorstellung. „Und überhaupt – lebendes Menschenfleisch?!"

„Soweit ist es noch nicht gekommen, und wird es auch nicht, solange ich noch etwas ausrichten kann. Doch …"

„Was?", fragte Lu, als der Alte nicht weitersprach.

„Seine Beine …"

„Was ist mit seinen Beinen?", hakte Lu nach.

„Sie wachsen", antwortete Metin und ließ die Schultern hängen. „Bald wird er gehen können."

Bevor Lu dies verdauen konnte, hörte er Stimmen aus dem unteren Teil des Parks.

Auch Metin hatte sie gehört. Angestrengt lauschte er, doch wer auch immer da gerufen hatte, war nun verstummt oder sprach leise.

„Rotkäppchen?“, flüsterte Lu.

„Zu früh.“

„Goliath?“

Metin schüttelte den Kopf. Das war nicht des Riesen Gebrüll gewesen. „Lass uns nachsehen“, schlug er vor.

Sie gingen neben den Wegen, auf deren Kies Schritte so laut knirschten, dass es nachts weithin zu hören war. So gelang es ihnen, den Eindringlingen näher zu kommen, ohne selbst Lärm zu machen. Bald schon unterschieden sie zwei streitende Männerstimmen.

„Die kenne ich doch!“, flüsterte Lu, und im selben Augenblick wusste auch Metin, woher er die Stimmen kannte: Es waren die Juwelendiebe. Sie waren gekommen, ihre Beute zu holen, doch die hatte Metin der Hexe gebracht. Kein Wunder, dass die beiden so wütend stritten. Inzwischen waren Lu und Metin bei Goliaths Burg angelangt. Noch konnten sie nur einzelne Worte der Diebe verstehen. Doch Metin machte sich Sorgen, dass der Riese Ärger machen werde, und lauschte angestrengt auf Geräusche aus der Burg. Dort schien alles friedlich.

Lu, der voranging, stolperte über etwas, das bleich im Dunkeln schimmerte.

„Was zum …“

Metin legte ihm rasch die Hand auf den Mund. „Leise, sie sind ganz in der Nähe“, raunte er.

Lu bückte sich nach dem Ding, das ihn fast zu Fall gebracht hätte. Metin erkannte es auch im Dunkeln. Kein Wunder, dass der Riese sich nicht blicken ließ, der war längst satt und schlief.

„Eines der Sieben Geißlein", erklärte Metin leise. „Das sechste, um genau zu sein. Nun bleibt nur noch eines übrig."

Er würde sich später Sorgen machen um Goliaths künftigen Speiseplan. Zunächst hatten sie drängendere Probleme. Ein Stück den Weg hinab keifte gerade eine aufgebrachte Stimme: „Daran bist nur du schuld! Ich will meinen Anteil, sieh zu, dass du die Klunker beischaffst!"

Als Antwort kam ein dumpfer Schlag, gefolgt von einem Schmerzensschrei.

„Die prügeln sich!", wisperte Lu, und bevor Metin ihn aufhalten konnte, schlich der Junge schon den Weg hinab. Metin blieb keine andere Wahl, als ihm zu folgen. Sie gelangten zu dem kleinen Platz, wo der sprechende Papagei tagsüber alles wiederholte, was man ihm vorsang oder -sprach. Nun hockte er mit erloschenen Augen auf seiner Stange, und Metin dachte, wie praktisch es gewesen wäre, wenn das Aufnahmegerät im Bauch des Vogels gerade jetzt angesprungen wäre: Es hätte den wütenden Streit der Juwelendiebe aufgezeichnet.

Lu hatte sich in die Büsche gedrückt und Metin folgte ihm. Zu spät erkannte er seinen Fehler: Sie standen inmitten der Pfeifensträucher, und gleich würde er ...

„Hatschi!"

„Was war das?"

Die Diebe entknäuelten sich und näherten sich ihrem Versteck.

„Lauf!", schrie Metin.

Lu ließ sich das nicht zweimal sagen. Im Nu sprintete er den Weg zurück. Metin war klar, dass er es weder mit Lu noch mit den beiden Dieben im Laufen aufnehmen konnte, daher ließ er den Weg links liegen und drang noch tiefer ins

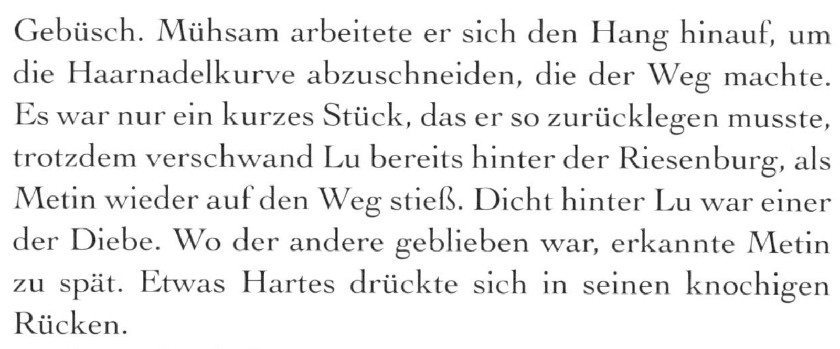

Gebüsch. Mühsam arbeitete er sich den Hang hinauf, um die Haarnadelkurve abzuschneiden, die der Weg machte. Es war nur ein kurzes Stück, das er so zurücklegen musste, trotzdem verschwand Lu bereits hinter der Riesenburg, als Metin wieder auf den Weg stieß. Dicht hinter Lu war einer der Diebe. Wo der andere geblieben war, erkannte Metin zu spät. Etwas Hartes drückte sich in seinen knochigen Rücken.

„Flossen hoch!"

Metin gehorchte. Seine einzige Sorge galt in diesem Augenblick Lu, doch selbst wenn der Kerl hinter ihm keine Waffe gehabt hätte: Metin hätte die anderen unmöglich einholen können. Lu war auf sich selbst gestellt.

Unsanft wurde Metin auf den Platz vor der Burg gedrängt.

„So, Opa, und jetzt rede: Wo sind die Juwelen?"

„Welche Juwelen?", fragte Metin und lauschte, ob von Lu etwas zu hören war.

Der Dieb schlug ihm seine Pistole ins Gesicht. Metin spürte Blut aus seiner aufgeplatzten Lippe laufen.

„Hör zu, Opa, ich bin nicht von gestern. Und ich kann sehr ungemütlich werden!" Der Mann steckte die Pistole weg und schob seine Ärmel zurück. Drohend ließ er seine Finger knacken, dann hielt er Metin die Faust unter die Nase. Doch im selben Augenblick hörte Metin laute Schmerzensschreie. „Lu!", rief er. Ohne sich weiter um den Dieb zu scheren, rannte Metin los.

Die Schreie kamen aus südlicher Richtung. Metin achtete nicht auf den schmerzhaften Protest seines Körpers. Er kam zum Heckenlabyrinth und umrundete es. Mit pfeifendem Atem kam er zum Stehen und musste sich auf seinen

Knien abstützen. Doch was er sah, ließ ihn ein Dankgebet zu seinem Gott schicken:

Vor ihm schrie, jammerte und hüpfte der zweite Dieb unter dem tanzenden Knüppel-aus-dem-Sack. Daneben stand Lu, und als er Metin erblickte, lachte der Junge erleichtert.

„Gott sei Dank, du bist entkommen! Ich wollte nach dir suchen, weil ich dachte, du brauchst vielleicht meine Hilfe. Aber der Knüppel lässt von dem Kerl ab, sobald ich mich abwende. Wo ist der andere?"

„Der andere?" Metin sah sich überrascht um. Die Sorge um Lu hatte ihn seinen Verfolger vergessen lassen. Tatsächlich war von dem keine Spur zu sehen.

„Lass ihn laufen", sagte Metin, als er den geprügelten Dieb zu Boden gehen sah. „Ich denke, er hat seine Lektion gelernt."

„Und was soll ich damit machen?", fragte Lu und hielt eine Pistole hoch. „Die habe ich ihm abgenommen."

Metin nahm sie ihm aus der Hand und richtete sie auf den Dieb. „Jetzt!", sagte er.

„Was, jetzt?"

„Lass ihn gehen."

Lu sah ratlos den Knüppel an, der auf die Arme und Beine hieb, mit denen der jammernde Dieb sich zu schützen suchte. Dann wandte der Junge sich ab und ging ein paar Schritte. Kaum hatte er dem Knüppel den Rücken gekehrt, da richtete dieser sich auf und schwebte lammfromm an seinen Platz zurück. Das herabgefallene Gitter, das ihn normalerweise barg, schwang nach oben und rastete hörbar ein.

„Lass dich hier nie wieder blicken!", sagte Metin fast freundlich zu dem wimmernden Dieb. Der rappelte sich auf und humpelte eilig in Richtung Riesenburg.

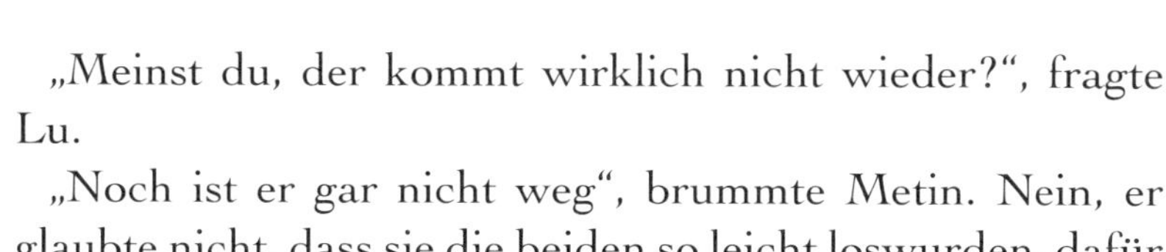

„Meinst du, der kommt wirklich nicht wieder?", fragte Lu.

„Noch ist er gar nicht weg", brummte Metin. Nein, er glaubte nicht, dass sie die beiden so leicht loswurden, dafür war zu viel Geld im Spiel. Er bereute längst, dass er die vermaledeite Tasche der beiden überhaupt angefasst hatte. Hätte er die Finger davon gelassen, wären die Diebe längst mit ihrer Beute über alle Berge.

„Der Knüppel ist jedenfalls genial", fand Lu. Kopfschüttelnd bestaunte er das eiserne Ungetüm, das in seinem Gitterbeutel ruhte, als könne es keiner Fliege etwas zuleide tun.

Metin sah das anders. „Mich wundert nur, dass er noch keinem den Schädel eingeschlagen hat."

„Der Schwarze hat seine Sache eben richtig gut gemacht, der hatte es echt drauf! Wahrscheinlich darf der Knüppel nur ordentlich wehtun, mehr nicht."

Ja, dachte Metin. Genauso, wie die Geißlein ihr Haus nicht verlassen durften. Trotzdem würde er später die Knochen des sechsten vergraben müssen, so, wie er es mit all den anderen bereits getan hatte. Wenigstens konnte er sie diesmal in einem Aufwasch mit den Grillkohlen entsorgen. Doch wie viele solcher Nächte würde er noch durchstehen können? Er war zu alt für diese Arbeit.

Lu schwärmte unterdessen weiter.

„Und der Goldesel: Wahnsinn! Oder das Tischlein – ich meine, man wird richtig satt davon. Das ist *echtes* Essen. Ich kann allmählich verstehen, warum Oma ständig von dem Kerl erzählt."

Metin schwieg.

„Stört es dich?"

„Was?", fragte Metin, obgleich er den Jungen sehr wohl verstanden hatte.

„Dass sie so viel von ihm redet."
„Tut sie das?", fragte Metin müde.
„Und *wie* sie von ihm redet ..."
„Lu, was möchtest du mir sagen?"
„Ich frage mich die ganze Zeit, ob du nicht eifersüchtig bist. Ich meine, Oma und du, ihr wart mal ein richtiges Paar, oder?"
„Das sind wir wieder."
„Trotzdem redet sie nicht von dir, sondern von ihm!"
„Das tue auch ich. Auch ich habe dir vom Schwarzen erzählt, hast du das vergessen?"
„Aber warum?", fragte Lu. „Warum redet ihr ständig von diesem Typen? Ich meine, okay, er war ein Genie. Aber das ist ja wohl Jahrzehnte her!"
„Der Schwarze hat in unser beider Leben eine große Rolle gespielt. Mehr noch: Er hat unser Leben bestimmt. Vor allem aber solltest *du* so viel wie möglich über ihn wissen."
„Warum?", fragte Lu erneut.
„Weil er dein Großvater war."

Lu starrte den alten Kurden an, dessen magerer Körper sich vor der hellen Mauer abzeichnete, an welcher der Knüppel-aus-dem-Sack befestigt war. Metin musste sich über ihn lustig machen.
„Klar", sagte Lu nach einer Weile, „deshalb habe ich auch so dunkle Haut."
Er sah, wie Metin den Kopf schräg legte, dann begann der alte Mann laut zu lachen. „Nicht seine Haut war schwarz!", gluckste er. „Es waren seine Haare. Du glaubst nicht, wie ähnlich du ihm siehst, du kannst ihn nicht verleugnen. Auch er hatte diese blasse Haut, die selbst im Sommer nicht bräunen will."

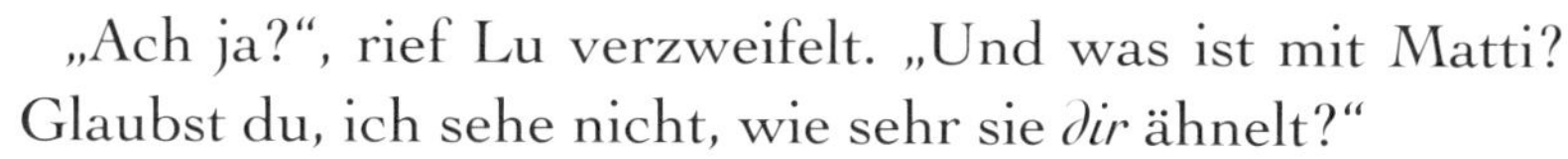

„Ach ja?", rief Lu verzweifelt. „Und was ist mit Matti? Glaubst du, ich sehe nicht, wie sehr sie *dir* ähnelt?"

Metin seufzte, und Lu wurde klar, dass der alte Kurde sich das wünschte, was Lu sich selbst gewünscht hatte, ohne es sich einzugestehen: Dass er ihr Großvater wäre.

„Vielleicht", flüsterte Metin, „ging des Schwarzen Magie weiter, als ich es mir zu träumen wagte. Vielleicht bin auch ich …"

Schweigend standen sie sich gegenüber. Da tat sich in den Wolken ein Loch auf, und Mondlicht fiel auf den kleinen Platz, auf dem sie standen. Lu sah auf der Wange des alten Kurden eine Träne blinken und spürte zugleich das nasse Kitzeln seiner eigenen. Er machte einen zögernden Schritt vor, gerade in dem Augenblick, da auch Metin auf ihn zutrat und die Arme öffnete. Lu ließ sich hineinfallen. Es fühlte sich unglaublich gut an.

„Es gibt noch viel zu tun", sagte Metin. „Ich brauche deine Hilfe."

Lu machte sich auf den Weg zum Gärtnerhaus, um einen Spaten und die Schubkarre zu holen. Nicht die alte, knarzende aus dem Gartenarsenal, sondern eine moderne, die fast lautlos dahinglitt. Metin war zum Weinberghaus vorausgegangen, um das Kochgeschirr zu spülen. Die Töpfe ruhten bereits in ihrem Versteck, als Lu eintraf. Sie kippten die Mischung aus Sand, Asche und halb verglühten Kohlen aus dem Grill in die Karre, Metin warf die Waffe dazu, und auf dem Weg in den Märchengarten erklärte er Lu, wo sie ein frisch vorbereitetes Beet finden würden, wo sie alles vergraben konnten.

Inzwischen war der Himmel sternenklar und der Mond beschien ihren Weg. Es mochte bald zwei Uhr sein.

Friedlich lag der Park vor ihnen. Sie passierten den Knüppel und das Labyrinth, ohne eine Spur von den Dieben zu entdecken.

„Meinst du, sie sind noch da?“, fragte Lu nervös, als sie auf den Platz vor Goliaths Burg traten. „Deiner hat noch seine Waffe.“

„Die wird ihm nichts mehr nützen!“, sagte Metin und starrte dorthin, wo auf dem Platz zwei weiße Hügel schimmerten. Metin trat zu dem größeren und ging auf die Knie. Sehr behutsam zog er etwas Rundes aus dem Knochenhaufen und nahm es in beide Hände.

„Dies“, sagte Metin mit brüchiger Stimme, „ist nicht der Schädel einer Ziege!“

In der Burg schnarchte der Riese.

Hans Häberle kaute versonnen seinen Bissen Salamibrot und spülte ihn mit einem großen Schluck Kaffee hinunter. Neben ihm mümmelte Kurt Eisele an einer Laugenstange. Der Streifenwagen parkte in der Bushaltebucht der Marbacher Straße, die still und verlassen im Licht der Laternen lag. Es war exakt 2.16 Uhr.

„Es ist zum Heulen!", seufzte Häberle.

„Jepp!", schmatzte Kurti.

„Wir waren so dicht dran!"

„Aber Hallo!"

„Die Alte ist immer noch nicht aufgetaucht."

„Und ihre Enkel auch nicht."

„Und die Juwelendiebe nicht."

„Und die Juwelen!"

„Die Typen, die nachts im Park waren und alles eingesaut haben, haben sie noch nicht erwischt."

„Und die geklauten Viecher."

Häberle schob sich den Rest seines Vesperbrots in den Mund und redete mit vollen Backen weiter. „Es wäre immer noch möglich! Stell dir nur vor, wir beide lösen den ganzen Schlamassel auf, das wär's doch!"

„Siebene auf einen Streich!", grinste Kurti.

Häberle zählte an den Fingern nach und sah ihn strafend an. „Das waren aber nur sechs."

„Zwei Enkel", widersprach Kurti. „Macht sieben."

„Ach", versetzte Häberle, „und die Hühnerbeine, die wir in diesem blöden Labyrinth gefunden haben, die hat wohl ein Gauner alleine aufgegessen."

Kurti zog eine Schnute, und Häberle überließ sich seinen Träumen: Der Polizeipräsident höchstpersönlich überreichte ihm seine Beförderungsurkunde, während im Hintergrund Frohgemut mit den Zähnen knirschte.

„Das ist dreist!", sagte Kurti.

Häberle ließ widerstrebend die fantasierte Hand des Polizeipräsidenten los und wandte sich der nächtlichen Straße zu. Eben purzelte ein zerlumpter Kerl auf den Gehweg. Er musste über die Hecke und den darin verborgenen Zaun geklettert sein. Dann entdeckte das verdächtige Subjekt den Streifenwagen und nahm Reißaus, wobei es eindeutig humpelte.

Kurti war schon aus dem Wagen und sprintete los. Häberle ließ den Motor an, schaltete Blaulicht und Sirene an und drückte das Gaspedal durch. Als er die beiden einholte, kniete Kurti bereits im Kreuz des Subjekts. Häberle riss gekonnt das Steuer herum und schaffte es, dass die Reifen bei gerade mal vierzig km/h quietschten. Zufrieden stieg er aus, zog sich die Hose hoch und stellte sich breitbeinig vor Kurti und seine Beute, die im Scheinwerferlicht arg ramponiert aussah. Häberle schnalzte mit der Zunge.

„Warst du das, Kurti?", fragte er beeindruckt. Dann zog er seinen Schlagstock und ließ ihn auf seine Hand sausen. „Okay, Freundchen, du hast fünf Minuten für eine richtig gute Geschichte. Und die wirst du brauchen, wenn du nicht im Knast landen willst."

„Ich sag ja alles!", kreischte das verdächtige Subjekt. „Nur keine Prügel mehr, bitte!"

„Ich höre!"

„Der Riese hat meinen Kumpel gefressen, bis auf die Knochen hat er ihn abgenagt, bei lebendigem Leib!"

Häberle seufzte. „Das ist ja mal originell. Richtig witzig, ha ha ha. Wir haben sehr gelacht." Er ging in die Hocke. „Ab jetzt bin ich furchtbar humorlos!"

„Ich sag ja alles!", wimmerte der verbeulte Kerl. „Wirklich! Ich gebe alles zu, auch den Bruch beim Juwelier!"

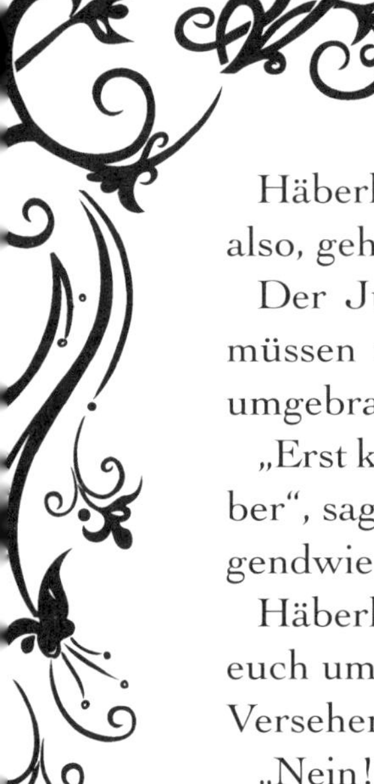

Häberle und Eisele sahen sich triumphierend an. „Na also, geht doch!“, sagte Häberle. „Lass ihn aufstehen!“

Der Juwelendieb richtete sich zitternd auf. „Bitte, Sie müssen mir glauben: Der Riese war's, ich hab ihn nicht umgebracht!“

„Erst kocht das Töpfchen Brei, dann frisst der Riese Räuber“, sagte Kurti und nickte bedeutungsschwer. „Macht irgendwie Sinn.“

Häberle trat dem Trottel gegen das Schienbein. „Ihr habt euch um die Beute gestritten, und da hast du ihn ganz aus Versehen umgebracht“, soufflierte er dem Dieb.

„Nein!“, kreischte der. „Ich schwör‘s, der Knüppel hat mich so zugerichtet! Der Junge hat ihn auf mich losgelassen! Und als ich endlich fliehen konnte, hab ich gesehen“, der Gauner zitterte am ganzen Körper, „wie der Riese …“ Er brach schluchzend ab.

„Ich sag's ja“, brummte Häberle. „Diese Drogen und das ganze Zeug machen den Leuten die Birne weich. Gehen wir!“

„Und der abgenagte Kumpel?“, fragte Kurti.

„Die Nacht ist noch jung. Wenn er ihn umgebracht hat, wird uns die Leiche wohl kaum davonlaufen. Erst mal will ich das Geständnis wegen des Juwelendiebstahls schwarz auf weiß und mit Unterschrift. Und ich wette, da gibt es noch mehr zu gestehen. Er hat von einem Jungen geredet – womöglich ist das der Enkel der vermissten Alten. Der hängt bei dem Juwelenraub mit drin, du wirst schon sehen. Ich hab's doch gesagt: Wir beide klären den ganzen Schlamassel auf, noch heute Nacht. Siebene auf einen Streich, ha!“

Matti zog ein Gesicht, wie nur die wütende Matti eines ziehen konnte. Sie hielt Eimer und Schaufel in der Hand. Lu war froh, dass der Eimer leer war, sonst hätte er den Inhalt sicher ins Gesicht bekommen.

„Wir waren doch gerade erst beim Wasserspielplatz!"

„Ich will aber wieder hin!", schimpfte sie und stampfte auf.

„Nicht jetzt! Wir müssen ein paar Sachen kaufen."

„Das machst du sonst auch immer alleine."

„Ich hab es dir doch erklärt, Matti! Du bleibst heute bei mir oder bei Oma."

„Ich will aber nicht!"

„Im Park wimmelt es von Polizisten! Man sieht sie nicht, weil sie keine Uniformen tragen, aber sie sind da!"

„Na und! Du hast doch gesagt, sie suchen nach den Räubern."

Lu stöhnte. Wie sollte er ihr erklären, wie ernst die Lage war? Wochenlang hatte Matti wie eine kleine Wilde gelebt, und nun sollte sie plötzlich an die Leine. War klar, dass das Probleme geben würde.

„Okay, zum letzten Mal: Es ist gefährlich geworden im Park. Wir bleiben nur noch, bis Oma dieses Attest von ihrem Arzt hat und wir wieder nach Hause können. Bis dahin wirst du nicht mehr alleine sein. Und nach Anbruch der Dunkelheit bleiben wir alle im Gärtnerhaus und rühren uns nicht vom Fleck."

„Sind die Polizisten nachts gefährlicher als tagsüber?"

„Unsinn! Ja … Nein! Eigentlich sind Polizisten überhaupt nicht gefährlich. Aber sie könnten sich fragen, was wir nachts im Park zu suchen haben! Außerdem sind nachts nicht die Polizisten das Problem, sondern die bewaffneten Gangster. Und Goliath", stöhnte Lu und schauderte. „Er

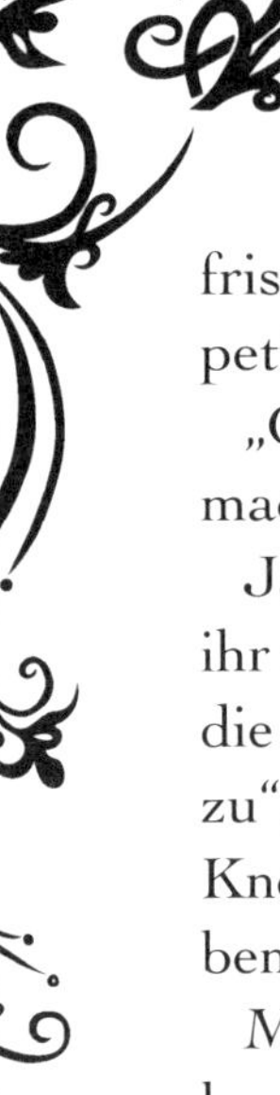

frisst … Ziegen. Und wer weiß, ob er demnächst nicht Appetit auf kleine Mädchen kriegt.“

„Gar nicht wahr, das sagst du nur, um mir Angst zu machen!“

Ja, dachte Lu, nur leider klappte es nicht! Aber er konnte ihr unmöglich die Sache mit dem Totenkopf … Nicht einmal die Polizei wusste, dass es einen Toten gegeben hatte. „Hör zu“, sagte er und kniete sich vor Matti hin, „Metin hat die Knochen gefunden. Der Riese hat schon sechs von den Sieben Geißlein …“ – Zu spät erkannte Lu seinen Fehler.

Matti starrte ihn entsetzt an. Im nächsten Augenblick heulte sie so verzweifelt los, dass die Parkbesucher anfingen, sie anzustarren. Lu nahm Matti fest in den Arm.

„Sch … Ist ja gut“, sagte er. „Es waren doch keine echten Ziegen.“ Doch Matti war außer sich und ließ sich nicht beruhigen. Natürlich nicht! Für sie waren die Sieben Geißlein viel wichtiger als echte Ziegen. Lu dachte an Rapunzel.

„Brauchst du Hilfe, meine Kleine?“ Ein Mann stand plötzlich neben ihnen und sah Lu böse an. „Kennst du diesen Jungen?“

„Sie ist meine Schwester“, erklärte Lu.

„Stimmt das?“, wollte der Mann von Matti wissen, doch die schluchzte weiter. Da fasste der Mann sie am Arm. „Ich bringe dich zu deiner Mutter!“

Mattis Heulen steigerte sich zu einem hysterischen Kreischen. Sie krallte sich an Lu fest und verbarg ihr Gesicht an seinem Hals. Erschrocken ließ der fremde Mann los und entschuldigte sich.

„Schon okay“, meinte Lu. „Sie haben es nur gut gemeint.“

Es dauerte fast eine halbe Stunde und viele beunruhigte Parkbesucher, bis Mattis Heulen in schniefendem Schluckauf endete.

„Komm“, sagte Lu. „Wir gehen zum Wasserspielplatz.“

Als sie abends ins Gärtnerhaus kamen, hatte Oma bereits die Decke auf dem Boden ausgebreitet und Teller und Gläser darauf verteilt.

„Wolltet ihr nicht Brot und Obst kaufen?“, fragte sie.

Lu schüttelte den Kopf.

„Was ist nur los mit dir, Junge!“

„Matti wollte lieber zum Wasserspielplatz.“

„Lass die dummen Ausreden!“

Matti fing wieder an zu heulen. „Die Geißlein!“, jammerte sie. „Der blöde Riese hat sie aufgefressen!“

Oma warf Lu einen fragenden Blick zu.

„Ich geh Metin holen“, murmelte er und floh aus dem Haus.

Der alte Kurde kam ihm auf der Treppe entgegen, die zum Denkerpavillon hinauf führte. Metin sah müde und verzweifelt aus. Lu glaubte zu wissen, was in ihm vorging: Goliath war Metins Werk. Der Riese hatte einen Mord begangen, und Metin fühlte sich dafür verantwortlich.

Sie sprachen nicht viel. Seit sie die Knochen des Diebes beerdigt hatten (Metin hatte ein Gebet gesprochen), hatten sie kaum miteinander geredet.

„Wir brauchen die Bücher aus dem Turm“, sagte Metin, als sie den Garten des Gärtnerhäuschens betraten.

Lu nickte.

Oma hatte die Reste des Knäckebrots hervorgekramt, die Lu in einer, wie ihm schien, lang zurückliegenden Nacht hierher gebracht hatte.

„Wo ist Matti?“, fragte Metin.

„Sie wollte vor dem Haus auf euch warten“, erklärte Oma überrascht. „War sie denn nicht da?“

Metin und Lu sahen sich an. Sie hatten Oma nur von den Dieben erzählt, nicht aber von Goliath.

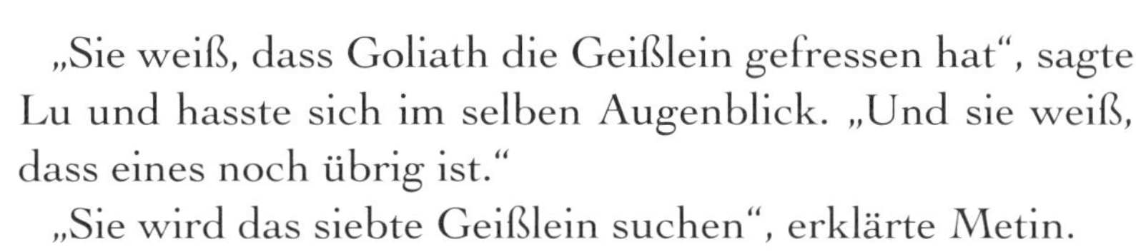

„Sie weiß, dass Goliath die Geißlein gefressen hat", sagte Lu und hasste sich im selben Augenblick. „Und sie weiß, dass eines noch übrig ist."

„Sie wird das siebte Geißlein suchen", erklärte Metin.

„Dann muss das Abendessen eben warten", befand Oma. „Wir müssen erst das Mädchen finden."

Metin legte ihr den Arm auf die Schulter. „Wir suchen sie", sagte er. „Bitte bleib du ihm Haus. Vielleicht kommt sie ja, solange wir unterwegs sind."

Lu holte aus dem Versteck alle Taschenlampen, die er finden konnte. Dann machten sie sich auf den Weg.

„Ich bin schuld!", sagte Lu. „Ich hätte ihr das niemals sagen dürfen. Ich hätte ihr lieber erzählen sollen, dass Goliath einen Menschen gefressen hat, dann wäre Matti jetzt zuhause und in Sicherheit!"

„Wir werden sie finden!", versprach Metin. „Du hast die schnelleren Beine. Such alle Winkel im Park ab! Ich suche im Märchengarten. Wir werden sie finden!"

Metin hätte gerne etwas von der Zuversicht gespürt, mit der er Lu zu beruhigen suchte. Doch er fühlte sich hohl und kalt. Seine Angst war zu groß, als dass er sie hätte spüren können. Die Katastrophe brach über sie alle herein, und er, Metin, war dafür verantwortlich. Und: Er war machtlos.

Es war noch zu früh für Goliath, trotzdem lenkte Metin seine müden Schritte zur Riesenburg. Er öffnete die kleine Tür in der Mauer, um das Monster schlafen zu sehen. Noch war Goliath nicht mehr, als eine riesenhafte Puppe mit eingebautem Hebemechanismus. Metin ging einmal um den Koloss herum und leuchtete mit seiner Taschenlampe in jeden Winkel, fand aber weder von Matti, noch von dem Geißlein eine Spur. Er fand auch keine Knochen.

Die Wärme kehrte in seinen alten Körper zurück, als er leise das Türchen hinter sich zuzog, und mit ihr kehrte die fühlbare Angst wieder. Er musste Matti finden. Metin eilte den sich bergab schlängelnden Weg entlang und rief laut Mattis Namen. Er hoffte, dass auch Lu die Sorge, entdeckt zu werden, hintan stellte. Wäre in diesem Augenblick ein Polizist vor Metin hin getreten, er hätte ihn mit Freuden begrüßt und ihn um Hilfe gebeten.

Das Kind war nirgends zu entdecken. Vielleicht, dachte Metin, will sie nicht gefunden werden. Er verließ sich nicht auf sein Rufen, sah hinter jeden Busch und stieg in jedes Häuschen. Im verwaisten Haus der Sieben Geißlein erkletterte er die wacklige Leiter, um auf das Hochbett zu schauen, wo sich eines der Geißlein vor dem Wolf versteckt gehalten hatte. Selbst im Uhrenkasten sah er nach, dem Versteck des kleinsten der Geißlein, wo Matti unmöglich hineinpassen konnte. Er durchkämmte die Häuschen, in denen Szenen aus Max und Moritz abgebildet waren, und er sah mit einem Schaudern unter Rotkäppchens Bett. Als er zum Hexenhaus kam, rüttelte er am Gartentor, um die alte Vettel aus dem Haus zu locken. Doch im Hexenhaus blieb es ruhig, selbst als er in den Garten trat und an den Lebkuchen kratzte. Zaghaft öffnete Metin die Tür.

Der Schein seiner Taschenlampe huschte zitternd umher. An der Rückwand reflektierten kleine Gebirge aus goldenen Münzen das Licht. Als es in der Ecke auf eine weit geöffnete Reisetasche traf, sandte deren Inhalt funkelnde Lichtblitze aus. Doch die Hexe fehlte.

Metin stöhnte. Noch eine entfesselte Bestie, die es nach Menschenfleisch verlangte. Und diese konnte sich frei bewegen! Wenigstens war das Scheusal fast blind und konnte sich nur langsam und auf einen Stock gestützt bewegen.

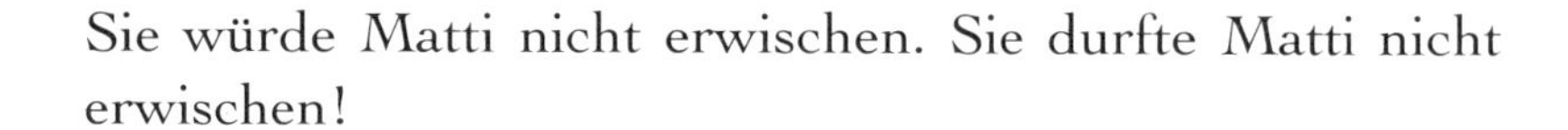

Sie würde Matti nicht erwischen. Sie durfte Matti nicht erwischen!

Am folgenden Tag saßen Lu und Metin mit aschgrauen Gesichtern auf der Bank vor Goliaths Burg, jeder einen Stapel Bücher neben sich. Sie hatten die ganze Nacht den Park abgesucht. Lu war auch in ihrer Wohnung gewesen, obwohl er sich nicht vorstellen konnte, wie Matti dort hätte hineingelangen können. Doch er wollte nichts unversucht lassen. Metin hatte gegen Mitternacht dem Riesen eine kleine Herde junger Schweine gebracht, die er sich vom Tischlein gewünscht und, zu seiner eigenen Überraschung, auch erhalten hatte. Das verängstigte Quieken der Tiere hatte fast eine Stunde lang durch den Park gegellt. Schlimm war die Entdeckung, dass Goliaths Füßen nur mehr die Zehen fehlten. Der Riese hatte sich höhnisch aufgerichtet und sich an Metins Entsetzen geweidet. Noch wankte er und musste sich an den Mauern seiner Burg abstützen. Doch wie lange noch?

Metin blätterte zum dritten Mal in einem Buch, dessen arabische Schriftzeichen vor seinen schmerzenden Augen tanzten und dessen Sprache er nicht einmal erkannte. Er hatte einen finsteren Entschluss gefasst: Wenn er in den Büchern keinen Hinweis fand, wie die Märchenbilder zu entzaubern waren, dann würde er es eben mit Benzin und einem Streichholz versuchen. Solange Goliath schlief, musste es möglich sein, ihn zu verbrennen.

Metin warf einen Blick auf den Jungen, der seit einer halben Stunde dieselbe Seite eines Märchenbuchs anstarrte.

„Geh schlafen, Lu!", sagte Metin.

Der Junge riss sich zusammen und blätterte weiter. Er hatte zwei handschriftliche Notizen des Schwarzen in dem

Buch entdeckt, die leider wenig hilfreich waren. Metin dachte an Rose-Marie, die sich weigerte, das Gärtnerhaus zu verlassen, solange Matti verschwunden war. Er hatte ihr von der Flucht der Hexe und von Goliaths Füßen erzählt.

Metin schlug das Buch zu und zog aus seiner Hemdtasche ein abgegriffenes Notizheft. Dorthinein hatte er damals die Aufzeichnungen des Schwarzen abgeschrieben, zumindest die, die ihm wichtig erschienen waren.

„Ich muss etwas übersehen haben“, murmelte er. „Wenn ich doch nur den Kalender hätte ...“

„Was für einen Kalender?“, fragte Lu und gähnte so heftig, dass Metin seine Kiefergelenke knacken hörte.

„Das Buch des Schwarzen, seine Aufzeichnungen. Ich habe dir doch davon erzählt.“

„Eben sagtest du aber Kalender“, erwiderte Lu und starrte ihn an.

„Kalender, Buch, ... Ist das so wichtig?“, fragte Metin.

In diesem Augenblick erschien ein kleines Mädchen auf dem Platz. Sie war alleine und hüpfte fröhlich zur Tür der Goliathburg. Sie war jünger als Matti, schien sich aber im Park gut auszukennen.

„Goliath!“, schrie das kleine Mädchen, während es eifrig den Türklopfer betätigte. „Goliath, wach auf!“

Metin lief es kalt über den Rücken. Der Riese ließ sich nicht blicken.

Plötzlich öffnete sich die Tür in der Mauer. Mit angehaltenem Atem sah Metin, wie eine dürre, runzlige Hand herausgestreckt wurde und lockend den Zeigefinger bog.

„Du bist aber ein hübsches Mädchen!“, hörte Metin die Stimme der alten Hexe sagen. „Ei, komm nur herein, ich habe Lebkuchen für dich!“

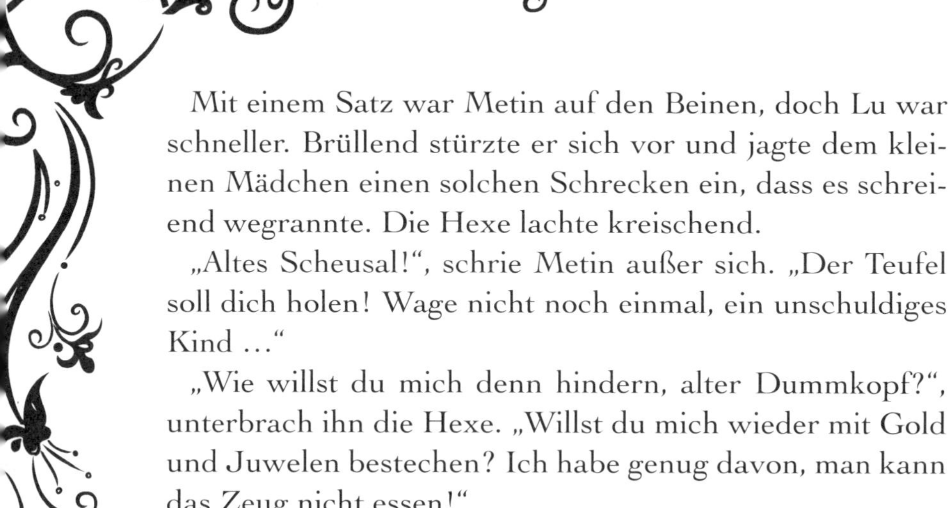

Mit einem Satz war Metin auf den Beinen, doch Lu war schneller. Brüllend stürzte er sich vor und jagte dem kleinen Mädchen einen solchen Schrecken ein, dass es schreiend wegrannte. Die Hexe lachte kreischend.

„Altes Scheusal!", schrie Metin außer sich. „Der Teufel soll dich holen! Wage nicht noch einmal, ein unschuldiges Kind …"

„Wie willst du mich denn hindern, alter Dummkopf?", unterbrach ihn die Hexe. „Willst du mich wieder mit Gold und Juwelen bestechen? Ich habe genug davon, man kann das Zeug nicht essen!"

„Ich werde dir den dürren Hals umdrehen", brüllte Metin.

„Du willst ein wehrloses altes Weib umbringen, hier vor allen Leuten?", versetzte die Hexe kalt.

Metin sah benommen um sich. Zwei Mütter waren mit ihren Kindern auf den Platz gekommen und starrten herüber.

„Willst du nicht wissen, wer mich befreit hat?", flüsterte die Hexe und lachte gehässig. „Es war ein kleines Mädchen, das auf der Suche nach dem siebten Geißlein war!"

„Was hast du getan?", keuchte Metin entsetzt, doch die Hexe lachte kreischend und schlug ihm die Tür vor der Nase zu.

„Es ist soweit, nicht wahr? Die Prophezeiung des Schwarzen erfüllt sich." Oma saß gegen eine große Kiste gelehnt auf ihrer Luftmatratze. Mit ihrer Bettdecke und den Schlafsäcken hatte sie sich einen Sessel geformt, in dem sie die endlose vergangene Nacht auf Mattis Rückkehr gewartet hatte. Sie wirkte seltsam entspannt, wie sie so da saß. Sie hat ihr Leben lang auf diesen Tag gewartet, dachte Lu.

Er konnte seine Müdigkeit kaum noch bezwingen. Und doch musste er wach bleiben und hören, was seine Großmutter zu sagen hatte. Metin war nicht da, er war bei der Riesenburg geblieben, um zu verhindern, dass ein Kind in die Fänge der Hexe geriet. Er hatte Lu fortgeschickt, ihm fast befohlen, zu gehen und zu schlafen und ihn später auf seinem schaurigen Wachtposten abzulösen. Und er solle auf gar keinen Fall seiner Großmutter verraten, was geschehen war.

Es war nicht notwendig gewesen, etwas zu sagen. Oma hatte in seinem Gesicht gelesen wie in einem offenen Buch. Sie brauchte keine Details zu kennen, um die Situation in ihrer ganzen Furchtbarkeit zu erfassen.

Lu setzte sich im Schneidersitz vor sie und wartete.

„Was mit Worten einst begann,
muss mit Worten enden.
Schuf der Lehrling den Tyrann:
Das Hexenkind wird's wenden.
Fordern soll es, was gegeben
an Erinnerung und Leben.

Hexenkind,
eil geschwind!
Kannst das Schicksal wenden,
denn mit der Erinnerung
muss jedes Wesen enden."

Lu hörte die Stimme seiner Großmutter wie aus weiter Ferne. Die Art, wie sie das Gedicht aufsagte, versetzte ihn in einen schlafähnlichen Zustand. Ihre Stimme wandelte sich. Es war nun seine eigene Stimme, die die Verse hersagte, doch er war älter, ein erwachsener Mann. Lu sah vor sich ein junges Mädchen mit langem rotem Haar. Er trug das Gedicht diesem Mädchen vor, und jedes einzelne Wort prägte er ihr in ihr Gedächtnis, unauslöschlich.

„Hexenkind, komm in der Nacht,
rufe seinen Namen.
Vom Tyrannen nimm die Macht,
sein Wille soll erlahmen!
Nie mehr soll er sich erinnern,
Leere sei in seinem Innern!

Hexenkind,
eil geschwind!
Kannst das Schicksal wenden,
denn mit der Erinnerung
muss jedes Wesen enden.

Die Gefahr ist nicht gebannt,
denn im stummen Wesen
sind die Spuren eingebrannt
von dem, was es gewesen.
Nimm dem Golem seinen Namen,
und damit seines Wesens Samen.

Hexenkind,
eil geschwind!
Kannst das Schicksal wenden,
denn mit der Erinnerung
muss jedes Wesen enden."

Das Bild des rothaarigen Mädchens verschwamm. Goliath starrte ihn an und lachte mit der kreischenden Stimme der Hexe. „Ich habe kein Kind", sagte die Hexe, die wie der Riese Goliath aussah. „Bring mir ein Kind, bring mir ein lebendes!" Sie stach Lu in den Finger. Riesige Blutstropfen fielen in Zeitlupe in einen schwarzen, tiefen Brunnen. Der Boden riss auf und Lu stürzte ins Nichts, fiel und fiel, bis Rapunzel ihn auffing und auf ihr hartes Bett legte. „Meine Mutter ist eine Hexe", raunte Rapunzel. „Bist du mein Prinz?" Sie schüttelte ihn. „Lu!", rief sie.

„Wach auf, Lu!"

Es war Oma. Sie hatte ihren seltsamen Sessel verlassen und kniete vor ihm. „Hol Metin, rasch!", sagte sie.

„Er kann nicht weg", widersprach Lu und versuchte, seinen Traum festzuhalten, bevor er ihm ganz entgleiten konnte. „Es ist zu gefährlich."

Doch im selben Augenblick hörten sie Bewegungen unten im Haus, und bevor sie sich verstecken konnten, tauchte Metins Kopf in der Öffnung des Fußbodens auf.

„Die Polizei untersucht die Riesenburg."

„Haben sie die Hexe?"

„Nein."

„Aber …"

„Sie ist eine Hexe, Lu! Außerdem suchen sie nicht nach ihr."

Lu sah ihn ungläubig an. Wie konnten die Polizisten eine alte Hexe übersehen, die sich im Inneren der Riesenburg verbarg? Doch Metin schien nicht geneigt, darüber nachzudenken. Er rollte eine der Isomatten aus.

„Ich muss reden, Metin", sagte Oma sehr ruhig.

„Später. Wir müssen schlafen, alle drei."

„Jetzt."

„Sie sagt, die Prophezeiung des Schwarzen erfüllt sich", erklärte Lu und fragte sich zugleich, was das eigentlich erklären sollte.

Metin richtete sich auf und sah Oma durchdringend an.

„Ich muss erzählen, wie es war. Es ist wichtig! Ich muss es erzählen, solange ich mich noch daran erinnere."

Metin nickte. „Ich mache uns einen Tee, der die Müdigkeit für kurze Zeit verscheucht", sagte er. „Doch was immer du auch zu erzählen hast: Danach werden wir schlafen. Wir werden nichts tun, bevor wir nicht alle geschlafen haben!"

„Ich glaube, er wusste es schon, als er mich zum ersten Mal sah. Weißt du noch, Metin? Du hast ihn aufgefordert, mir aus der Hand zu lesen. Ach Metin! Im selben Augenblick, als er von meiner Hand aufsah und in meine Augen blickte, war es um mich geschehen.

Er hätte mein Vater sein können. Ich war noch so jung damals. Wild und verwegen fühlte ich mich, weil ich mit einem Kurden herumzog und nachts bei diesen Festen war. Im Grunde aber war ich nur ein dummes, unerfahrenes Mädchen. Ein Blick des Schwarzen genügte, um in mir die Frau zu wecken.

Er war der attraktivste Mann, der mir je begegnet war. Und der besitzergreifendste. Weißt du, was die Kalligrafien bedeuteten, die er sich auf seinen Körper tätowieren ließ? Er hat es mir verraten, in jener Nacht. Heute weiß ich, dass alles, was er tat und sagte, eine Aufgabe war, die er mir auftrug. Die Lösung, die du suchst, Metin, sie muss irgendwo in meiner verschütteten Erinnerung liegen."

„Was aber bedeuteten die Kalligrafien?", fragte Metin. Er hielt ihre Hand und streichelte sie. Lu kam sich wie ein heimlicher Lauscher vor.

„‚Erinnerung' stand auf seinem rechten Arm. ‚Vergessen' auf seinem linken."

„Und auf seiner Brust?", fragte Metin sanft. „Was stand auf seiner Brust?"

„‚Macht über dich.'"

Sie schwiegen. Lu stellte sich den Schwarzen als eine ältere Version von sich selbst vor: Mit fast weißer Haut und schwarzen, glatten Haaren. Gekleidet war er in orientalische Gewänder, und auf seiner entblößten Brust war eine arabische Kalligrafie zu sehen, so eine, wie in dem arabischen Buch. Lu wusste nicht nur, was sie bedeutete, er konnte sie lesen, als stünde es dort in lateinischen Buchstaben: ‚Macht über dich'. Als Oma weitererzählte, schreckte er auf wie aus leichtem Schlaf. Wahrscheinlich hatte er geschlafen.

„Erinnerung, Vergessen und Macht, darum geht es. Diese drei stehen in enger Verbindung, er hat es mir erklärt,

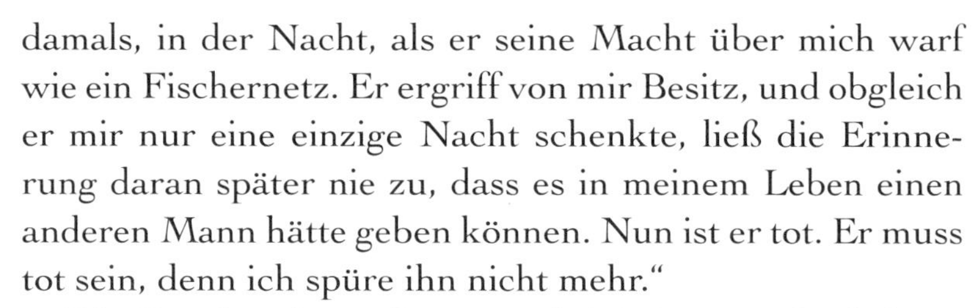

damals, in der Nacht, als er seine Macht über mich warf wie ein Fischernetz. Er ergriff von mir Besitz, und obgleich er mir nur eine einzige Nacht schenkte, ließ die Erinnerung daran später nie zu, dass es in meinem Leben einen anderen Mann hätte geben können. Nun ist er tot. Er muss tot sein, denn ich spüre ihn nicht mehr."

„Die Prophezeiung, Rose-Marie! Erinnerst du dich an sie?"

„Ja. Heute Nacht, als ich nichts tun konnte als warten, kam die Erinnerung zurück. Es war im Friedrichsgarten. Nicht in der Nacht, in der du mich ihm vorgestellt hast. Immer, wenn wir uns sahen, legte er mir die Hand auf den Bauch und sah mir in die Augen. Eines Nachts war er zufrieden mit dem, was er sah und spürte, und er führte mich in den Friedrichsgarten. Er breitete neben dem See eine Decke aus. Dort haben wir uns geliebt. Danach saßen wir uns gegenüber. Er legte mir seine rechte Hand auf die Stirn.

„Dies ist deine Erinnerung", sagte er. „Dies wirst du nie vergessen! Selbst, wenn alles andere im Vergessen versinkt: Am Tag, an dem sich die Geschöpfe gegen ihren Meister erheben, wirst du dies wissen!"

Dann begann er, leise das Lied vom Hexenkind aufzusagen. Wie gebannt hingen meine Augen an der Kalligrafie auf seiner Brust, ich konnte nicht wegblicken, sie hielt mich gefangen. Seine Worte fühlte ich stärker als ich sie hörte. Sie versetzten mich in eine Trance, aus der ich alleine erwachte. Er war fort, und ich fühlte mich, als sei ein Teil von mir mit ihm gegangen. Ich habe ihn nie wieder gesehen."

„Und dieses Lied vom Hexenkind, erinnerst du dich daran?", fragte Metin sanft.

„Ich habe es heute Nacht für dich aufgeschrieben“, sagte Oma und zog ein Papier hervor, das sie ihm reichte. Lu erinnerte sich, wie Matti dieses Lied gesungen hatte, wie lange war das her? Matti kennt das Lied auswendig, dachte Lu.

„Das soll uns helfen?“, fragte Metin zweifelnd, nachdem er es gelesen hatte. „Gibt es noch etwas, woran du dich erinnerst?“

„Nein“, seufzte Oma. „Da war noch etwas, doch es entgleitet mir. Ich bin so entsetzlich müde.“

„Wir sollten alle schlafen“, erwiderte Metin. „Später werde ich das Buch des Schwarzen holen. Mit dem Lied allein werden wir es wohl nicht schaffen. Erkläre mir, wo ich das Versteck finde“, forderte er Lu auf.

„Kein Problem“, hörte Lu sich selbst sagen, „ich hab es nicht wieder verschlossen, als ich die anderen Bücher holte.“ Dann legte er sich auf den Boden und schloss die Augen.

Er hätte nicht sagen können, wie lange er geschlafen hatte, als Metin ihn wachrüttelte. Es hätten Sekunden, aber auch Tage gewesen sein können. Auf jeden Fall aber nicht annähernd lange genug.

„Wir müssen hier weg“, sagte Metin und begann, ihre wichtigsten Sachen einzupacken. Auch Oma war bereits mit Vorbereitungen für die Flucht beschäftigt. „Die Emichsburg haben sie bereits abgesucht. Auch im Weinberghäuschen waren sie schon. Es ist nur eine Frage der Zeit, bis sie hier auftauchen.“

Lu sprang auf. „Heißt das, sie haben das Buch des Schwarzen?“, fragte er aufgeregt.

„Nein, ich bin ihnen zuvorgekommen. Und ich habe das Versteck geschlossen. Sie werden nichts finden.“

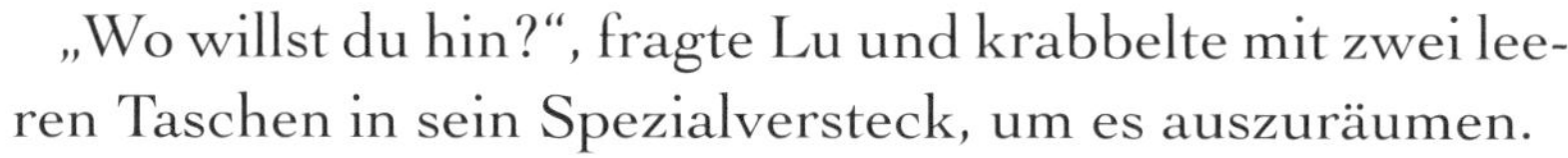

„Wo willst du hin?", fragte Lu und krabbelte mit zwei leeren Taschen in sein Spezialversteck, um es auszuräumen.

„In die Felsengänge der Emichsburg", hörte er Metins Stimme gedämpft durch die Kisten dringen. „Dort werden sie kein zweites Mal suchen."

„Ich gehe nicht mit", erklang plötzlich Omas Stimme. Lu erstarrte. „Ich werde mich weiter hier verstecken, falls Matti herkommt."

„Rose-Marie, sei vernünftig. Du kannst dich nicht verstecken, wenn sie kommen!"

In seiner Höhle stellte Lu sich vor, wie Oma versuchte, ihren ausladenden Körper hinter ein paar Kisten zu verbergen. Sie hatte abgenommen, aber in den Gang, der zu seiner kleinen Höhle führte, wäre sie nicht einmal bis zur Hüfte hineingekommen.

„Vielleicht kommen sie noch gar nicht. Sie müssen ein riesiges Gelände absuchen. Es besteht eine Chance, dass Matti vor ihnen zurückkommt."

„Rose-Marie! Rose!" Metins Stimme hatte etwas Beschwörendes. Lu hörte deutlich die Verzweiflung in ihr. Dann war es still.

Lu wartete ein paar Minuten. Er hatte Angst, in eine Umarmung zu platzen, wenn er jetzt sein Versteck verließ. Er fühlte sich wie ein Störenfried. Dies war Omas und Metins Geschichte.

„Ich werde alles aufschreiben, was mir noch einfällt. Falls sie mich wegbringen, werde ich das Papier hinter diese Kiste legen." Lu musste die Ohren spitzen, um Omas Flüstern zu verstehen. „Pass auf ihn auf", bat sie zum Schluss, kaum hörbar. Dann raschelten Tüten, Kisten wurden verschoben: Sie fuhren fort, Sachen einzupacken.

Draußen wurde es bereits dunkel, als sie die Taschen in die Emichsburg schleppten. Sie waren übereingekommen, alles dorthin zu bringen, was Oma nicht unbedingt benötigte, also auch Bücher und Fotoalben. Sie mussten mehrmals gehen, doch so bestand eine kleine Chance, dass Oma sich draußen verstecken konnte, solange man das Haus durchsuchte. Sie behielt nicht mehr bei sich als sie in einer Tasche verbergen konnte. Selbst auf ihre Bettdecke wollte sie verzichten.

„Ich behalte Mattis Schlafsack da. Geöffnet kann er mir als Decke dienen“, erklärte sie.

Eine Decke, die sehr klein war für die dicke Oma, groß genug aber für die heimkehrende Matti, dachte Lu, doch er sagte nichts.

Die Felsengänge waren trotz der warmen Jahreszeit muffig, kalt und feucht. Lu konnte sich nicht vorstellen, wozu sie einmal gedient haben mochten – falls sie zu irgendetwas gedient hatten in dieser grandios gefälschten Burg, die schon als Ruine aufgebaut worden war, in einer Zeit, in der Ruinen als der Inbegriff des Romantischen empfunden wurden. Für Lus Empfinden gab es hier unten rein gar nichts Romantisches. Die Gänge bestanden aus nichts als Felsen, Mauern und Eisengittern, dekoriert mit jahrzehntealtem Schmutz und Spinnweben.

Am Ende des längsten Gangs hatten sie ihre Habseligkeiten verstaut. Durch ein kleines, vergittertes Fenster drang feuchte Nachtluft herein. Metin breitete eine Isomatte aus und wickelte sich in seinen Schlafsack. Er hatte nicht einschlafen können nach Omas Erzählung und war stattdessen zu Rapunzel gegangen, um das Buch zu holen. Lu versprach, ihn vor Mitternacht zu wecken, dann ließ er sich von Metin das Buch des Schwarzen und das Lied vom Hexenkind geben und stieg die hundertfünfzig Treppen zur oberen Aussichtsplattform hinauf.

Hinter die Zinnen gekauert saß Lu auf dem Boden und ließ das Licht seiner Taschenlampe auf die Seiten des Kalenderbüchleins scheinen, zwischen dessen Zeilen irgendwo ein Hinweis stecken musste. Es waren viele Seiten, und die schwungvolle Schrift, die alle außer den ersten restlos bedeckte, war schwer zu entziffern.

Sprache besitzt die Macht, Leben zu geben!, stand auf einer der Seiten geschrieben, und darunter: *Verschwende nicht deine Worte, geh achtsam damit um.*

Das geheime Wissen des Zohars enthüllt sich nur dem Eingeweihten. Der Schüler benötigt den Lehrer. Der Lehrer ist nichts ohne den Schüler! Der letzte Satz war mehrmals dick angestrichen.

Doch Lu half er nicht weiter, ebenso wenig, wie die darunter einzeln notierten Namen oder Begriffe:

q-b-l Kabbala
10 Sephiroth
Malchuth
Jesod
Tiphereth

Lu blätterte weiter. Es ging immer so fort: Seltsame Namen wechselten mit Sätzen, wie: *Die Schrift ist mächtiger noch als das gesprochene Wort, denn sie hält es gefangen!*

Lu legte den Kalender beiseite und wandte sich dem Lied zu, das seine Oma in ihrer altmodischen Handschrift aufgeschrieben hatte. Das Lied vom Hexenkind. Es war ein Hexenkind, das dem Tyrannen die Macht nehmen sollte. Plötzlich erinnerte Lu sich an etwas, das Rapunzel gesagt hatte: „Meine Mutter war eine Hexe.“ Rapunzel war ein Hexenkind. Nicht im Märchen, doch wer konnte schon wissen, was der Schwarze ihr erzählt hatte? Sie war das Hexenkind. Sie muss wissen, was zu tun ist, dachte Lu. Er musste sie nur erst befreien.

Er betrat das Turmzimmer durch die Tür. Nichts regte sich. Als er das Licht seiner Taschenlampe herumhuschen ließ, bedauerte er, dass all die Kerzen aus Holz waren. Er hätte sie gerne angezündet. Zaghaft näherte er sich dem Bett mit der hölzernen, gesichtslosen Gestalt. Sie war wunderschön. Der Schwarze hatte hier sein Meisterwerk vollbracht. Lu wunderte sich, dass er vor ihr Angst gehabt hatte. Sicher, sie sah nicht wie seine Rapunzel aus. Es war eher die Idee einer wunderschönen Frau. Doch wenn er wollte, konnte er in ihr Rapunzel sehen. Er wollte es.

„Rapunzel, wach auf!“, wisperte er.

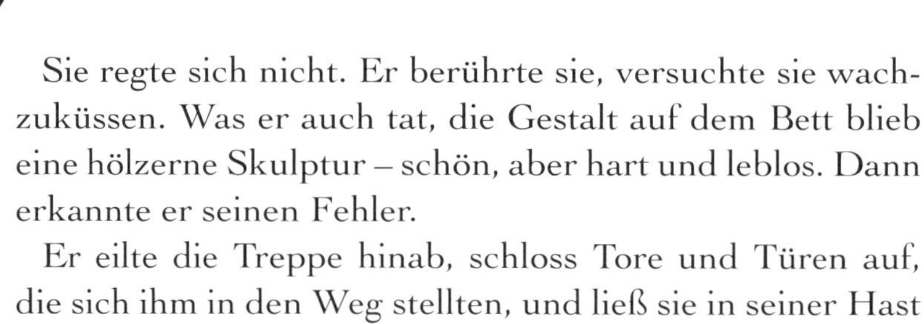

Sie regte sich nicht. Er berührte sie, versuchte sie wachzuküssen. Was er auch tat, die Gestalt auf dem Bett blieb eine hölzerne Skulptur – schön, aber hart und leblos. Dann erkannte er seinen Fehler.

Er eilte die Treppe hinab, schloss Tore und Türen auf, die sich ihm in den Weg stellten, und ließ sie in seiner Hast offen. Dafür war später noch Zeit. Draußen stand er unter Rapunzels Fenster und sah hinauf, so sehnsüchtig, wie in den Nächten vor seiner ernüchternden Entdeckung.

„Rapunzel, lass dein Haar herunter!", rief er leise.

Sanftes Kerzenlicht erhellte das kleine Fenster. Oben raschelte es, dann fiel die aus Menschenhaar geflochtene Strickleiter herab. Lu kletterte hinauf, und oben empfing ihn Rapunzel mit ihrem lieblichen Lächeln und den Worten, mit denen sie ihn immer empfangen hatte: „Du bist jung und schön, mein Prinz!"

„Rapunzel!" In seiner Erleichterung, sie als menschliches, warmes Wesen zu sehen, hätte Lu seine Mission liebend gerne vergessen. Doch die Zeit drängte.

„Du bist doch das Kind einer Hexe, nicht wahr?", fragte er.

Rapunzel sah ihn verwundert an. Dann versuchte sie, ihn in ihre Arme zu schließen, doch Lu wehrte ab.

„Nicht jetzt, Rapunzel. Wir haben keine Zeit. Ich bin gekommen, um dich zu befreien. Du brauchst nicht mehr im Turm zu bleiben. Du brauchst auch nicht mehr tagsüber zu schlafen", fügte er mit einem leisen Schaudern hinzu.

„Ist das wahr?", fragte Rapunzel mit glänzenden Augen. „Ich danke dir!"

Sie küsste ihn. Lu seufzte glücklich.

„Rapunzel", begann er, „ich brauche deine ..." – Bevor er das Wort Hilfe aussprechen konnte, stand er mit leeren Armen da. Rapunzel hatte sich von ihm gelöst und war durch die Tür verschwunden. Er hörte ihre leichten Schritte auf der Wendeltreppe.

„Warte!“, rief Lu und eilte ihr nach.

Sie ist nicht nur die schönste Frau auf Erden, sie ist auch die schnellste, dachte Lu, als er aus dem Turm stürzte. Rapunzels helles Kleid verschwand eben hinter einem Busch in einiger Entfernung. Er lief ihr nach, doch Rapunzels Vorsprung vergrößerte sich stetig. Plötzlich sah er sie halt machen.

Als er näher kam, hörte er sie mit jemandem reden, der hinter der Biegung stehen musste, die der Weg an dieser Stelle machte. Lu näherte sich vorsichtig.

„Na, so jung auch nicht mehr“, hörte er eine Männerstimme geschmeichelt sagen, „und vielleicht auch nicht mehr der Hübscheste. Aber ich hätte nichts dagegen, dein Prinz zu sein!“

Lu spähte um einen Busch und sah, wie Rapunzel einem Polizisten um den Bart strich. Es war der dickere der beiden, die sich so oft im Park herumgetrieben hatten, und es war absolut lächerlich mitanzusehen, wie er sich nun aufplusterte. Der Kerl war weder jung noch schön, noch hatte er irgendetwas von einem Märchenprinzen. Doch Rapunzel schien das nicht zu stören. Sie gurrte wie eine verliebte Taube. Lu aber stand hinter seinem Busch und fühlte sich wie der gedemütigte Trottel, der er war.

Als Metin erwachte, war Lu nicht bei ihm. Sein Gefühl sagte ihm, dass Mitternacht längst vorüber sein musste. Sein Gefühl trog ihn nie. Die Jahre im Park hatten ihm einen untrüglichen Sinn für Zeit und Ort gegeben.

Fluchend rappelte er sich auf. Der Felsengang war zu feucht für seine alten Knochen. Metin fühlte sich steif und erschlagen. Vorsichtig bewegte er seine Glieder.

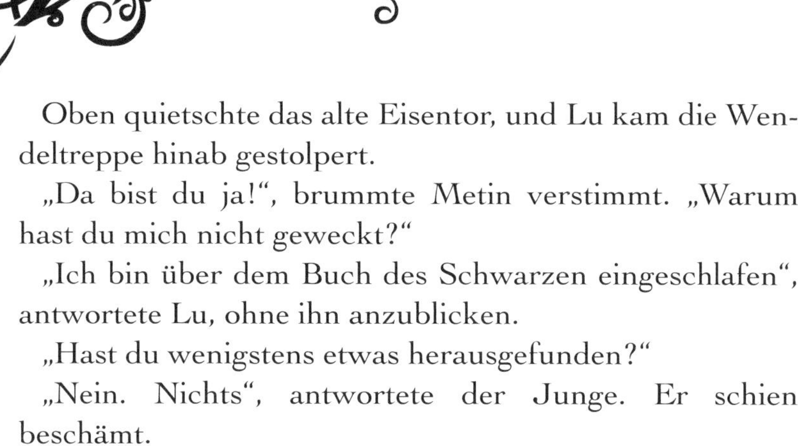

Oben quietschte das alte Eisentor, und Lu kam die Wendeltreppe hinab gestolpert.

„Da bist du ja!“, brummte Metin verstimmt. „Warum hast du mich nicht geweckt?“

„Ich bin über dem Buch des Schwarzen eingeschlafen“, antwortete Lu, ohne ihn anzublicken.

„Hast du wenigstens etwas herausgefunden?“

„Nein. Nichts“, antwortete der Junge. Er schien beschämt.

„Wir werden schon noch dahinter kommen“, versuchte Metin ihn zu trösten. „Jetzt lass uns zu Goliath gehen.“

„Ich fühle mich nicht gut“, sagte Lu.

Metin sah ihn an. Der Junge sah völlig erschöpft und verzweifelt aus. „Es ist gut“, sagte Metin sanft. „Leg dich eine Weile aufs Ohr. Ich gehe allein zum Riesen. Gib mir nur erst das Buch und das Lied.“

Er wartete, bis Lu sich in seinen Schlafsack gerollt hatte, dann stieg er die Treppen hinauf. Bevor er die Burg verließ, las er beim Licht der Taschenlampe nochmals das Lied, doch wieder hatte er das Gefühl, dass es ihm nicht helfen würde. Trotzdem machte er sich auf den Weg.

Es war eine sehr stille, dunkle Nacht. Die Sichel des zunehmenden Mondes hatte noch keine Kraft. Im Park war kein Vogel zu hören. Es schien, als seien sie alle vor dem drohenden Verhängnis geflohen. Metin bekam eine Gänsehaut. Er spürte es selbst: Im Park lauerte Gefahr.

Sie lauerte nicht in der Riesenburg. Benommen starrte Metin den verwaisten Hof an, der so anders wirkte ohne seinen mächtigen Bewohner. Goliath, der menschenfressende Riese Goliath, er war frei.

Metin rannte. Er rannte, so schnell ihn seine alten Beine tragen wollten, zum Tischlein-deck-dich. Wie besessen begann er zu wünschen. Kälber wünschte Metin sich, Zicklein und Ferkel. Metin jagte die verstörten Tiere in alle Richtungen davon. Ganze Herden entlockte er dem Tischlein. Angestrengt lauschte er in die Nacht, bis er ihn hörte: Den Riesen Goliath, der seinen Triumph hinausbrüllte, als er sich ein ängstlich quiekendes Ferkel griff. Er war noch im Park, und mit etwas Glück war die Hexe bei ihm. Metin hatte ihnen Beutetiere geschickt, und er betete, dass sie sich mit diesen zufrieden geben würden.

Lu beobachtete die Szene von der Spitze des Turms aus. Goliaths riesige Gestalt bewegte sich im schwachen Abglanz der Scheinwerfer, die das Schloss nachts in gelbes Licht tauchten. Irgendwo da unten war Metin und kämpfte einen aussichtslosen Kampf. Er wusste, dass sein Platz an der Seite des alten Kurden war, doch er fühlte sich nicht in der Lage, zu ihm zu gehen. Er fühlte sich zu gar nichts mehr in der Lage. Lu wünschte nur noch, dass alles vorüber wäre. Er wollte vergessen: die menschenfressenden Monster ebenso wie das liebestolle Mädchen, das er auf die Welt losgelassen hatte. Es war alles so schrecklich und ausweglos, dass er es nicht länger ertragen konnte. Metin musste alleine damit fertig werden. Und wenn der alte Mann es nicht schaffte, dann wollte Lu nicht zusehen, wie seine Welt in Trümmer ging. Er beugte sich zwischen den Zinnen über die Mauer und sah hinab in das schwarze, schimmernde Auge des Teichs. Es wäre ganz einfach, er brauchte nur über die Mauer zu klettern. Doch der Teich war trügerisch, vielleicht würde er ihn nicht verschlingen, sondern alles nur noch schlimmer machen. Lu tastete sich die Mauer entlang, bis unter ihm fester, zuverlässiger Boden war. Er starrte hinab, als könne er dort unten die Antwort entdecken, die Antwort auf jede Frage.

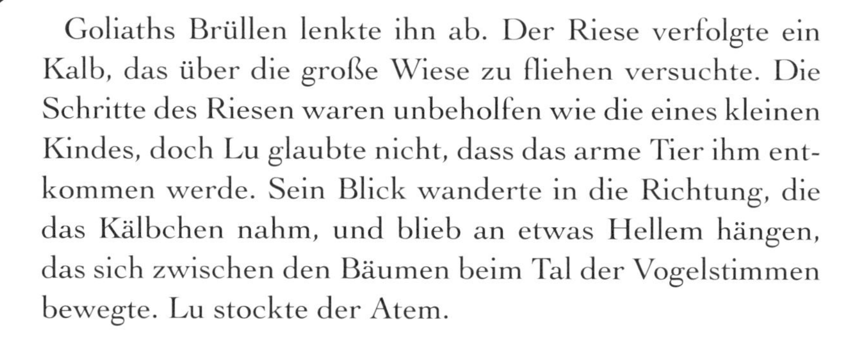

Goliaths Brüllen lenkte ihn ab. Der Riese verfolgte ein Kalb, das über die große Wiese zu fliehen versuchte. Die Schritte des Riesen waren unbeholfen wie die eines kleinen Kindes, doch Lu glaubte nicht, dass das arme Tier ihm entkommen werde. Sein Blick wanderte in die Richtung, die das Kälbchen nahm, und blieb an etwas Hellem hängen, das sich zwischen den Bäumen beim Tal der Vogelstimmen bewegte. Lu stockte der Atem.

Im Häuschen von Rotkäppchens Großmutter war es still. Metin erkannte den schwarzen Schemen des Mädchens, doch die Umrisse des Wolfs, der, wie Metin nur zu gut wusste, noch immer im Bett der Großmutter lag, konnte er nur erraten. Eben erst hatten die Kirchenglocken die vierte Stunde verkündet. Angespannt wartete Metin.

Das Märchenbild erwachte zum Leben.

„Ei, Großmutter, was hast du für große Ohren?", fragte das Rotkäppchen.

„Dass ich dich besser hören kann", knurrte der Wolf. Der alte Isegrim machte sich nicht einmal die Mühe, seine Stimme zu verstellen. Wie dumm doch das Rotkäppchen ist, dachte Metin.

„Ei, Großmutter, was hast du für große Augen?", fuhr das Kind fort zu fragen.

„Dass ich dich besser …"

„Halt!", rief Metin, bemüht, das Zittern in seiner Stimme zu verbergen. „Haltet ein! Es ist vorüber. Ich stehe hier und fordere von euch eure Erinnerung. Ihr sollt von nun an bleiben, was ihr seid: Zwei leblose Puppen!"

Doch er hatte noch nicht ausgesprochen, da war der Wolf auch schon mit triumphierendem Geheul aus dem Bett.

„Puppen!“, keuchte Metin entsetzt. „Eine Puppe sollst du sein, wie eben noch, vor wenigen Minuten!“

„Bist du von Sinnen, alter Mann? Ich bin ein Wolf und ich bleibe was ich bin.“

Die Bestie riss sich mit Zähnen und Klauen die Großmutterhaube und das Nachthemd vom Leib.

„Du bist ja gar nicht meine Großmutter!“, sagte Rotkäppchen.

Der Wolf lachte schaurig und schlich um das Mädchen herum, das hilflos mit seinem Körbchen im Haus stand. Metin holte seinen schweren Schlüsselbund hervor und suchte eilig, doch keiner seiner Schlüssel wollte zum Türchen passen.

„Du wirst das Rotkäppchen nicht fressen!“, herrschte er den Wolf an. Seine Stimme zitterte nun vor Wut. „Du hast es wahrlich oft genug getan, doch heute Nacht wirst du sie nicht bekommen, nur über meine Leiche!“

Geschafft! Der rechte Schlüssel drehte sich im Schloss, und Metin stieß die Türe auf. Er riss ein Messer aus der Jackentasche und ließ die Klinge aufschnappen.

„Erkennst du es?“, fragte er den Wolf, der unsicher zurückgewichen war. „Es hat dir Nacht für Nacht den fetten Wanst geschlitzt!“

„Was redest du für tolles Zeug“, knurrte der Wolf, doch er ließ Metins Messer keinen Augenblick aus den Augen. Dann machte er einen Satz über Metin hinweg und zur Tür hinaus.

„Ha, da rennt er, der alte Bösewicht!“, rief die Stimme des Jägers. Blass und durchsichtig betrat er das Häuschen. „Gerade wollte ich ihm eins aufs Fell brennen!“

„Mit dem da?“, schnaubte Metin und wies auf den nutzlosen Schatten eines Gewehrs in den nutzlosen Händen des

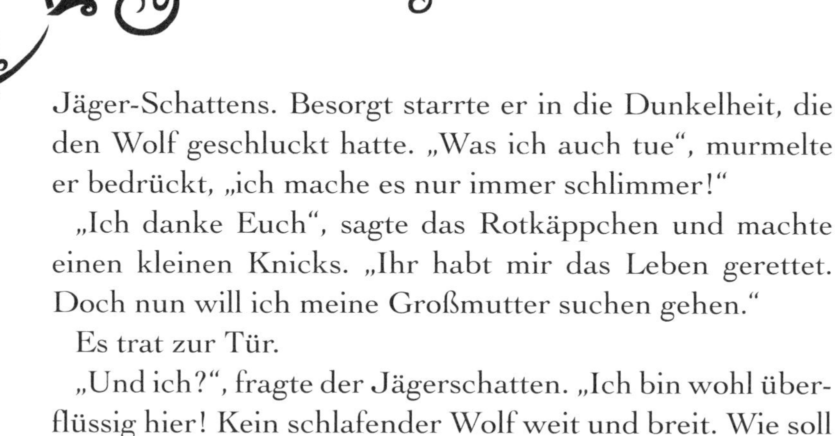

Jäger-Schattens. Besorgt starrte er in die Dunkelheit, die den Wolf geschluckt hatte. „Was ich auch tue", murmelte er bedrückt, „ich mache es nur immer schlimmer!"

„Ich danke Euch", sagte das Rotkäppchen und machte einen kleinen Knicks. „Ihr habt mir das Leben gerettet. Doch nun will ich meine Großmutter suchen gehen."

Es trat zur Tür.

„Und ich?", fragte der Jägerschatten. „Ich bin wohl überflüssig hier! Kein schlafender Wolf weit und breit. Wie soll ich da die Großmutter aus seinem dicken Wanst holen?"

„Was sagt ihr da?", rief Rotkäppchen erschrocken. „Die Großmutter, gefressen?" Und es fing bitterlich zu weinen an.

„Da, sieh doch nur, was du getan hast!", rief Metin.

„Ich möchte heim zu meiner Mutter", jammerte das Rotkäppchen.

„Der Jäger möge dich begleiten", seufzte Metin und dachte: Du armes Kind hast kein Zuhause und auch keine Mutter. Nicht den Schatten einer Mutter hast du, Rotkäppchen!

Der Morgen graute, als Metin die Stiege zum Dachboden erklomm.

„Alles dreht sich um die Erinnerung", rief Rose-Marie ihm entgegen. „Wir sind die Summe unserer Erinnerungen, das ist es, was der Schwarze mir gesagt hat. Du musst ihnen diese Erinnerungen nehmen."

„Ich weiß", erwiderte Metin enttäuscht. Das wenigstens hatte ihn das Gedicht gelehrt. „Ich weiß nur nicht, wie ich es anstellen soll. Ich mache alles nur schlimmer. Vielleicht brauchen wir das Hexenkind, wer auch immer das sein mag."

„Er hat mich seine Hexe genannt", murmelte Rose-Marie nachdenklich.

Metin starrte seine alte Freundin an. Völlig erschöpft und mit wirrem Haar stand sie vor ihm und hätte wohl von so manchem diesen gemeinen Namen erhalten. Doch Metin sah eine andere Rose-Marie vor sich: Ein wildes, junges Mädchen mit feuerrotem Haar.

„Fritz ist tot", sagte er.

„Seine Kinder leben."

„Lu?"

Doch im selben Augenblick war ihnen klar, wer das Hexenkind sein musste. Wie hatten sie nur so blind sein können?

„Matti", sagte Rose-Marie und nickte langsam.

Metin schwieg. Er wagte nicht, seine Ängste auszusprechen.

Plötzlich fiel unten etwas polternd zu Boden. Gleich darauf erschien Lu mit vor Aufregung gerötetem Gesicht auf dem Dachboden.

„Ich habe sie gesehen", rief er. „Ich bin mir ganz sicher: Es war Matti! Sie hat sich zwischen den Bäumen des Eistälchens versteckt, als Goliath das Kälbchen über die Wiese gejagt hat. Stundenlang habe ich sie seither gesucht, doch sie ist wie vom Erdboden verschluckt!"

„Matti lebt", sagte Rose-Marie mit unerschütterlicher Zuversicht. Sie lächelte sogar. „Matti wird die Prophezeiung des Schwarzen erfüllen. Er hat es in meiner Hand gesehen."

Hans Häberle spürte keinerlei Zuversicht. Gemeinsam mit Kurt Eisele und zehn wildfremden Kollegen aus Stuttgart bildete er eine lange Kette. Sie durchkämmten den Park.

„Und du hast echt rein gar nichts bemerkt?“, fragte Kurti zum gefühlten hundertsten Mal.

„Nein!“, presste Häberle zwischen den Zähnen hervor. Er hatte nicht den Mut, seinem Kollegen über den Mund zu fahren. Immerzu dachte er an die wunderschöne Frau. Sie hatte ihn so gründlich von seinen Pflichten abgelenkt, dass jeder Torfkopf erkennen musste, dass sie zu der Bande gehörte, die den Park so übel zugerichtet hatte. Nur, dass der einzige Torfkopf, der bislang von der Frau wusste, Häberle selbst war. Aber irgendwann würde es rauskommen. Er hätte sich in den Hintern beißen können.

Das Ausmaß an Zerstörung war unbegreiflich. Wie hatten sie über Nacht einen solchen Schaden anrichten können? Junge Bäume lagen entwurzelt da, regelrechte Schneisen waren ins Gebüsch gepflügt. Auf Schritt und Tritt stolperte man über sauber abgenagte Tierknochen, und immer wieder fingen sie Kälber, kleine Ziegen und Ferkel ein, die sie vorläufig in den Streichelzoo zu den Ziegen steckten, die zum Park gehörten. Und dann auch noch der verdammte Wolf! Häberle schüttelte sich. Einer seiner Kollegen hatte vorhin doch tatsächlich einen riesigen Wolf erschossen, der eben eines der Ferkel hatte reißen wollen!

„Der große, böse Wolf!“, hatte Kurti gesagt und dabei genickt, als habe er nichts anderes erwartet.

„Hierher!“, rief plötzlich einer der Stuttgarter Kollegen. Er stand an einem frisch angelegten Blumenbeet. Sie scharten sich um ihn und starrten auf den Fußabdruck, der sich sehr deutlich in der lockeren Blumenerde abzeichnete. Keiner sagte etwas. Es war der Abdruck eines nackten

Menschenfußes. Die Zehen waren deutlich zu erkennen. Doch der Fuß, der diesen Abdruck hinterlassen hatte, maß an die zwei Meter.

Kurt Eisele fand als Erster die Sprache wieder. „Ein Riese!", sagte er. „Klar, das erklärt alles!"

„Es gibt keine Riesen!", schnauzte Häberle ihn an, doch ganz sicher war er sich da nicht mehr.

„Klar gibt es keine Riesen", sagte Kurti. „Trotzdem ist hier einer lang gekommen." Er zeigte auf die Schneise, die sich jenseits der Wiese die Böschung hinaufzog.

Wie auf Befehl zogen alle die Waffen und, dicht aneinander gedrängt, folgten sie der Spur des Riesen, wobei Kurti den Anführer machte. Nach ein paar Metern ging Häberle auf, wie idiotisch das Ganze war.

„Stopp!", kommandierte er. Schließlich war er hier der einzige Hauptwachtmeister und damit der Ranghöchste. „Wir sollen den Park durchkämmen. Was wir hier tun, hat nichts mit durchkämmen zu tun."

„Und was du heute Nacht getan hast", wies Kurti ihn in einem ganz neuen Tonfall zurecht, „das hat nichts mit Überwachung zu tun. Eine Spur wie diese kann man nicht einfach übergehen!"

Die Stuttgarter feixten, und Häberle blieb nichts anderes übrig, als gute Miene zum bösen Spiel zu machen. „Wie ihr wollt", blaffte er. „Aber ich muss Meldung machen!"

Während sie weiter über plattgewalzte Büsche den Hang erklommen, wählte er die Nummer seines Vorgesetzten. „Der Park sieht wüst aus", erstattete er Bericht. „Die Kollegen bestehen darauf, einer Spur zu folgen", fügte er hinzu und ließ sich die ‚Spur' genüsslich auf der Zunge zergehen. „Sie glauben, halten Sie sich fest, ein Riese wäre hier durchgetrampelt!" Häberle lachte hämisch.

„Wo führt diese Spur hin?", fragte sein Vorgesetzter kalt.

„Genau in Richtung Märchengarten. Wo Riesen auch hingehören", feixte Häberle.

„Okay, Hänschen", meldete sich plötzlich die unangenehme Stimme Frohgemuts zu Wort. Er brüllte so laut ins Telefon, dass Häberle sich das Handy vom Ohr riss. „Ich habe jetzt hier das Kommando. Ihr verfolgt weiter eure Spur, aber ihr seid vorsichtig. Und alles irgendwie Seltsame, worauf ihr stoßt, wird sofort an mich gemeldet!"

„Was soll das?", schnaubte Häberle gereizt. Er kochte innerlich. Wie konnte der impertinente Kerl es wagen, ihn ‚Hänschen' zu nennen? „Das hier ist kein Fall für dich!"

„Oh doch", brüllte Frohgemut. „Wir haben eine Leiche – zumindest die Knochen davon. Wie es aussieht, hat dein Riese ein Kind aufgefressen!"

Häberle starrte sein verstummtes Handy an. Dann sah er Kurti zu seinem greifen.

„Kriminalhauptkommissar Frohgemut", sagte Kurt Eisele mit seiner amtlichsten Stimme. „Und es ist dringend!"

„Was tust du da?", zischte Häberle.

„Ich melde etwas irgendwie Seltsames", erwiderte Kurti hochmütig. „Einen zwei Meter langen Fußabdruck!"

Zwei Stunden später stand Häberle auf der mittleren Plattform der Emichsburg und hörte sich eine Standpauke an. Vor ihm standen der Polizeipräsident, Kriminalhauptkommissar Frohgemut und Direktor Baum von der Parkverwaltung. Neben ihm tat Kurti so, als ginge ihn das alles gar nichts an.

„Verdammt nochmal, haben Sie denn geschlafen?", fuhr ihn der Polizeipräsident höchst persönlich an. „Die Anwohner haben sich über den Radau beschwert, und Sie waren mitten im Park und wollen nichts gehört und gesehen haben?"

„Ich war eingenickt", presste Häberle zwischen den Zähnen hervor. Das war immer noch besser, als die Wahrheit zuzugeben. Bislang schien niemand etwas von der Frau zu wissen.

Einen Augenblick lang herrschte Stille. Dann sprach der Polizeipräsident mit mühsam beherrschter Stimme.

„Das wird Folgen haben!", sagte er. „Und nun zu Ihnen, Eisele. Erklären Sie uns bitte noch einmal Ihre Theorie."

Kurti richtete sich hoch auf. „Der Riese Goliath muss es gewesen sein. Er hat nicht zum ersten Mal zugeschlagen. Der Juwelendieb, den wir geschnappt haben, schwört, dass Goliath seinen Komplizen vor seinen Augen bei lebendigem Leib aufgefressen hat."

„Was?", brüllte Frohgemut. „Und warum erfahre ich das erst jetzt?"

„Hauptwachtmeister Häberle fand dieses Detail nicht so wichtig."

Frohgemut sah aus, als setze er zum Sprung an.

„Es gibt keine Riesen!", knurrte Häberle.

„Wir haben die Aussage des Diebes selbstverständlich überprüft", erklärte Kurti. „Wir konnten weder Hinweise auf eine Leiche noch die Beute der Diebe finden. Alles deutete darauf hin, dass der Dieb log."

„Sehr gut, Wachtmeister Eisele", lobte der Polizeipräsident. „Reden Sie weiter."

„Hauptwachtmeister Häberle und ich ermitteln schon seit längerem im Park. Es passieren seltsame Dinge. Das Töpfchen – Sie kennen das Märchen vom süßen Brei? Nun, das Töpfchen schien tatsächlich Brei gekocht zu haben. Der Juwelendieb behauptet, vom Knüppel-aus-dem-Sack

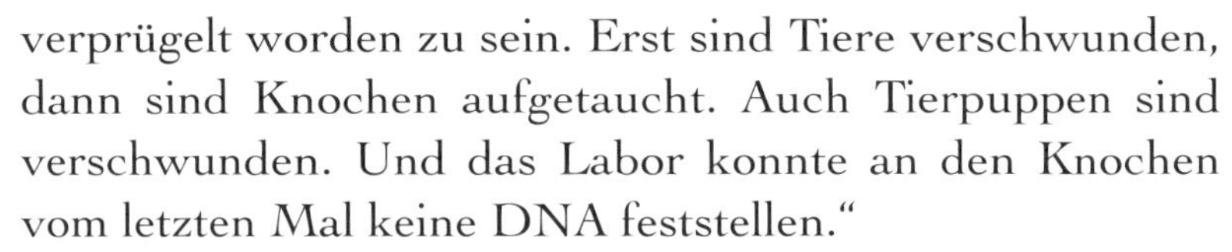

verprügelt worden zu sein. Erst sind Tiere verschwunden, dann sind Knochen aufgetaucht. Auch Tierpuppen sind verschwunden. Und das Labor konnte an den Knochen vom letzten Mal keine DNA feststellen."

„Was soll das heißen", fragte Frohgemut. Häberle registrierte zähneknirschend, dass er Kurti nicht anschrie.

„Keine DNA!", wiederholte Kurti. „Die Knochen selbst besaßen keine."

„Das höre ich zum ersten Mal!", begehrte der Polizeipräsident auf. Dann kniff er die Augen zusammen. „Lassen Sie mich raten: Hauptwachtmeister Häberle fand dieses Detail nicht wichtig!"

Kurti schwieg, doch sein zufriedenes Gesicht sprach Bände. Häberle hätte ihn erwürgen mögen. „Unser direkter Vorgesetzter war informiert", knurrte er.

„Natürlich glaubten wir zunächst an einen Fehler des Labors", fuhr Kurti fort. „Doch meiner Ansicht nach …" – er betonte das ‚meiner' – „… sind es zu viele solcher Details …" – er betonte auch das Wort ‚Details' – „… als dass wir es uns weiter leisten könnten, nicht an Riesen zu glauben."

„Gut!", sagte der Polizeipräsident. „Wir sollten diese … äh … Theorie nicht außer Acht lassen. Wir müssen den Mord an einem kleinen Kind aufklären. Jede Spur muss verfolgt werden, und wenn sie noch so … äh … unwahrscheinlich erscheint."

„Aber, das ist doch Wahnsinn!", jammerte Direktor Baum. „Ein kinderfressender Riese im Märchengarten! Wenn das an die Öffentlichkeit dringt …"

„Das wäre eine Katastrophe!", bestätigte der Polizeipräsident. „Über die Vorfälle im Park darf ab sofort nichts mehr nach außen dringen! Kein Wort! Am besten wird es sein", fuhr er an Frohgemut gerichtet fort, „Sie sagen der

Presse, dass im Park eine Bombe aus dem zweiten Weltkrieg entdeckt wurde. Das gibt uns die Möglichkeit, den Park die nächsten Tage geschlossen zu halten und die umliegenden Straßen zu evakuieren. In der Zwischenzeit will ich ein Sondereinsatzkommando. Warum wissen wir noch nicht, wer das Mädchen ist? Jemand muss das Kind doch vermissen! Holen Sie sich alle Leute, die sie brauchen. Auch Psychologen und irgendeinen Fachmann für übernatürliches Zeug. Irgendwen, verdammt noch mal, muss es doch geben, der an Riesen glaubt!"

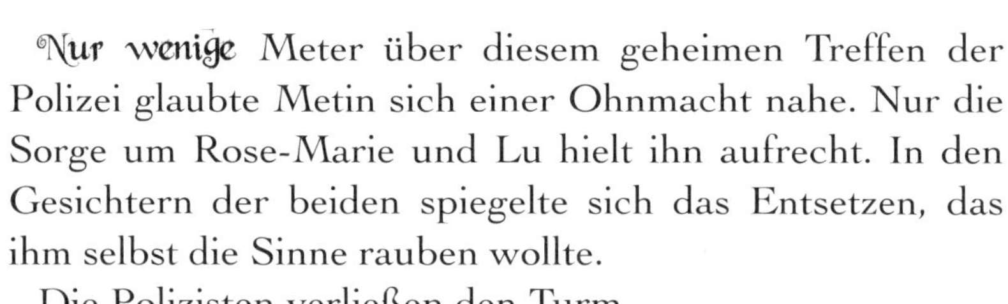

Nur wenige Meter über diesem geheimen Treffen der Polizei glaubte Metin sich einer Ohnmacht nahe. Nur die Sorge um Rose-Marie und Lu hielt ihn aufrecht. In den Gesichtern der beiden spiegelte sich das Entsetzen, das ihm selbst die Sinne rauben wollte.

Die Polizisten verließen den Turm.

Metin erinnerte sich nicht, warum er, Rose-Marie und Lu sich auf die oberste Plattform des Turmes begeben hatten. Sein Kopf war leer. Die Leere wog schwerer als Blei.

„Matti lebt!“

Es war Rose-Maries Stimme. Sie schüttelte erst ihn, dann fasste sie Lu bei den Schultern und sah ihm in die Augen. „Sie lebt!“, wiederholte sie mit unerschütterlicher Überzeugung. „Ich weiß es! Wir müssen sie nur finden.“

Lu nickte. Zögernd zunächst, doch Metin konnte sehen, wie Rose-Maries Entschlossenheit auf ihn einwirkte. Der Junge gab sich einen Ruck und stand auf. Sein Blick wanderte über die Wiese hinüber zum Gärtnerhaus, das sie gerade noch rechtzeitig hatten verlassen können, als die Polizeibeamten angerückt waren, um es zu durchsuchen.

Metin sah ihm an, dass Lu überlegte, wo seine Schwester sich verstecken könnte. Plötzlich zogen sich die Augen des Jungen zusammen. Sein Blick war auf das Eistälchen gerichtet.

„Der Eiskeller!“, flüsterte der Junge. Dann stürzte er die Treppen hinab.

Lu kämpfte sich verbissen durch das Dickicht. All seine Gedanken waren auf den Eiskeller gerichtet, dem er sich von unten, vom Eistälchen her näherte. Er fand den Eingang in der runden Mauer, von dem Matti ihm erzählt hatte. Es war an seinem Geburtstag gewesen, in den frühen

Morgenstunden. Wie lange war dies nun her? Lu wusste es nicht. Die Zeit hatte ihre Bedeutung verloren.

Die niedrige Tür ließ sich öffnen. Kühle Luft schlug ihm entgegen. Sie roch nach Keller. Und nach Ziege.

Mit wild klopfendem Herzen untersuchte Lu den runden Kellerraum. Matti war hier gewesen, überall fand er ihre Spuren: Ihr Sandeleimer stand neben der Mauer, gefüllt mit Wasser. Die leere Umhüllung einer Schokoladentafel lag zerknüllt auf dem gestampften Lehmboden. Ein Häufchen Kieselsteine, sorgfältig aufgeschichtet. Nur keine Matti. Wann war sie hier gewesen? Und: Wie lange war sie schon fort?

Lu stolperte hinaus ins helle Sonnenlicht und atmete schwer. Warum nur hatte er nicht schon früher hier nach ihr gesucht? Sie hatte ihm doch erzählt von ihrem Versteck! Lu schluchzte. Er konnte nicht länger den Gedanken an das verdrängen, was er auf der Turmspitze hatte hören müssen. Sie hatten die Knochen eines kleinen Mädchens gefunden!

Ein leises Kichern stahl sich in sein Bewusstsein. Oder war es das Meckern einer Ziege? Lu hob den Kopf. Da war es wieder! Flüsternde Stimmen, sie kamen vom Tal der Vogelstimmen her. Wie in Trance folgte Lu den fröhlichen Lauten.

Er fand sie spielend am Bach.

„Wer aus mir trinkt, der wird ein Wolf!“, flüsterte Matti.

„Das gefällt mir!“, meckerte das Geißlein. „Ich will ein großer, böser Wolf sein!“

Matti lachte ihr kehliges Kinderlachen. „Aber dann frisst du mich ja auf!“

„Wir trinken beide daraus“, schlug das Geißlein vor. „Und dann suchen wir die böse alte Hexe und fressen sie auf!“

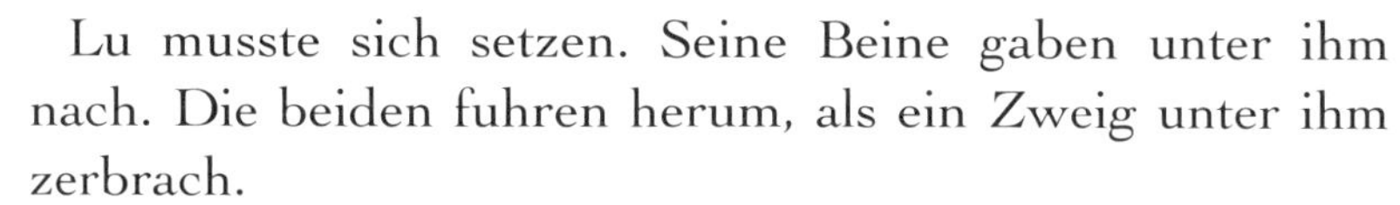

Lu musste sich setzen. Seine Beine gaben unter ihm nach. Die beiden fuhren herum, als ein Zweig unter ihm zerbrach.

„Lu!“, jubelte Matti und warf sich in seine Arme.

Hatte die feuchte Kälte der Felsengänge ihm vor einer Stunde noch in die alten Knochen gebissen? Metin konnte es nicht glauben. Ihr düsteres Versteck unter der Emichsburg hatte sich in ein warmes Nest verwandelt, allein durch die Anwesenheit der kleinen, lieben Mathilde.

„Ach Kind, warum bist du denn nicht heimgekommen?“

Rose-Marie weinte noch immer. Matti drückte sich enger an den weichen Bauch ihrer Oma, die sie fest umschlungen hielt.

„Brüderchen hatte doch solche Angst. Und er war ganz alleine, weil die blöde Hexe die anderen Geißlein gefangen hat. Da habe ich auf ihn aufpassen müssen!“

„Ich hatte keine Angst!“, meckerte das Geißlein. „Ich war nur vorsichtig!“

Metin verbarg seine Rührung hinter einem Hustenanfall. Dann fuhr er fort, das Geißlein mit Knäckebrot zu füttern. Es hatte schon eine ganze Packung aufgefressen und schien immer noch nicht satt.

„Ich mag das nicht“, sagte Matti, doch sie meinte nicht den Kräcker, den Lu ihr in den Mund geschoben hatte. Sie hatte ihr liebes Gesicht im warmen Busen Rose-Maries vergraben. „Sie sollen nicht alles vergessen. Niemand soll alles vergessen.“

Metin seufzte. Wie gerne hätte er alles um sie herum vergessen und nur dieses Glück gespürt, dass Matti gesund und munter in Rose-Maries Armen lag. Doch die Zeit drängte. Sie hatten Matti bereits alles erklärt.

„Ich weiß, dass du Angst hast, mich zu verlieren", sagte Rose-Marie leise. „Wenn ich meine Erinnerung verliere, dann verliere ich mein Selbst. Doch wie es nun aussieht, wird dies wohl nicht geschehen. Und wenn ich eines Tages sterbe, dann wird zwar *meine* Erinnerung mit mir sterben, doch ich werde in deiner Erinnerung weiterleben. Es ist die Erinnerung der anderen, die wirklich zählt im Leben."

„Du sollst nicht sterben!", flüsterte Matti. „Ich will das nicht!"

„Soll ich dir etwas verraten?", antwortete Rose-Marie ebenso leise. „Ich will es auch nicht und habe auch nicht vor, es bald zu tun. Aber ich bin nun einmal alt. Jeder Mensch muss irgendwann einmal sterben. Und das ist gar nicht so schlimm!"

„Und hier geht es ohnehin nicht um Menschen", brachte Metin sie auf den eigentlichen Punkt zurück. „Es geht um von Menschen erschaffene Monster, und du bist die Heldin in diesem Märchen. Denk doch nur: Du alleine kannst die Monster aufhalten!"

„Nur ich? Sonst niemand?"

„Ja."

Matti zog die Stirn in Falten. Man konnte ihr ansehen, wie angestrengt sie nachdachte. „Also gut!", sagte sie endlich. „Aber Brüderchen ist kein Monster. Brüderchen darf seine Erinnerungen behalten!"

„Matti ..."

„Wir sagen einfach, er ist mein Haustier."

„Eine sprechende Ziege als Haustier?"

„Sonst mache ich überhaupt nichts!", erklärte Matti trotzig. „Dann müsst ihr den doofen Riesen selbst besiegen!"

Häberle saß zähneknirschend auf einer der hinteren Bänke im Aktionshaus, wo das SEK Märchengarten sein Hauptquartier eingerichtet hatte. Neben Frohgemuts komplettem Team gehörten noch zehn weitere Polizeibeamte zum Sondereinsatzkommando, außerdem eine Psychologin und ein unrasierter Kerl in zerbeulter Cordhose, den bislang noch niemand vorgestellt hatte. Sein Chef hatte Häberle unmissverständlich klar gemacht, dass er seine Anwesenheit, nicht aber seine Mitarbeit wünschte. Kurt Eisele hatte im Gegensatz zu ihm eine Aufgabe übertragen bekommen, über die zu reden er sich weigerte. Soviel zu Freundschaft unter Kollegen!

Der große Bildschirm, über den sonst fast ununterbrochen Scherenschnitt-Märchenfilme flimmerten, zeigte gerade eine PowerPoint-Präsentation, mit der Frohgemut das Team auf einen Stand bringen sollte. Auch der Polizeipräsident und eine Staatsanwältin waren anwesend. Mit seiner gewohnten Brüllaffenstimme erläuterte der selbstgefällige Trottel eine Folie, die mehrere Fotos von Knochen zeigte.

„Zur Identität des Mädchens gibt es leider noch keine Hinweise", dröhnte Frohgemut. „Die Jungs vom Labor haben Probleme mit der Sicherstellung der DNA. Kommt neuerdings wohl öfter vor. Sicher irgendein Software-Problem, die kriegen ohne Computer heutzutage ja gar nichts mehr gebacken.

Der Pathologe hat auch nicht viel zu bieten. Alter zwischen sechs und sieben, keinerlei Hinweise auf Knochenbrüche oder Anomalien, selbst die Zähne sind makellos. Wobei so viel Unauffälligkeit eigentlich für die Identifikation reichen sollte."

„Zurzeit wird eine Sechsjährige vermisst, die nur ein paar Meter von hier wohnt", schaltete sich Kurti ein.

„Wir klären gerade, bei welchem Zahnarzt sie ist", ergänzte eine Frau, die Häberle nur vom Sehen kannte. „Wobei nicht klar ist, ob sie tatsächlich vermisst wird. Ich meine, es gibt keine richtige Vermisstenmeldung. Das Mädchen ist Vollwaise und lebt mit ihrem Bruder bei der Oma. Alle drei scheinen verschwunden zu sein. Genauso gut könnten sie allerdings auch in Urlaub gefahren sein. Wir wissen von dem Fall überhaupt nur, weil das Jugendamt seit Wochen vergeblich versucht, mit der Oma zu reden. Der alten Frau soll wegen Demenz das Sorgerecht entzogen werden. Wir haben natürlich DNA-Proben aus der Wohnung besorgt", fuhr die Frau fort. „Falls die Kollegen vom Labor also irgendwann ihr Zeug in den Griff bekommen ..."

„So lang können wir nicht warten. Die Knochen sind schon auf dem Weg nach Karlsruhe", polterte Frohgemut. „Übrigens nicht nur die Knochen des Mädchens und der Ziege. Die Spusi hat den Platz vor der Burg abgesaugt und dabei ein Knöchelchen sichergestellt, welches der Pathologe für einen menschlichen Fingerknochen hält. Von einem Erwachsenen, wohl gemerkt."

„Zehn zu eins, dass der dem Kumpel von unserem Juwelendieb gehört", rief Kurti dazwischen. Häberle hätte ihn für sein selbstgefälliges Grinsen treten mögen.

„Irgendein Hinweis auf die Todesursache im Fall des Mädchens?", fragte die Staatsanwältin.

„Nicht wirklich. An den Knochen, übrigens an allen Knochen, finden sich seltsame Schabespuren und Abdrücke, wie von Zähnen."

„Ratten?", fragte die Staatsanwältin.

„Äh, nein", antwortete Frohgemut sichtlich verlegen. Für einen kleinen Augenblick fühlte Häberle sich durch diesen Anblick entschädigt. „Wie gesagt: *wie* von Zähnen.

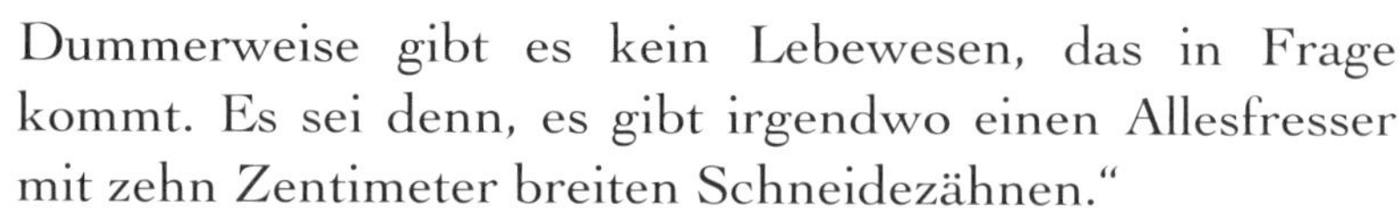

Dummerweise gibt es kein Lebewesen, das in Frage kommt. Es sei denn, es gibt irgendwo einen Allesfresser mit zehn Zentimeter breiten Schneidezähnen."

„Ganz klar: Riesenzähne!", ließ sich natürlich sofort Kurti hören, der Idiot. Doch im allgemeinen Tumult achtete niemand auf die unsinnige Bemerkung.

Der Polizeipräsident sorgte mit einer einfachen Handbewegung für Ruhe. „Wir haben also rein gar nichts?", fragte er gereizt.

„Das würde ich so nicht sagen", wehrte sich Frohgemut. „Wir haben die Beute vom Juwelenraub, das hält die Medien erst mal bei Laune. Und die Sache mit der Bombe hält sie auf Abstand. Aber was das tote Kind angeht, da wird uns wohl nichts anderes übrig bleiben, als bei der weiteren Untersuchung ... äh ... ungewöhnliche Wege zu gehen."

Frohgemut blätterte mit der Fernbedienung so rasch durch die weitere Präsentation, dass sein Unbehagen nicht zu übersehen war. Fotos von Märchenbildern wechselten in schneller Folge.

„Die Sieben Geißlein: verschwunden. Dafür tauchen Ziegenknochen auf."

„Ohne DNA!", rief Kurti dazwischen.

„Rotkäppchen und der Wolf: verschwunden. Kurz darauf erschießt ein Kollege einen echten Wolf, und vor der Goliath-Burg finden wir das Skelett eines kleinen Mädchens – an dem bislang ebenfalls keine DNA sichergestellt wurde, schon recht, Eisele, wir wissen, worauf du hinaus willst. An den Knochen finden sich Spuren, die zu Goliaths Gebiss passen könnten, wenn er denn echte Zähne hätte. Goliath: verschwunden. Verwüstungen im ganzen Park, als wäre ein Panzer durchgekommen. In einem Blumenbeet finden wir einen zwei Meter langen Fußabdruck.

Inzwischen ist Goliath wieder in seiner Burg, was die Sache nicht wirklich logischer macht. Ach ja: Die Hexe: verschwunden. Dafür finden wir in ihrem Haus die Beute aus dem Juwelenraub und noch eine Menge irrsinnig wertvoller alter Goldmünzen."

„Die Märchen sind los!", frohlockte Kurti.

„Was schlicht unmöglich ist!", entgegnete Frohgemut resigniert und warf die Fernbedienung auf eine Bank. Häberle nickte heftig. Er konnte den eingebildeten Kripo-Affen nicht ausstehen, aber er war restlos einer Meinung mit ihm: Es war schlicht unmöglich, dass Puppen ein Eigenleben entwickelten. „Die einzige einigermaßen denkbare Möglichkeit ist", fügte Frohgemut müde hinzu, „dass jemand die Sache mit sehr viel Aufwand inszeniert hat. Nur: Wie und warum?"

„Eben: Wie und warum?", mischte sich Kurti wieder ein, stand auf und trat neben Frohgemut. Häberle beherrschte sich nur mühsam. Zu gerne wäre er ebenfalls nach vorne gestürmt und hätte seinem blöden Kollegen vors Schienbein getreten. „Vielleicht sind eben doch die Märchen wahr geworden!", beharrte Kurti und ließ sich von der genervten Unruhe seines Publikums nicht aus der Ruhe bringen. „Kollege Frohgemut hat übrigens vergessen zu erwähnen, dass wir eine Aussage haben, wonach der Knüppel-aus-dem-Sack einen Mann verdroschen und Goliath einen anderen Mann aufgefressen hat – so viel zu dem gefundenen Fingerknochen. Das alles passt doch wunderbar zusammen! Ach ja: Und das Töpfchen hat Brei gekocht, Griesbrei, um genau zu sein, ich habe ihn nämlich probiert." Unfreundliches Gelächter. „Ich habe jemanden mitgebracht, der uns vielleicht weiterhelfen kann. Ein Spezialist für übernatürliche Phänomene. Herr Winterlich, wenn Sie bitte vortreten, damit alle Sie sehen können."

Der Mann in der ausgebeulten Cordhose erhob sich und trat nach vorne. Bevor er etwas sagen konnte, tauchte ein junger Mann mit einem Servierwagen auf. Der Junge kam Häberle bekannt vor, dem Alter nach musste er noch in der Ausbildung stecken. Auf dem Wagen befanden sich mehrere Thermoskannen, ein dampfender Topf mit Schöpfkelle und Plastik-Geschirr.

Wenigstens *ein* angenehmer Anblick! Während der Cordhosen-Typ anfing, Blödsinn zu reden (die häufigsten Worte, die er verwendete, waren ‚paranormal' und ‚übersinnlich'), stand Häberle auf und zog sich die Uniformjacke glatt.

Lu sah es aus dem Augenwinkel, als er das Aktionshaus verließ. Niemand hatte ihn beachtet. Keiner wunderte sich, dass er unaufgefordert aufgetaucht war. Wahrscheinlich dachte jeder, ein anderer habe das organisiert. Die Achtlosigkeit der Polizisten forderte seinen Übermut heraus. Statt, wie vorgesehen, zu verschwinden, drückte er sich am Eingang des Aktionshauses an die Wand und beobachtete.

Was er sah, machte ihn nervös. Der dickere der beiden Trottel, die er Dick und Doof nannte, hatte sich im Alleingang dem Servierwagen genähert und bediente sich großzügig bei der Gulaschsuppe. Während die anderen noch einem seltsamen Typen lauschten, der behauptete, Riesen, Elfen und Drachen seien keine Fantasiegebilde, der Mensch habe nur verlernt, sie zu sehen, zeigten sich bei Dick schon die ersten Anzeichen von Müdigkeit. Verflixt, so würden die anderen vorgewarnt sein!

Kaum hatte Dick seinen Teller leer gegessen, da legte er sich auf eine der Bänke und rührte sich nicht mehr. Die anderen Polizisten starrten ihn irritiert an. Dann machte einer einen Witz, von wegen, Kollege Häberle habe in seiner Nachtschicht im Park wohl nicht genug Schlaf bekommen, und zu Lus Erstaunen brachen alle in Gelächter aus. Kichernd und witzelnd versammelten sie sich um den Servierwagen und bedienten sich. Bald darauf begann das große Gähnen. Selbst ein Polizeihund, der etwas vom Gulasch abbekommen hatte, rollte sich zu Füßen seines Besitzers ein und steckte die Schnauze unter den Schwanz.

Lu wartete kurz, dann trat er auf Zehenspitzen ins Aktionshaus. Seine Vorsicht war überflüssig: Alle hingen mehr oder weniger bequem auf Bänken und Stühlen, zwei hatten sich einfach auf den blanken Boden gelegt. Lu beschlich ein ungutes Gefühl. Was, wenn das Tischlein-deckdich ihm nicht das gewünschte Schlafmittel in den Kaffee und den Gulasch gemischt hatte, sondern etwas weitaus Stärkeres? Er hatte sich den Servierwagen, vollständig beladen, so wie er dastand, gewünscht. Nervös versuchte er, sich an den genauen Wortlaut seines Wunsches zu erinnern, erfolglos. Betreten starrte er den Servierwagen an. Selbst die Fliegen, die vorhin noch um den Suppentopf geschwirrt waren: Sie saßen schlafend an der Wand. Gerade beugte Lu sich über Dick, um seinen Puls zu fühlen, da ließ dieser einen lauten Schnarcher hören, drehte sich auf die Seite und fiel dabei von der Bank auf den harten Boden. Dort schlief er einfach weiter.

Lu seufzte erleichtert und zog sich vorsichtig zurück. Die SEK würde ihnen nun nicht mehr dazwischenfunken.

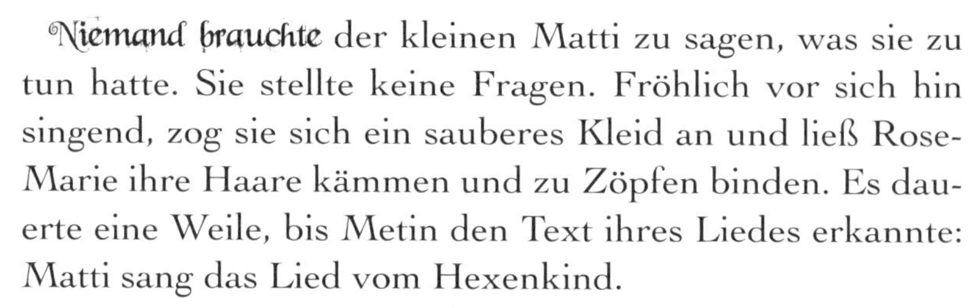

Niemand brauchte der kleinen Matti zu sagen, was sie zu tun hatte. Sie stellte keine Fragen. Fröhlich vor sich hin singend, zog sie sich ein sauberes Kleid an und ließ Rose-Marie ihre Haare kämmen und zu Zöpfen binden. Es dauerte eine Weile, bis Metin den Text ihres Liedes erkannte: Matti sang das Lied vom Hexenkind.

Lu war unterwegs, um die Polizisten abzulenken. Matti hüpfte zwischen Rose-Marie und Metin den Weg entlang und sang unentwegt ihr Lied. Als sie an das Absperrband kamen, welches die Burg weiträumig umzog, schlüpfte sie so rasch hindurch, dass Metin und Rose-Marie Mühe hatten, ihr zu folgen.

„Was tut er denn da?", fragte Matti mit finsterem Gesicht und stemmte ihre Ärmchen in die Seiten.

Dann sah Metin es auch. Der Riese Goliath hockte vor seiner Burg, über zwei Polizisten gebeugt, die schlafend auf der Erde lagen. Jedenfalls hoffte Metin, dass sie schliefen. Neben ihnen lagen zwei Becher und eine umgefallene Thermoskanne. Lu war schon hier gewesen. Die beiden waren wehrlos. Bevor er etwas tun konnte, hatte Goliath die Polizisten ergriffen, stieg über die Mauer in die Burg und verschwand aus Metins Blick.

„Bringst du unser Abendessen?", rief die Hexe drinnen. „Lass sehen, ob sie auch Fett auf den Knochen haben!"

„Goliath!", schrie in diesem Augenblick Matti. Sie schrie es wütend und stampfte dabei mit ihrem Füßchen auf. „Goliath! Zeig dich, sofort!"

Ein fürchterliches Knurren antwortete auf ihren Ruf. „Wer wagt es, mich zu stören?", brüllte der Riese. Der Boden vibrierte, als er sich erhob. Verblüfft starrte er das kleine Mädchen und ihre Begleitung an. „Ist das alles?", grunzte er.

„Fang sie ein", hörte Metin die krächzende Stimme der Hexe rufen. Erschrocken wurde ihm klar, wie nahe bei der Burg die kleine Matti stand. „Ich will sie mir heute Abend braten!", rief die alte Vettel.

Doch als der Riese sich nach Matti bücken wollte, stampfte die wütend auf.

„Nichts da!", schrie sie den Riesen an. „Du wirst jetzt ganz genau das tun, was ich dir sage!"

Goliath riss seine Riesenaugen auf. Metin glaubte, einen Funken Furcht in ihnen zu entdecken.

„Als erstes", befahl die kleine Matti dem Riesen Goliath, „gibst du deine Macht zurück! Sie gehört dir nicht, sie gehört meinem Opa Metin!"

Goliath duckte sich wie ein getretener Hund.

„Schnapp sie dir!", keifte die Hexe im Inneren der Burg, doch Matti ließ sich nicht beeindrucken.

„Das wirst du hübsch bleiben lassen! Du wirst nur noch das tun, was *ich* will! Du selber hast nämlich gar nichts mehr zu wollen!"

Der Riese schien zu schrumpfen. Dumpf glotzte er das kleine Mädchen an, das ihn wie eine Dompteurin auf seinen Platz verwies. Metin war fasziniert. Der schreckliche Riese Goliath wartete auf die Befehle einer Sechsjährigen.

„Gib sofort die beiden Polizisten zurück!", verlangte Matti. „Und wehe, du tust ihnen weh!"

Tatsächlich: Der Riese gehorchte. Er bückte sich, und als er sich wieder aufrichtete, hielt er in jeder Pranke einen der schlafenden Polizisten. Vorsichtig legte er sie auf den Platz vor der Burg. Metin beeilte sich, einen nach dem anderen unter den Armen zu fassen und aus des Riesen Reichweite zu ziehen.

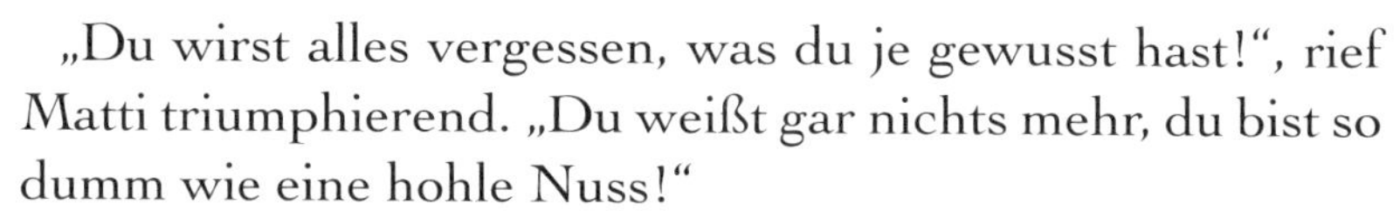

„Du wirst alles vergessen, was du je gewusst hast!", rief Matti triumphierend. „Du weißt gar nichts mehr, du bist so dumm wie eine hohle Nuss!"

Auf dem Gesicht des Riesen spiegelte sich der Erfolg dieser Behandlung wieder. Er sah so blöde aus wie es nur möglich war. Metin fühlte eine zentnerschwere Last von seinen Schultern weichen.

„Und jetzt zeig mir die Hexe!", befahl Matti dem dummen Riesen. Der bückte sich und hielt im nächsten Augenblick die zeternde Alte in der Faust.

Goliaths Gesicht spiegelte keinerlei Regung. Es war klar, dass die Hexe für ewig in der Faust des Riesen gefangen sein würde, wenn Matti ihm keine anderen Befehle gab. Metin erschauerte. „Jetzt ist er wieder ein Golem", flüsterte er ehrfürchtig. „Er kann nicht mehr sprechen. Er kann nur noch Befehlen gehorchen. Unter seiner Zunge trägt er das Papier mit seinem Namen drauf. Matti, du musst ihm auch noch seinen Namen nehmen!"

„Das ist die letzte Strophe", nickte Matti, und Metin brauchte einen Augenblick, bis er verstand, dass sie von dem Lied sprach. Doch Matti war noch nicht bereit für die letzte Strophe. Vor Metins Augen nahm sie der Hexe erst die Macht, dann ihren Willen und endlich die Erinnerung. Zurück blieb die leblose Figur aus Lehm, die Margarete einst geschaffen hatte.

„Und jetzt", setzte die kleine, unerbittliche Matti zum Todesstoß an, „jetzt gebt eure Namen heraus! Ihr habt sie nicht verdient, ihr seid nur tote, namenlose Puppen!"

Der Riese Goliath öffnete ein letztes Mal sein gewaltiges Maul.

„H-T-A-I-L-O-G", hauchte es heiser aus seinem Rachen, ein kleines Stück Papier flatterte daraus hervor und schaukelte sacht durch die Luft, bis es vor Mattis Füßen im Staub lag.

„E-X-E-H“, keuchte die Hexe, und während auch aus ihrem Mund ein Zettel wehte, zerbrach ihr Körper und rieselte als Sand durch Goliaths Finger. Zugleich begann der Rumpf des Riesen abzusacken, als seine falschen Beine zu Staub zerfielen. Krachend fiel der hohle Oberkörper zur Seite und riss eine Mauerzinne mit sich. Dann war es still.

„Wow!“

Metin hatte nicht gemerkt, dass Lu zu ihnen gestoßen war. „Ich habe echt was verpasst, oder?“, fragte der Junge ehrfürchtig.

„Und jetzt sind Rotkäppchen und der Wolf dran!“, sagte Matti und sah sehr zufrieden aus.

„Das Rotkäppchen hat Goliath aufgefressen“, sagte Metin.

„Und den Wolf hat die Polizei erschossen“, ergänzte Lu.

„Bleibt also nur noch eine“, sagte Metin und sah Lu fragend an.

Der nickte. „Rapunzel!“

Sie suchten gemeinsam den Park ab, doch Rapunzel war und blieb verschwunden. Matti konnte ihr weder ihren Willen noch die Erinnerung nehmen. Vermutlich hatte Rapunzel zu diesem Zeitpunkt längst den Park verlassen. Vermutlich verdreht sie gerade jetzt, während du dies liest, irgendeinem armen Trottel den Kopf. Ja, das tut sie ganz bestimmt!

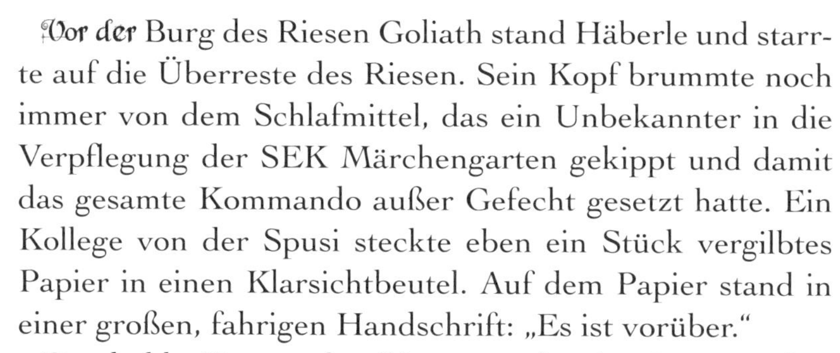

Vor der Burg des Riesen Goliath stand Häberle und starrte auf die Überreste des Riesen. Sein Kopf brummte noch immer von dem Schlafmittel, das ein Unbekannter in die Verpflegung der SEK Märchengarten gekippt und damit das gesamte Kommando außer Gefecht gesetzt hatte. Ein Kollege von der Spusi steckte eben ein Stück vergilbtes Papier in einen Klarsichtbeutel. Auf dem Papier stand in einer großen, fahrigen Handschrift: „Es ist vorüber."

Der hohle Körper des Riesen steckte in einem großen Erdhaufen, über dessen feinkrümelige Konsistenz zwei von den Spusileuten stritten. Neben Goliath lag ein Häuflein Sand. Auch auf diesem hatte ein vergilbter Zettel gelegen, mit derselben, offensichtlich vor Jahrzehnten hingeschriebenen Behauptung: „Es ist vorüber."

Alle wollten es glauben. Auch Häberle. Er hatte die Nase gestrichen voll von diesem Fall.

In einer kleinen Gruppe standen der Polizeipräsident, die Staatsanwältin und Kurt Eisele beieinander. Kriminalhauptkommissar Frohgemut befand sich noch in ärztlicher Behandlung. Er hatte nach dem Aufwachen einen Nervenzusammenbruch erlitten.

„Wie geht es weiter?", fragte die Staatsanwältin. Sie presste sich einen Eisbeutel an die Stirn. So einen hätte auch Häberle vertragen können.

„Sobald die Spurensicherung hier fertig ist, ziehen wir ab", antwortete der Polizeipräsident. Sein bleiches Gesicht zeigte, dass ihm die Nachwirkungen des Schlafmittels genauso zu schaffen machten wie allen anderen. „Ein paar Tage lang wird der Park noch observiert. Wenn nichts weiter passiert", der Tonfall des Polizeipräsidenten machte klar, dass Spekulationen über mögliche künftige Vorfälle im Park absolut unerwünscht waren, „werden die Untersuchungen eingestellt. Solange das Labor keine DNA an den Knochen feststellen kann, haben wir keine Leiche und damit auch keinen Mordfall.“

Genau, dachte Häberle. Und ich will nie wieder ein Wort über die verdammte Angelegenheit hören!

„Und was schreibe ich in den Bericht?“, fragte Kurti.

Der Polizeipräsident starrte nachdenklich den verwüsteten Platz an. „Schreiben Sie“, sagte er und nickte dabei, „die Bombe wurde gesprengt!“

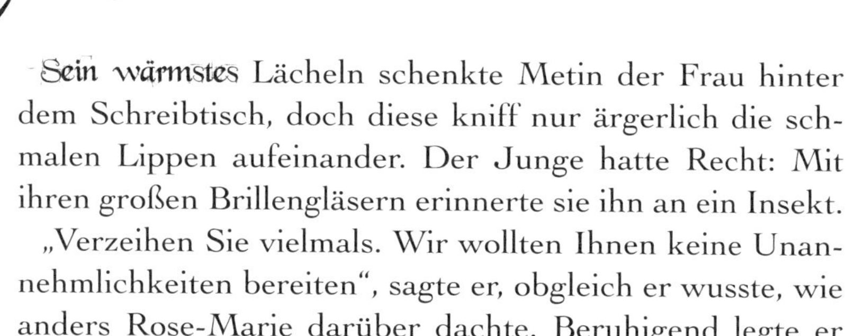

Sein wärmstes Lächeln schenkte Metin der Frau hinter dem Schreibtisch, doch diese kniff nur ärgerlich die schmalen Lippen aufeinander. Der Junge hatte Recht: Mit ihren großen Brillengläsern erinnerte sie ihn an ein Insekt.

„Verzeihen Sie vielmals. Wir wollten Ihnen keine Unannehmlichkeiten bereiten", sagte er, obgleich er wusste, wie anders Rose-Marie darüber dachte. Beruhigend legte er seine Hand auf die seiner Freundin. Die Frau, das Fräulein Stahl, tat ihm leid. Sie schien so gar kein Glück zu kennen.

„Der Arzt hat uns zu einer Reise geraten, um Rose-Maries Depression zu überwinden. Wir sind so glücklich, dass die Reise geholfen hat. Und künftig ist sie auch nicht mehr alleine mit den Kindern. Wir heiraten im nächsten Mai."

„Herzlichen Glückwunsch!", sagte Fräulein Stahl mit ihren schmalen Lippen und klang recht säuerlich dabei.

„Sie haben Ihren Wisch!", rief Rose-Marie laut und zeigte auf das ärztliche Attest, das Fräulein Stahl seit einigen Minuten schon in ihren dünnen Händen hielt. „Komm, Metin, lass uns gehen!"

Sie stürmte aus dem hässlichen Büro, doch Metin blieb zurück. Er reichte der verblüfften Frau die Hand. „Sie haben es nur gut gemeint. Ich danke Ihnen für die Sorge um die beiden Kinder. Sie werden uns besuchen, um zu sehen, wie es Lu und Matti geht?"

„Das muss ich", sagte sie verwirrt.

Er nickte freundlich, und da stahl ein Lächeln sich auf das Gesicht des Fräulein Stahl.

Epilog

Lu lehnte sich an die Balkonbrüstung und sah hinüber in den Park, wo wieder Alltag eingekehrt war. Lautes Kinderlachen drang durch den Verkehrslärm zu ihnen herüber. Neben ihm hatte Brüderchen seine Vorderfüße auf die Brüstung gestellt und knabberte neugierig an den frisch eingepflanzten Geranien.

„Wir haben das Tischlein vergessen und den Goldesel und den Knüppel", rief Matti plötzlich.

„Och, nicht so schlimm", sagte Lu und versuchte erst gar nicht, sein Grinsen zu verbergen. Er hatte die drei nicht vergessen. Im Gegenteil, sie boten herrliche Möglichkeiten für die Zukunft.

Er hörte die Wohnungstür, und kurz darauf traten Metin und Oma auf den Balkon.

„Was hat sie gesagt?", rief Matti aufgeregt und hängte sich an Omas Arm. „Ist sie zufrieden? Lässt sie uns jetzt in Ruhe?"

„Zufrieden? Dieses Schreckgespenst?" Oma schnaubte wütend.

„Sie weiß nun, dass sie sich keine Sorgen um euch zu machen braucht", sagte Metin. „Seid ihr hungrig?"

„Und wie!", antwortete Lu und merkte im selben Augenblick, dass sein Magen laut knurrte.

„Wir können heute Nacht zum Tischlein gehen!", rief Matti begeistert. „Wir haben es ja nicht entzaubert."

„Nichts da!", erwiderte Oma resolut. „Heute Nacht wird geschlafen! Morgen fängt die Schule an."

Matti machte eine Schnute und verlegte sich aufs Betteln.

„Das Märchen ist aus, mein Engel", sagte Metin und fuhr ihr liebevoll durchs Haar. „Du hast eine wichtige Rolle darin gespielt."

„Ja!“, seufzte Oma. „Ein Märchen war es. Und was für eines!“

Lu sah sie glücklich an. Seine Oma sah großartig aus. Ihre Augen blitzten und ihre rosigen Wangen lockten ihn, ihr einen Kuss darauf zu drücken. Ja, ihr Märchen war aus, und es hatte ein wunderbares Ende genommen. „Und wenn wir nicht gestorben sind …“, sagte er.

„… dann leben wir noch heute!“, krähte Matti. Und dann lachte sie ihr herrliches, kehliges Kinderlachen.

Alle Figuren sind frei erfunden, doch der Schauplatz ist sehr real:
Der Märchengarten im Blühenden Barock in Ludwigsburg ist
ein wundervoller Rahmen für eine fantastische Geschichte.

Es gibt viele Menschen, denen ich zu Dank verpflichtet bin.
Nennen möchte ich stellvertretend:
Clara, die immer für ein Gespräch unter Kolleginnen zu haben ist;
Andrea, mit ihrem unerschütterlichen Glauben an meine schriftstellerischen Qualitäten;
Melanie, für ein märchenhaft schönes Layout;
Marcel, der mit großem Einfühlungsvermögen Sprache zu glätten weiß und
Mae, die eine ganz fantastische Testleserin ist.

Mona Jeuk wurde 1967 in Esslingen geboren, wuchs in Stuttgart auf und lebt mit Mann und zwei Kindern in Freiberg am Neckar.
Mit ihrer „Ländle Fantasy" hat sie ein neues Kapitel der sogenannten Urban Fantasy eröffnet.
Ihr Debut machte sie 2011 mit „Die Leuchten von Maulbronn", einer Gespenstergeschichte, die im Zisterzienserkloster Maulbronn spielt.
Zurzeit arbeitet sie an einem fantastischen Roman, der im Schurwald spielt und von süddeutschen Sagen inspiriert wurde.